I0641713

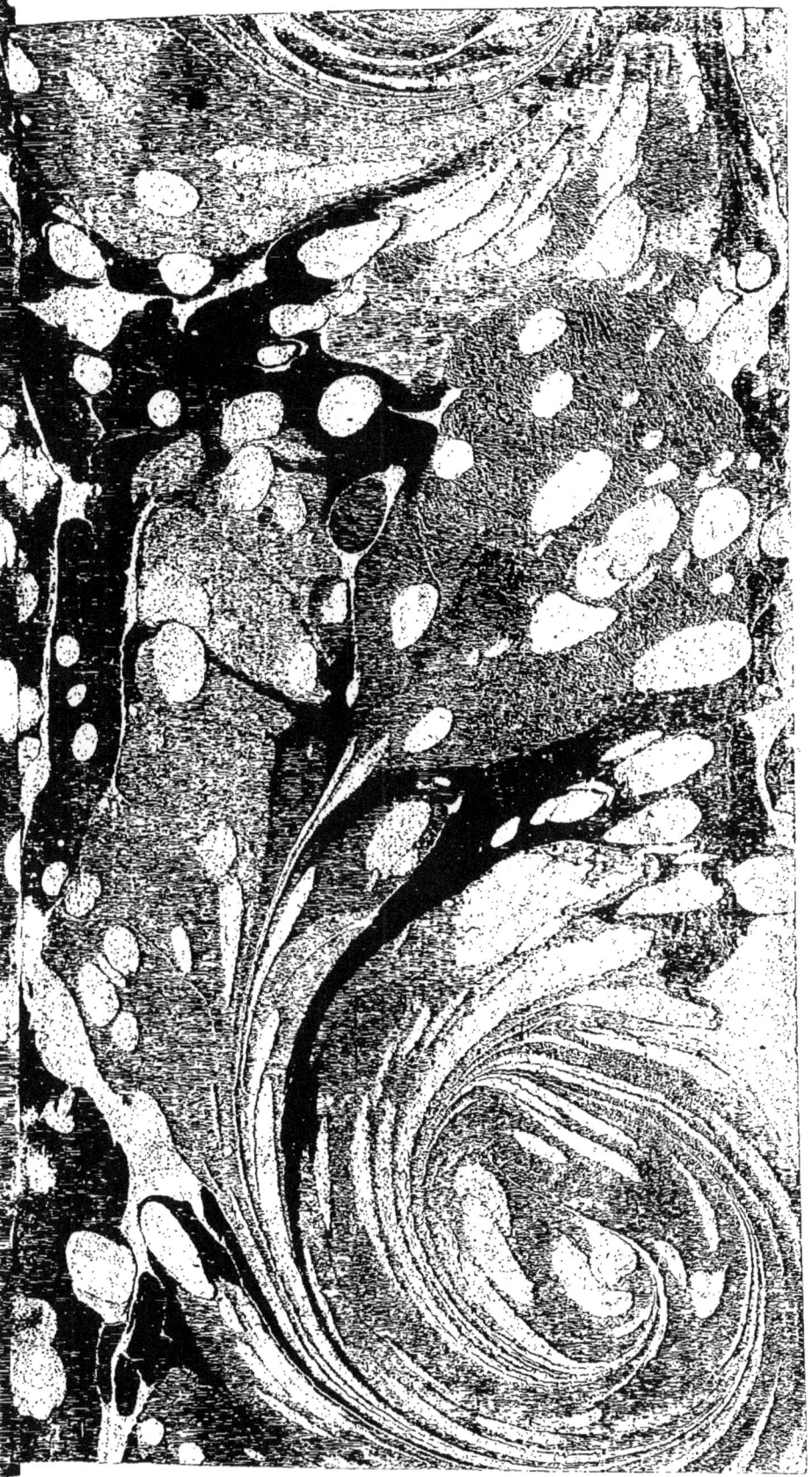

MEMOIRES
POUR SERVIR
A L'HISTOIRE
DES
HOMMES
ILLUSTRES
DANS LA REPUBLIQUE DES LETTRES.
AVEC
UN CATALOGUE RAISONNE'
de leurs Ouvrages.

Par le R. P. NICERON, *Barnabite.*
TOME XXXV.

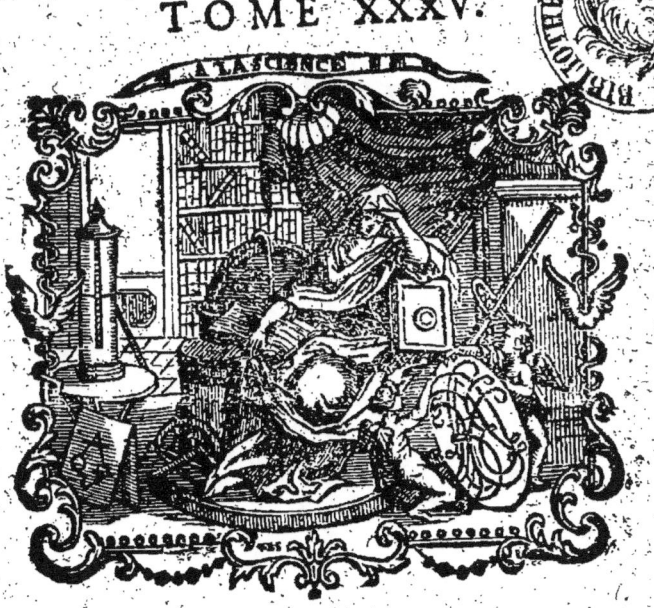

A PARIS,
Chez BRIASSON, Libraire, ruë S. Jacques,
à la Science.

M. DCC. XXXVI.
Avec Approbation & Privilege du Roi.

TABLE
ALPHABETIQUE

Des Auteurs contenus dans les trente-cinq Vo-
lumes de ces Mémoires.

Le chiffre marque le Volume.

Les noms qui sont en italique marquent les Auteurs
dont il est dit peu de choses & dont il n'est parlé que dans
la vie des autres & non en particulier.

TABLE ALPHABETIQUE.

TABLE ALPHABETIQUE

DES AUTEURS.

TABLE ALPHABETIQUE

TABLE ALPHABETIQUE

TABLE ALPHABETIQUE

TABLE ALPHAB. DES AUTEURS.

Fin de la Table Alphabetique des Auteurs.

TABLE PARTICULIERE
de ce Volume.

MEMOIRES

POUR SERVIR

A L'HISTOIRE

DES

HOMMES

ILLUSTRES

DANS LA REPUBLIQUE
des Lettres ;

Avec un Catalogue raiſonné
de leurs Ouvrages.

CHRISTOPHE MARCEL.

HRISTOPHE Mar-C. MAR-
cel naquit à *Veniſe* d'une CEL.
famille noble, & des
plus conſiderables de
cette Ville.

Ayant embraſſé l'état Eccleſiaſtique, il fut d'abord Chanoine de
Padoüe, enſuite Prelat & Protono-
taire Apoſtolique à la Cour de Ro-

Tome XXXV.   A

C. Mar-
cel.

me sous le Pontificat de *Jules II.* enfin Archevêque de *Corfou* sous *Leon X.*

Son merite & sa science pouvoient lui faire esperer de s'élever
aux plus hautes dignités, lorsqu'il
perit d'une maniere tragique.

S'étant trouvé malheureusement à
Rome en 1527. lorsque les troupes
de l'Empereur *Charles-Quint* la sac-
cagerent, il tomba entre les mains
des Espagnols, qui lui enleverent
tout ce qu'il avoit, l'emmenerent
prisonnier, & le tourmenterent
cruellement, parce qu'il n'étoit pas
en état de payer la grosse rançon
qu'ils lui demandoient. Ils attache-
rent cet homme venerable avec des
chaines au tronc d'un arbre en pleine campagne près de Gaiete, & lui
arracherent un ongle chaque jour.
Les douleurs inexprimables que lui
causoit cette operation, & l'incle-
mence de l'air auquel il étoit exposé jour & nuit sans dormir & sans
prendre de nourriture, mirent bien-
tôt fin à ses jours, & il mourut
dans ce triste état.

Jacques Alberici a ignoré cette
particularité, lorsqu'il a dit dans

ſon Catalogue des Ecrivains Vene- C. MAR-
tiens, apparemment ſur une ſimple CEL.
préſomption, que *Marcel* étoit mort
à *Corfou*, & avoit été enterré dans
ſa Cathedrale.

Catalogue de ſes Ouvrages.

1. *Chriſtophori Marcelli, Canonici Patavini, Doctoris, in Rev. Epiſcopi Petri Barrocii funus Oratio, Paduæ publice recitata.* in-4°. ſans date ni nom de lieu. *Pierre Barocci*, Evêque de *Padouë*, mourut le 10. Janvier 1507. Ainſi il eſt probable que ce diſcours fut imprimé cette année.

2. *Chriſtoph. Marcelli, Protonotarii Apoſtolici, Patricii Veneti, Univerſalis de Anima traditionis opus. Venetiis* 1508. *in-fol.* L'Ouvrage eſt dedié au Pape *Jules II.*

3. *Oratio ad Julium II. Pontif. Max. in die omnium Sanctorum in Capella habita.* in-4°. ſans date, ni nom de lieu.

4. *In quarta Lateranenſis Concilii Seſſione habita Oratio, IV. Idus Decembris. Roma* 1512. *in-4°.*

5. *Rituum Eccleſiaſticorum, ſive Sacrarum Cerimoniarum SS. Romanæ Eccleſia libri tres non ante impreſſi. Vene-*

C. MAR-
CEL.

tiis 1516. *in-fol.* Avec une Epitre dedicatoire de *Christophe Marcel* au
Pape *Leon X.* C'est la premiere édition de cet Ouvrage. It. *Florentia,*
per Hæredes Philippi Junctæ. 1521.
*in-*8°. It. *Colonia Agripp.* 1557. *in-*
8°. It. sous ce titre : *Sacrarum Ceri-*
moniarum, sive Rituum Ecclesiastico-
rum Sanctæ Romanæ Ecclesiæ libri tres,
post omnes omnium editiones summa de-
nuo vigilantia recogniti. Romæ 1560.
in-fol. It. *Venetiis* 1573. *in* 8°. Il y a
eu encore quelques autres éditions
de cet Ouvrage, qui donna occasion
à une grande dispute.

Paris Graffi, de *Boulogne,* Maître
des Ceremonies Pontificales, ayant
appris l'année suivante 1517. que ce
livre avoit été imprimé à *Venise,* &
étoit repandu dans *Rome,* en fit de
grandes plaintes, choqué de ce qu'on
avoit rendu ainsi public, ce qui ne
devoit être connu que des Ministres de l'Eglise, & de ce que *Mar-*
cel avoit retranché & ajouté plusieurs
choses au Manuscrit Original. Le Pape instruit du fait, ordonna à *Graffi*
de confronter l'un & l'autre Ouvrage. *Graffi* le fit, & pretendit avoir

trouvé dans l'édition de *Marcel* plus C. MAR-
de mille falsifications, ajoûtant que CEL.
cet Editeur s'étoit approprié le travail de *Patrizi*, en supprimant son
Epître dedicatoire au Pape *Innocent*
VIII. & en retranchant quelques endroits, qui ne pouvoient convenir
qu'à lui, quoiqu'il en eût laissé d'autres qui suffisoient pour decouvrir sa
mauvaise foy. Sa conclusion fut qu'il
falloit condamner au feu le livre
avec son pretendu Auteur. Les Com-
missaires deputés par le Pape pour
examiner cette affaire, ne suivirent
pas les idées de *Graffi*; ni le livre,
ni l'Editeur ne furent condamnés au
feu; on le laissa vendre publiquement, & même on le réimprima
plusieurs années après à *Rome*.

Il est facile au reste de justifier
Marcel, de ce que *Graffi* lui attribuoit, d'avoir voulu s'approprier
l'Ouvrage de *Patrizi*.

Marcel dans son Epître dedicatoire au Pape *Leon X.* ne dit nulle
part que ce soit son Ouvrage; il
marque au contraire expressément
que c'est un Ouvrage qui ne paroît
en public qu'après bien des années,

& fait entendre par-là qu'il avoit été
composé long-temps auparavant. Il
est vrai qu'il ne l'a pas donné sous le
nom de *Patrizi*; mais il en a pû user
ainsi, parce que tout ce qu'il contient, existoit avant ce Maître des
Ceremonies, qui n'en a été que le
Collecteur; d'ailleurs il y a laissé un
grand nombre de choses, qui ne
peuvent convenir qu'au temps de
Patrizi; ce qu'il n'auroit point fait,
s'il avoit voulu veritablement s'approprier l'Ouvrage.

La premiere édition est assez rare,
parce que *Grassi*, qui fit tous ses ef-
forts pour faire supprimer le livre,
n'y ayant pas réussi, supprima lui-
même tous les exemplaires qui lui
tomberent entre les mains. Elle est
cependant peu recherchée, & se trouve à un prix fort raisonnable dans les
ventes qui se font à *Paris*.

On a imprimé une partie de l'Ouvrage sous ce titre : *De Exequiis Romani Pontificis, seu supplementum ad
Gretseri tres libros de funere Christiano. Witteberga* 1612. *in-*4°.

Il en a paru aussi un abregé en
Allemand en 1565. *in-*4°.

6. *Epistola in qua Camaldulensis* C. MAR-
Eremi situs, vitæque ibidem regendæ CEL.
*ratio, & Alverniæ mons luculenter
describuntur. Florentiæ* 1557. *in-*4°.
Cette lettre est de l'an 1521.

7. *De auctoritate summi Pontificis,
& his, quæ ad illam pertinent, adversus impia Martini Lutheri dogma-
ta, libri duo. Florentiæ* 1521. *in-*4°.

8. *Exercitationes in septem priores
Psalmos. Romæ* 1522. *in-*4°.

9. *In Psalmum* 12. *Usquequo, Do-
minē, oblivisceris me in finem. Romæ*
1525. *in-*4°.

V. *Le Journal de Venise* tom. 18. p.
367. On y justifie fort au long *Marcel* des accusations de *Grassi. Catalogo degli Scrittori Venetiani di Giaco-
mo Alberici.* p. 20. *Joannis Pierii Va-
leriani de Litteratorum infelicitate liber* 1. *Joannis Georgii Schelhorn Amœ-
nitates Litterariæ* tom. 3. p. 145.

GUY COQUILLE.

GUY *Coquille*, Sieur de *Rome-gnay*, naquit le onze Novembre 1523. à *Dezise*, Ville du Nivernois, située dans une Isle de *la Loire*, & non pas à *Nevers*, comme l'a dit M. *de Thou*, de *Guillaume Coquille*, Sieur de *Romenay*, Grenetier dans cette Ville, & de *Jeanne Bourgoing*, fille d'un Lieutenant Général de *Saint-Pierre le Mouftier*.

Il perdit sa mere à l'age de trois ans, mais il ne souffrit point de cette perte; car son pere s'étant remarié, sa belle-mere eut pour lui beaucoup de tendresse, & contribua, autant qu'elle put, à son éducation.

On l'envoya à *Paris* en 1532. & on le mit au College de *Navarre*, pour y faire ses études d'Humanités. Il le quitta au bout de six ans, & passa encore deux années & demie à *Paris* sans rien faire.

Etant enfin retourné à l'âge de 17. ans dans sa patrie, il trouva un Patron, qui ayant dessein d'aller à

Padouë & dans l'Etat de *Venife*, le prit avec lui, & lui fournit liberalement de quoi l'y entretenir dans fes études de Droit. Il s'appliqua à cette Science à *Padouë* pendant dixhuit mois, principalement fous *Marian Socin* le jeune, qu'il cite fouvent en fes Ecrits, le nommant toujours fon Maître. Mais quoiqu'il eût été imbu des principes de la Jurifprudence par des Docteurs Italiens, & qu'il s'en ferve quelquefois dans fes livres, il ne fe laiffa pas prevenir tellement en leur faveur, qu'il ne reconnût bien leurs défauts; comme il paroît par le jugement qu'il en a fait dans fa Préface fur la Coutume du Nivernois. C'eft pourquoi il ne confeille pas au François de s'arrêter à ces Docteurs, mais à d'autres, qui ont *la lumiere d'entendement plus nette, & meilleures Ames tant en fait de confcience que d'honneur.*

Il revint en France à l'âge de 20. ans, ayant fait tout fon voyage à pied, parce que fes parens n'étoient point en état de lui donner les fecours neceffaires pour le faire plus commodément. En effet il trouva les

GUY CO- QUILLE.

GUY CO-QUILLE.

affaires de sa maison dans un dérangement étrange. Il eut cependant une ressource dans son malheur. *Guillaume Bourgoing*, Conseiller au Parlement de *Paris*, son Oncle maternel, le fit venir auprès de lui, & le mit chez un Procureur, afin qu'il y apprît les affaires du Palais.

Il y demeura un an, après lequel son Oncle le retira chez lui, & s'en servit pendant deux années & demie en qualité de Clerc, ou de Secretaire.

Se voyant alors stilé dans la pratique, & mieux en état de comprendre les épines & les difficultés du Droit, il en reprit l'étude à l'âge de 25 ans, & alla dans cette vûë à *Orleans*, où il s'y adonna pendant deux années.

Il songea pour lors à travailler aux affaires de sa famille, & il le fit avec tant de succès, qu'il remit tout dans l'ordre, & s'assura les heritages que ses ancêtres avoient possedés.

Après avoir frequenté quelque temps le Barreau à *Paris*, il se retira à *Dezise*, où il se maria le 18. Decembre 1553. âgé de trente ans,

& épouſa une Niece de ſa belle-me-GUY CO-re, nommée *Anne*, qui mourut en QUILLE. couche de ſon ſecond enfant pendant l'été de l'année 1556. Il ſe re-maria quinze mois après, & épouſa une veuve, de ſon âge, qu'il ne nous fait connoître que par le nom de *Claudine*.

Le feu ayant pris le 1. Septembre 1559. à *Dezife*, & ayant conſumé une partie de la ville, *Coquille* en ſortit cinq mois après, & alla par le conſeil de ſes amis s'établir à *Ne-vers*, dont ſa famille étoit origi-naire, & que ſon triſayeul avoit quitté pour aller demeurer à *Dezife*.

La reputation, qu'il s'étoit déja acquiſe par ſon merite & ſa capacité, l'y fit recevoir avec plaiſir, & il ſe vit bientôt employé d'une maniere avantageuſe pour lui.

Il fut même nommé au mois de Decembre de la même année 1560. avec *Gui Rapine de Sainte-Marie*, Lieutenant Général au Baillage de Nivernois, pour aller aux Etats Ge-neraux, convoqués à *Orleans*, com-me Depuré du Tiers Etat du Niver-nois.

Au mois de Mai de l'an 1562. *François de Cleves II.* du nom, premier Duc de Nivernois, l'envoya à *Cleves* pour traiter de quelques affaires importantes, qu'il avoit avec *Guillaume de Cleves;* & *Coquille* les termina plus promptement & plus avantageusement, que ce Prince ne l'esperoit.

En Septembre 1568. il fut élu tout d'une voix premier Echevin de la Ville de *Nevers,* & il remplit cette charge pendant deux années. C'étoit dans le fort des guerres civiles, & il est à presumer, qu'on l'avoit choisi, comme un homme de la sagesse & de la conduite duquel on avoit besoin dans un temps si fâcheux. En effet il donna de si bons ordres, que la Ville de *Nevers* fut toujours tranquille.

En Mai 1571. il fut pourvû de la Charge de Procureur-Général du Nivernois & du Donziois, par M. *Louis de Gonzague,* Duc de *Nevers,* à cause de sa femme *Henriette de Cleves.* Cet Office étoit recherché par plusieurs personnes du pays, mais *Coquille* leur fut preferé, quoiqu'il ne l'eût point demandé.

On voit par le Commentaire qu'il GUY CO-
a fait fur la Coutume du Nivernois, QUILLE.
qu'il avoit été Bailli de la Juſtice de
Thienges ; fur quoi *Pierre Pithou* difoit que cette Seigneurie *étoit bienheu-*
reuſe d'avoir joüi des jugemens d'un
homme, que la plus grande Ville du
Royaume eût été bien honorée d'avoir
pour Souverain Magiſtrat.

Coquille fut encore envoyé comme deputé du Tiers Etat du Nivernois, aux premiers Etats de *Blois* en
1576. & aux feconds en 1588.

Ayant perdu fa feconde femme
en 1573. il demeura veuf juſqu'en
1576. qu'il en prit une troiſiéme
nommée *Florence*, native de *Dezize*,
& veuve fans enfans, qui mourut
en 1584.

Quoiqu'il eût quitté de bonne
heure la Ville de *Paris*, pour fe retirer dans le Nivernois, on lui en-
voyoit fouvent de cette Ville des
mémoires, pour le confulter & pour
fçavoir fon avis.

Le Roi *Henri IV.* informé de fon
merite voulut le faire entrer dans
fon Confeil ; mais *Coquille* n'avoit
pas aſſez d'ambition pour accepter

Guy Co-cet honneur, auquel il prefera son
QUILLE. repos & le travail de son Cabinet. Sa
modestie étoit même si grande qu'il
n'a voulu publier de son vivant presque aucun de ses Ouvraages.

Il mourut le onze Mars 1603.
dans sa 80. année, & fut enterré
dans l'Eglise paroissiale de *S. Pierre*
de *Nevers*, avec cette Epitaphe.

Cy gist noble homme & sage Maître
Guy Coquille, Sieur de Romenay & de
Beaudeduit, Procureur Général de Ni-
vernois & de Donziois, qui deceda le
enziéme jour de Mars 1603.

Beaudeduit étoit une terre qu'il
avoit achetée en 1584.

Personne n'ignore son habileté
dans la Science du Droit, & principalement dans celle du Droit Cou-
tumier, non plus que sa probité &
sa modestie. A ces bonnes qualités il
ajoutoit un désinteressement parfait.
Charitable à l'égard des pauvres, il
les aidoit liberalement de ses Con-
seils, de sa bourse & de son credit,
lorsqu'il les voyoit opprimés injuste-
ment. Il mettoit même à part le di-

xiéme de tout ce qu'il gagnoit pour Guy Co-
le joindre à fes autres aumônes, & QUILLE.
pour en affifter les miferables.

Catalogue de fes Ouvrages.

1. *Guidonis Conchylii, Romenæi Ni-*
vernenfis, Poëmata. Niverni 1590.
in-8°. It. *Ibid.* 1593. *in-8°.* pp. 181.
ou plûtôt 105. parce qu'il y a dans
cette édition deux interruptions de
pages & de fignatures, fans qu'il
manque rien au livre. L'Auteur des
Effais de Litterature, qui met mal
cette édition en 1592. dit que la premiere eft preferable, à caufe de certains termes, qu'il changea dans la
feconde, fur le chapitre des Etats
Generaux; mais je fuis perfuadé qu'il
fe trompe, quoique je n'aye point
vû la premiere. Car les termes dont
il fe fert dans la feconde, font fi
forts, qu'il eft à prefumer qu'il n'en
a jamais dit davantage. Au refte toutes les deux éditions font fort rares.

Les principales piéces, qu'on
trouve dans ce Recueil, font les fuivantes.

Odyffea Homeri liber nonus in ver-
fus heroïcos Latinos tranflatus.

Annales noftrorum Laborum. Les

Guy Co- deux piéces, qui portent ce titre,
QUILLE. font les plus curieufes & les plus in-
tereffantes. *Coquille* y fait un récit
fort circonftancié de toutes les particularités de fa vie, depuis fa Naiffance jufqu'en 1550. avec toutes les
dates neceffaires.

Querimonia.

Contra Fifcales Fures. Ces deux
piéces font remplies de traits fort libres, convenables au temps auquel
elles ont été compofées.

Il ne faut pas omettre ici une pratique de *Coquille*, qu'il feroit à fou-
haitter que tous les Poëtes euffent
obfervée; c'eft qu'à la fin des principales piéces il a eu foin de marquer
l'année & fouvent même le jour,
qu'il les a faites.

2. *Pfalmi Davidis centum quinquaginta paraphraftice tranflati in verfus
Heroïcos. Niverni* 1592. *in-*8°. Ces
deux volumes de Poëfies Latines
n'ont point été inferées dans les Recueils de fes Oeuvres.

3. *Les Coutumes du Pays & Duché
de Nivernois, avec les Annotations &
Commentaires de Me. Guy Coquille.
Paris* 1605. *in-*f°. Comme *Coquille*

ne laiſſa point d'enfant mâle, tous Guy Co-
ſes Manuſcrits paſſerent après ſa QUILLE.
mort entre les mains de M. *Pome-*
reuil Avocat à *Nevers*, un de ſes
Gendres, qui avec l'agrément de ſes
beaux-freres chargea *Guillaume Joly*,
Avocat au Parlement de *Paris*, &
Lieutenant Général de la Conneta-
blie & Marechauſſée de France, ſon
oncle, de les donner au Public. Celui-ci ſe chargea d'autant plus volontiers de cette commiſſion, qu'il
avoit été ſon ami, & qu'il étoit,
comme lui, de *Dezife*. Il commença
par le Commentaire, à la tête duquel il mit une vie de *Coquille* de
ſa façon.

4. *Inſtitution au Droit des François.*
Paris. L'*Angelier* 1608. *in-*4°. *Joly*,
qui publia encore cet Ouvrage, y
joignit les *Regles du Droit François*,
compoſées par *Antoine Loiſel*, ſon
beau-pere.

5. *Queſtions & Réponſes ſur les Cou-*
tumes de France. Paris. L'*Angelier*
1611. *in-*4°. Publiées encore par Joly.

6. *Hiſtoire du Pays & Duché de Ni-*
vernois. Paris 1612. *in-*4°. Joly ne

Guy Co- pouvant vaquer à l'édition de cette
QUILLE. histoire, à cause d'une longue maladie, dont il mourut l'année suivante
1613. en donna le soin à *Antoine
Loisel*, à qui il confia le Manuscrit
de *Coquille*.

7. Les *Oeuvres de Maître Guy Coquille*, contenant la Coutume de Nivernois; les Institutions au Droit François; les Questions & Réponses sur toutes les Coutumes de France. *Paris* 1646.
in-fol. Celui qui a réuni ici les trois
Ouvrages de Droit de *Coquille*, qui
avoient déja paru, y a joint les *In-
stitutes Coutumieres de France par Antoine Loisel*.

8. *Oeuvres Posthumes*, excellens &
curieux de *Maître Guy Coquille*, nouvellement recouvrés & mis en lumiere.
Ensemble trois autres petits Ouvrages
de divers Auteurs. 1650. *in-4°.* Il n'y
a ici que trois pièces de *Coquille*.

Dialogue sur les causes des Miseres
de la France, entre un Catholique ancien, un Catholique zélé, & un Palatin. pp. 64.

Mémoires pour la reformation de
l'Etat Ecclesiastique. pp. 184.

Traité des libertés de l'Eglise de
France. pp. 88.

9. *Les Oeuvres de Maître Guy Co-* Guy Co-
quille, contenant plufieurs Traités tou- QUILLE.
chant les libertés de l'Eglife Gallica-
ne, l'Hiftoire de France, & le Droit
François; entre lefquels plufieurs n'ont
point encore été imprimés, & les au-
tres ont été exactement corrigés. Paris
1665. *in-fol.* deux vol. It. *Bordeaux*
1703. *in-fol.* deux vol. Il faut
rapporter ici en détail ce qui eft renfermé dans ce Recueil.

Dans le premier volume, à la tête duquel eft une *Préface ou difcours*
fur la vie & les Oeuvres de Guy Co-
quille, font les Ouvrages fuivans.

Mémoires pour la Reformation de
l'Etat Ecclefiaftique. p. 1. Compofés
en 1592. & imprimés parmi fes *Oeu-*
vres Pofthumes en 1650.

Traité des libertés de l'Eglife de
France, & des Droits & autorité que
la Couronne de France a ès affaires de
l'Eglife dudit Royaume par bonne &
fainte union avec ladite Eglife. p. 75.
de l'Edition de 1703. que je fuis ici.
Compofé en 1594. & imprimé en
1650. parmi fes *Oeuvres Pofthumes.*

Autre Traité des libertés de l'Eglife
de France. p. 109. C'eft le grand trai-

GUY CO-
QUILLE.
té, dont M. *de Thou* parle dans l'E-
loge, qu'il a fait de *Coquille* au 129.
livre de son Histoire sur l'an 1603.
& qu'il dit avoir été derobé; mais
qui avoit été seulement prêté, & qui
ayant passé de main en main, sans
qu'on sçût ce qu'il étoit devenu, a
été enfin retrouvé en 1656.

*Discours des Droits Ecclesiastiques
& libertés de l'Eglise Gallicane, & les
raisons & moyens d'abus, contre les
Bulles decernées par le Pape Gregoire
XIV. contre la France en* 1591. p.
173. Il a été imprimé avec les *Traités des Droits & libertés de l'Eglise
Gallicane* en 1612. *in* 4°. & en 1639.
in-fol. avec un Extrait de son *Institution au Droit François* par rapport
à ces libertés; qui avoit déja paru
dans une édition de ces Traités faite
en 1609.

*Autre discours sur le même sujet pre-
senté à Madame Henriette de Cleves,
Duchesse de Nivernois, qui avoit desiré être éclaircie sur le fait desdites Bulles Monitoriales de Gregoire XIV. &
de la celebre Assemblée tenue à Chan-
tres au sujet d'icelles, de* 21. Septembre 1591. p. 191.

Devis entre un Citoyen de Nevers, Guy Co-
y demeurant, & un Citoyen de Paris, qu'il s'eft
retiré à Nevers, fur le fujet de la Pro-
teftation du Cardinal de Plaifance, du
Dimanche onziéme Juillet 1593. p.
199. La Proteftation, qu'on voit ici,
eft datée du 13. Juin 1593.

Pour propofer à fa Sainteté les in-
conveniens qui peuvent arriver, fi elle
fe rend trop rigoureufe à la reconcilia-
tion du Roi, & à compofer les affai-
res de France. p. 212.

Dialogue fur les caufes des miféres
de la France entre un Catholique an-
cien, un Catholique zélé & un Pala-
tin. p. 214. Fait en 1590. & imprimé
parmi les Oeuvres Pofthumes en 1650.

Difcours fur les maux prefens du
Royaume. p. 240. Cette piéce n'eft
pas achevée.

Des Benefices de l'Eglife. p. 243.

Du Concile de Trente & de la recep-
tion & publication d'icelui. p. 253.

Des entreprifes des Papes & du Le-
gat, qui étoit en France pour la Ligue.
p. 258.

Que les maux de la France pendant
la Ligue venoient faute de Reformation,
principalement de l'Etat Ecclefiaftique.
p. 264.

Mémoire de ce qui est à faire pour le bien du Pays de Nivernois, envoyé à M. de Nevers par Maître Erard Bardin, qui est parti le 18. Août 1573. p. 269.

Plaidoyé fait au Conseil privé du Roi pour les Echevins & Habitans de la Ville de Nevers pour l'extinction & abolition des Bourdelages contre les Doyen, & Chapitre, Abbé & Couvent de S. Martin &c. de Nevers. Par Guillaume Rapine Lieutenant Général du Nivernois le 9. Août 1554. p. 273. Cette piéce n'a été mise ici, que parce que *Coquille* a eu beaucoup de part à cette affaire, & que le Mémoire précedent y a beaucoup de rapport.

Discours des Etats de France, & du Droit que le Duché de Nivernois a en iceux. p. 276.

Qu'en fait d'Etats, les Gouvernemens, les Baillages, & Senechauffées ne doivent être en confideration, & encore moins les Sieges Préfidiaux. p. 286.

Histoire du Pays & Duché de Nivernois. p. 289.

Des Pairs de France, leur origine, fonction, rang & dignité; & comme les

anciennes Pairies layes ont été réunies Guy Co-
à la Couronne, au moyen de laquelle QUILLE.
réunion, autres nouvelles ont été créées
avec l'ordre de leur création & reception en icelles. p. 450. Il composa ce
Mémoire pour le Duc de *Nevers.*

Ordonnances du Roi Henri III.
sur les plaintes & doleances faites par
les Deputés des Etats de son Royaume,
convoqués & assemblés en la Ville de
Blois, avec les annotations sur icelles
par Guy Coquille. p. 462.

Dans le 2e. volume sont les Ouvrages suivans, précedés de la vie de
Coquille par *Guillaume Joly,* & de
son Eloge par M. *de Thou.*

Les Coutumes du Pays & Duché de
Nivernois avec les annotations de Guy
Coquille.

Institution au Droit des François.

Questions, Réponses & Meditations
sur les Coutumes de France.

V. Les deux Poëmes de Coquille,
contenant l'histoire de sa vie. C'est ce
que nous avons de plus exact & de
plus circonstancié sur lui. *Son Eloge*
par *Guillaume Joly. Sa vie à la tête des*
éditions de ses Oeuvres des années 1665.
& 1703. *Les Eloges de M. de Thou*
& les additions de Teissier.

ANTOINE DE LA FOSSE.

ANTOINE *de la Fosse*, sieur
d'*Aubigny* naquit à *Paris* vers
l'an 1658. Son pere étoit Orfévre,
& frere du fameux Peintre de ce
nom.

Il fut d'abord Secretaire de M.
Foucher, Envoyé du Roi à *Florence*.
Cette particularité se trouve marquée
dans le Catalogue de la Bibliotheque du Roi, & a été inconnue à tous
ceux qui ont parlé de lui. Ce fut
pendant le séjour qu'il fit en cette
Ville, qu'il y fut reçu dans l'Academie des *Apatistes*.

Il s'attacha ensuite en la même
qualité au Marquis *de Crequi*, Lieutenant Général des Armées du Roi,
auprès duquel il étoit, lorsque ce
Seigneur fut tué à la bataille de *Lu-
zara* en Italie, au mois de Septembre
de l'an 1702. & il fut chargé d'ap-
porter son cœur à *Paris*.

Il devint depuis Secretaire de M.
le Duc d'*Aumont*, & par-là Secretaire

re Général du Boulonnois, dont ce A. de la
Duc étoit Gouverneur. Fosse.

Il mourut à *Paris* dans fon Hôtel, le 2. Novembre 1708. âgé feulement de 50. ans, & fut enterré à
S. Gervais.

C'étoit un vrai Philofophe, de-
taché des biens de la fortune, qui
rempliffoit fes devoirs en honnête
homme, & dont la Poëfie faifoit la
principale occupation.

L'inclination qu'il avoit pour cet
Art, & l'application qu'il y donnoit, lui caufoient affez fouvent des
diftractions fingulieres. M. *Titon du
Tillet* en rapporte dans fon *Parnaffe
François* un exemple qu'il ne faut
pas omettre.

» Je l'avois, dit-il, prié à dîner
» chez moi avec quelques perfonnes
» de Lettres. Il m'avoit promis de
» s'y rendre fur le midy: mais l'ayant
» attendu jufqu'à deux heures, on
» fe mit à table. Notre Poëte arriva
» fur les quatre heures très-fatigué,
» & me fit quelques excufes d'arri-
» ver fi tard, en m'affûrant qu'il
» étoit parti fur les onze heures du
» matin de l'Hôtel d'*Aumont*, ruë de

Tome XXXV. C

A. DE LA FOSSE.

» Joüi, pour venir chez moi dans
» l'Isle *S. Louis*, qui en est fort pro-
» che ; mais qu'il avoit l'esprit si
» rempli & si échauffé de cinq ou six
» vers d'un des plus beaux endroits
» de l'Iliade, qu'il vouloit traduire
» en vers François, qu'il avoit passé
» à côté de ma porte, sans se ressou-
» venir de la partie que je lui avois
» proposée ; que de-là il avoit tra-
» versé le pont de la Tournelle, &
» passé la porte *S. Bernard* ; & qu'en-
» fin il s'étoit trouvé dans le milieu
» de la plaine d'*Yvry*, où s'étant fort
» fatigué le corps & l'esprit, la faim
» l'avoit reveillé & lui avoit rap-
» pellé à la mémoire le dîner où je
» l'avois invité. Il fut le bienvenu
» & on lui servit de quoi satisfaire
» à son appetit. M. *Boivin* l'aîné, un
» de mes Convives, homme d'une
» mémoire prodigieuse, & peut-être
» celui de son siecle qui possedoit
» le mieux les Auteurs Grecs, lui
» dit : *M. de la Fosse, je suis presque*
» *sûr, que voilà les vers d'Homere qui*
» *vous ont si fort occupé*, & les lui
» recita comme on les prononce
» dans l'Université de *Paris. La Fosse*

» lui repondit : *Non* , *Monſieur* , & A. DE LA
» *les voici* ; & dit les mêmes vers ſe- FOSSE.
» lon la prononciation du Collège
» des Jeſuites. *Eh bien* , dit M. *Boi-*
» *vin* , *ce ſont les mêmes vers* ; *vous les*
» *avez prononcés autrement que moi.*

Catalogue de ſes Ouvrages.

1. *Polixene* , *Tragedie. Paris* 1696.
*in-*12. Cette piéce fut ſon coup d'eſſai , & on la repreſenta avec ſuccès
en 1696. Mais elle ne fut pas également goûtée dans la repriſe , qui en
fut faite en 1718. On avoit déja deux
Tragedies de ce nom ; l'une de *Jean*
Behourt , repreſentée au College des
Bons Enfans le 7. Septembre 1597.
& imprimée à *Rouën* en 1598. *in-*12.
l'autre de *Claude Billard* , Sieur de
Courgenay , imprimée avec ſes autres
Tragedies à *Paris* , en 1710. *in-*8°. Il
en a paru depuis une autre en un
ſeul Acte , faiſant partie des *Trois*
Spectacles. Paris 1729. *in-*8°. Celle-
ci eſt de M. *Dumas d'Aiguebert.* Je
puis ajouter ici un Opera du même
nom par M. *de la Serre* , repreſenté
en 1706.

2. *Manlius Capitolinus* , *Tragedie.*
Paris 1698. *in-*12. C'eſt la meilleure

A. DE LA
FOSSE.

de quatre piéces de cet Auteur. On a dit d'elle, que *Corneille* auroit pû l'avoüer, sans faire de tort à sa réputation. Cependant la Critique ne l'épargna pas ; mais l'Auteur dans sa Préface donne pour toute réponse à ses Censeurs, l'approbation dont le Public à honoré son Ouvrage.

3. *Thesée*, *Tragedie*. *Paris* 1700. *in*-12. Cette piéce fut representée en 1699. & eut moins de succès que les deux précédentes. On reprocha à l'Auteur d'avoir alteré le caractere de *Medée* en l'adoucissant. On avoit déja une Comedie, une Tragedie, & un Opera de ce nom. La Comedie a pour titre : *Les Amours de Theseus & de Dejanira*, *Comedie*. *Anvers* 1577. *in*-80. *Gerard de Vivre*, ou *du Vivier*, de *Gand*, Maître de l'Ecole Françoise de *Cologne*, en est l'Auteur. La Tragedie, qui est en prose, est de *Puget de la Serre* ; elle a pour titre : *Thesée*, *ou le Prince reconnu*, *Tragedie*. *Paris* 1644. *in*-4°. L'Opera, qui a *Quinault* pour Auteur, est de l'an 1675.

4. *Coresus & Callirhoe*, *Tragedie*. *Paris* 1704. *in*-12. Cette piéce fut

repreſentée en Decembre 1703. mais
elle ne réuſſit pas, & l'on fut obligé
de la retirer après trois ou quatre re-
preſentations. Ces quatre Tragedies
ont été réimprimées en un volume
à *Paris* l'an 1706. *in*-12.

A. DE LA
FOSSE.

5. *Traduction Nouvelle des Odes
d'Anacreon ſur l'Original Grec. Par
M. de la Foſſe. Avec des Remarques,
& d'autres Ouvrages du Traducteur.
Paris* 1704. *in*-12. It. 2e. *Edition augmentée de deux Odes, l'une de Pinda-
re, & l'autre d'Horace, traduites avec
des Remarques, par le même. Paris*
1706. *in*-12. La traduction des Poëſies d'*Anacreon*, qui eſt en vers, ſe
trouve jointe à celle de Madame *Dacier*, qui eſt en proſe, dans une Edition d'*Anacreon* faite à *Amſterdam* en
1716. *in*-8°. Parmi les piéces diverſes de Poëſie de *la Foſſe*, on trouve
une Ode Italienne, qui lui merita
l'honneur d'être reçu dans l'Academie des *Apatiſtes*; & un diſcours Italien en proſe de trois pages, qu'il
prononça dans cette Academie ſur
cette queſtion. *Quels yeux ſont les plus
beaux, des bleux ou de noirs?* Sa ſo-
lution eſt galante. Il donne l'avan-

C iij

A. DE LA FOSSE.

tage aux yeux bleux ou noirs, qui jetteront sur lui des regards plus favorables. On voit par une pièce, qui est ici, qu'il a été en Portugal, mais on ignore le temps & le sujet de ce voyage.

6. *Ariane abandonnée par Thesée.* Cantate. Elle a été mise en Musique par *François Couperin.*

V. *Le Parnasse François de M. Titon du Tillet. Les Recherches sur les Théatres de France de M. de Beauchamps tom. 2. p. 451. La Bibliotheque des Théatres.*

CAMPEGE VITRINGA.

C. VI-TRINGA.

CAMPEGE *Vitringa* naquit à *Leuvarde* en Frise le 16. Mai 1659. d'*Horace Vitringa*, Secretaire de la Cour Souveraine de Frise, & d'*Albertine de Haen.*

Il fit ses premieres études dans sa patrie, & y apprit assez bien les langues Grecque & Hebraïque, pour lire les textes originaux de l'Ecriture Sainte.

A l'âge de 16. ans, c'est-à-dire en

1675. il paffa à l'Academie de *Fra-* C. VI-
nequer, où il s'appliqua pendant un TRINGA.
an à la Philofophie, & pendant deux
autres à la Théologie. Il apprit cette
derniere Science fous *Nicolas Ar-*
nold, *Herman Witfius*, & *Jean Marc-*
kius.

La reputation de *Frederic Span-*
heim, de *Chriftophe Wittichius*, d'*E-*
tienne le Moyne, & d'*Antoine Hul-*
fius, qui enfeignoient la Théologie
à *Leyde*, l'engagea à fe rendre enfuite dans cette Ville, pour y prendre de leurs leçons; & ce fut là qu'il
prit le degré de Docteur en Théologie le 9. Juillet 1579.

De retour en fa patrie, il fut reçu
Miniftre le 3. Juin 1680. Il ne demeura pas après cela long-temps fans
emploi; car deux mois après, c'eft-
à-dire le 19. Août, il fut nommé à
une Chaire de Profeffeur des Langues Orientales à *Leuvarde*, & il en
prit poffeffion le 11. Janvier de l'année fuivante 1681. par un difcours
De Officio probi Sacrarum Litterarum
Interpretis.

Il fe maria la même année, &
époufa *Guillelmine van Hell*, fille

d'un Ministre d'*Harlem*, dont il eut
cinq enfans, quatre garçons & une
fille.

Il ne remplit pas long-temps la
place de Professeur des Langues O-
rientales; il fut appellé le 18. Juillet 1682. à celle de Professeur en
Théologie, à la place de *Jean Marc-
kius*, qui avoit quitté *Leuvarde*, pour
passer à *Groningue*. Mais divers obstacles ne lui permirent d'en prendre possession que le 8. Mai de l'année suivante 1683. Il prononça en
cette occasion un discours *de Amore
veritatis*.

Après avoir rempli ce poste pendant dix ans, il fut fait Professeur
en Histoire Sacrée le 6. May 1693.
à la place de *Perizonius*, qui avoit
été appellée à *Leyde*.

On voulut l'attirer en 1698. à
Utrecht, où on lui offrit des condi-
tions très avantageuses. Mais l'attachement qu'il avoit pour sa patrie
l'empêcha de les accepter, & l'Academie de *Leuvarde* lui en témoigna
sa reconnoissance, en augmentant
considerablement ses gages.

Sa santé fut long-temps chance-

lante ; mais enfin une attaque d'A- C. VIE
poplexie l'enleva le 31. Mars 1722. TRINGA.
dans ſa 63. année.

Albert Schultens , Profeſſeur en
Langues Orientales , prononça ſon
Oraiſon funebre.

Catalogue de ſes Ouvrages.

1. *Sacrarum Obſervationum liber
primus. Franequera* 1683. *in-*4°. It.
Libri duo. Franequera 1689. *in-*40.
C'eſt une nouvelle édition corrigée
du premier livre , avec un ſecond
qui y a été ajouté. It. *Liber tertius.
Franequera* 1691. *in-*40. It. *Libri quatuor. Franequera* 1700. *in-*40. It. *Liber quintus & ſextus. Ibid.* 1708. *in-*
4°. Ces ſix livres ont été réimprimés
depuis enſemble à *Franequer* en 1711.
1712. & 1719. *in-*40. Cet Ouvrage ,
où l'Auteur examine pluſieurs endroits de l'Ecriture Sainte , a été fort
critiqué par quelques perſonnes, qui
ont prétendu qu'il s'étoit donné
trop de liberté en les expliquant , &
l'ont accuſé ſur cela d'Heterodoxie.
C'eſt de quoi il s'eſt plaint dans l'E-
pître dédicatoire de l'Ouvrage ſuivant.

2. *Archiſynagogus obſervationibus*

C. VI-
TRINGA. novis illustratus ; quibus veteris Synagogæ constitutio tota traditur, inde de-
ducta Episcoporum Presbyterorumque
prima Ecclesiæ origine. Franequeræ
1685. in-40.

3. Introduction à l'idée veritable du
Temple de Jerusalem. (en Flamand)
Franequer. 1687. in-8°. 2. vol. Jean
Henri Cocceius ayant opposé à cet
Ouvrage, un autre aussi en Flamand
sous le titre d'Examen plus exact du
Temple d'Ezechiel. Amsterdam 1692.
in-40. Vitringa lui repondit par le
suivant.

4. La veritable explication du Temple d'Ezechiel defendue contre Jean
Henri Cocceius (en Flamand) Harlem 1693. in-8°.

5. De Decem-viris Otiosis ad Sacra
necessaria veteris Synagogæ curanda
deputatis liber singularis : in quo Ligh-
footi sententiæ de hoc argumento non ita
pridem à se acceptæ ratio redditur,
quæque illis nuper objecta sunt, diffi-
cultates è medio removentur ; illustra-
tis, ubi occasio est, cum locis Sacræ
Scripturæ, tum antiquis Civitatis Hebræorum consuetudinibus. Franequeræ
1687. in-4°. Vitringa avoit suivi dans

son *Archisynagogus* le sentiment de
Lighfoot sur les dix *Oiseux* de la Sy-
nagogue. *Jacques Rhenferd* le criti-
qua sur ce point dans ses *Disserta-*
tiones Philologicæ de decem Otiosis Sy-
nagogæ. Franequeræ 1687. *in-4°.* C'est
ce qui a produit cette réponse de *Vi-*
tringa, qui est de beaucoup plus ample
que ne le meritoit un sujet de si peu
de conséquence. *Rhenferd* repliqua
par deux écrits, qui furent refutés
à leur tour par *Vitringa* dans la Préface de l'Edition de ses deux premiers livres des Observations Sa-
crées, qu'il donna en 1689.

6. *De Generatione Filii ex Patre &*
morte fidelium temporali disputationes
Theologicæ cum Clar. H. A. Roell.
Franequeræ 1689. *in-40.*

7. *De Synagoga vetere libri tres,*
quibus tum de nominibus, origine,
structura, Præfectis, Ministris & Sa-
cris Synagogarum agitur; tum præci-
pue formam regiminis & ministerii ea-
rum in Ecclesiam Christianam transla-
tam esse demonstratur. Franequeræ 1696.
in-4°.

8. *Doctrina Christianæ Religionis*
per Aphorismos summatim descripta.

C. Vi-
TRINGA.

Franequeræ 1690. 1693. 1702. *in-8°.*
Cette derniere édition est augmentée d'un Ouvrage intitulé: *Hypoty-*
posis Theologiæ Elenchticæ graviores ex-
hibens controversias, quæ super Chri-
stianæ Religionis doctrina Ecclesia Re-
formata cum diversis ejus sectis interce-
dunt. It. *Trad.* en Flamand. Delst
1696. & 1708. *in-8°.*

9. *Anacrisis Apocalypseos Joannis*
Apostoli, quâ in veras interpretandæ
ejus Hypotheses diligenter inquiritur,
& ex iisdem interpretatio facta certis
Historiarum monumentis confirmatur
atque illustratur; ea etiam quæ Mel-
densis Præsul Bossuetus, in hujus vati-
cinii commentario, supposuit, & exe-
getico Protestantium Systemati, in visis
de Bestia & Babylone Mystica objecit,
sedulo examinantur. Franequeræ 1705.
in-4°. pp. 1234. It. *Editio altera,*
cum cura recognita, his illis in locis
auctior. Accessit huic editioni Index
adcuratus. Amstelod. 1719. *in-4°.* It.
Leucopetræ 1721. *in-4°.* Ce gros commentaire ne contient gueres que des
conjectures, dont plusieurs sont
assez éloignées de la vraisemblance.
L'Eglise Romaine y est fort maltrai-

tée, & c'est peut-être la raison, qui C. Vi-
l'a fait rechercher & estimer par les TRINGA.
Protestans.

10. *Oratio de Synodis , earumque*
utilitate, necessitate , & autoritate. Fra-
nequeræ 1706. *in-*4°.

11. *Hypotyposis Historiæ & Chro-*
nologiæ Sacræ à Mundo Condito , us-
que ad finem sæculi primi Æræ vete-
ris. Accedit Typus Doctrinæ Propheti-
cæ. Franequeræ 1708. *in-*8°. pp. 544.
It. *Editio* 2ª. *Leovardiæ* 1716. *in-*8°.
It. *Jenæ* 1722. *in-*8°.

12. *Typus Theologiæ practicæ , sive*
de vita Spirituali ejusque affectionibus
brevis commentatio. Franequeræ 1716.
*in-*8°. It. *Bremæ* 1717. *in-*8°. On a
une traduction Françoise de cet Ouvrage sous ce titre : *Essai de Théolo-*
gie pratique, ou Traité de la vie spi-
rituelle & de ses caracteres , traduit
par M. de Limiers , Docteur en Droit.
Amsterdam 1721. *in-*8°. On en a aussi
une traduction Allemande imprimée à *Bremen* l'an 1717. *in-*8°. Jean
d'*Outrein* l'a traduit en Flamand , &
sa traduction a été imprimée à *Am-*
sterdam l'an 1717. *in-*8°.

13. *Commentarius in Librum Pro-*

C. VI-
TRINGA.
phetiarum *Isaiæ*, quo *sensus orationis ejus sedulo investigatur, in veras Visorum interpretandorum Hypotheses inquiritur, & ex iisdem facta interpretatio antiquæ Historiæ Monumentis confirmatur atque illustratur. Leovardiæ in fol. Pars prior.* 1714. *Pars posterior.* 1720.

14. *Explication des Paraboles de l'Evangile, traduite du Manuscrit Latin de Vitringa en Flamand par Jean d'Outrein. Amsterdam* 1715. *in-*4°.

15. *Animadversiones ad Methodum Homiliarum Ecclesiasticarum rite instituendarum. Franequeræ* 1721. *in-*8°. It. *Jenæ* 1722. *in-*80.

16. *Examen du sens Mysterieux des Miracles de Jesus-Christ. Explication allegorique & Mystique du Recit de Moyse touchant l'ouvrage des six jours. Eclaircissement de quelques endroits Prophetiques de l'Ecriture ;* 11. *Samuel* XXIII. 1-7. *Pseaumes* 68. 8. & 45. *Dictés à ses Ecoliers en Latin, & traduits en Flamand ; avec une Préface de H. Venema. Franequer* 1725. *in-*4°.

Deux de ses enfans se sont fait connoître dans la Republique des Lettres ; ainsi il est à propos d'en dire quelque chose.

Horace Vitringa étoit un jeune C. VI-
homme de grande efperance, qui TRINGA.
quoique mort à l'âge de 18. ans en
1696. a compofé le petit Ouvrage
fuivant, dans lequel il y a beaucoup
d'érudition.

*Animadverfionum ad Joh. Vorftii de
Hebraïfmis Novi Teftamenti Commen-
tarium fpecimen. Franequeræ* 1707. in-
8°. Avec *Lamberti Bos Obfervationes
mifcellaneæ.*

Campege Vitringa, autre fils de
notre Auteur, naquit à *Franequer* le
20. Mars 1693. Il fut reçu Docteur
en Théologie dans cette ville le 23.
Mai 1715. & l'année fuivante, on
le donna pour Collegue à fon pere,
en le nommant Profeffeur ordinaire
en Théologie à *Franequer.* Il époufa
le 14. Mai 1719. *Anne Sophie Sixte,*
dont il eut quelques enfans, qui
moururent dans l'enfance. Il mourut lui-même le onze Janvier 1723.
dans fa 30e. année. Le peu d'Ouvrages, qu'on a de fa façon, font les
fuivans.

*De Lucta Jacobi cum Angelo, ad
Genef.* XXXII. 24. *Differtationes Theologicæ duæ.* La première fe trouve

C. VI- dans le premier tome de la *Biblio-*
TRINGA. *theca Historico-Philologico-Theologica*
Bremensis, p. 773. & la seconde dans
le second volume de la même Bibliotheque p. 5.

Oratio inauguralis de Spiritu & Lit-
tera Religionis, *dicta publice in Tem-*
plo Academico, *cum solemnia Officii*
Professoris Ordinarii SS. Theologia ca-
pesseret 3. Non. Decembris 1716. Fra-
nequera 1717. in-fol. pp. 104.

Epitome Theologiæ Naturalis, *sive*
Tabella, *in qua series rerum in hac*
scientia tractandarum depingitur, *sum-*
matim exponitur, *numerisque suis ac*
certo ordini illigatur. Franequera 1720.
in-4º.

V. *L'Eloge du Pere dans le 6e. vol.*
de la Bibliotheque de Breme p. 735. &
celui du fils dans le 7e. vol. de la même
Bibliotheque p. 357.

LOUIS

LOUIS SAVOT.

LOUIS *Savot* naquit vers l'an 1579. à *Saulieu*, bourg du Diocèse d'*Autun* en Bourgogne, de parens honnêtes, mais peu accommodés.

Après avoir fait ses études, il vint à *Paris* vers l'an 1600. dans le dessein de se faire Chirurgien ; mais il changea depuis de pensée, & se tourna vers la Médecine. Il y fut reçu Bachelier en la Faculté de *Paris* l'an 1604. Il est vrai que son peu de bien l'empêcha de profiter dans cette science autant qu'il auroit pû faire. Cependant il soutint ses Theses en 1609. & fut Licentié l'année suivante 1610.

On ne sçait si le chagrin qu'il eut de n'avoir que le sixiéme lieu pour le Doctorat, ou bien la difficulté de fournir aux frais necessaires, l'empêcha de prendre le bonnet; mais il est certain que par dégoût, ou par quelque autre motif, il ne s'adonna plus tant à l'exercice de la Médecine.

Tome XXXV. D

L. SA-
VOT.

La recherche des choses Naturelles, comme des Pierres, des Terres, des Metaux & d'autres curiosités devint alors le sujet de son application. Il s'adonna aussi à l'Architecture, & se rendit habile dans la science des bâtimens.

Il se jetta depuis dans l'étude des Mines, & de-là dans celle des Monnoyes & des Medailles, & il réussit également dans tout.

Il mourut à *Paris* chez M. *Moreau*, Docteur & Professeur Royal en Médecine, vers l'an 1640. âgé de plus de 60. ans.

C'étoit un homme de bien & respectable par sa vertu, dont l'air étoit simple, bas, & mélancolique.

Catalogue de ses Ouvrages.

1. *Le livre de Galien de l'art de guerir par la saignée, traduit du Grec, & un discours pour la saignée.* Paris 1603. in-12.

2. *Nova, seu verius Nova-antiqua de causis Colorum sententia. Autore Lud. Savotio, in Academia Parisiensi Medicina Baccalaureo. Ejusdem de Tetragoni Hippocratici significatione contra Chymicos observatio.* Paris.

1609. *in-*8°. pp. 46. pour le premier L. SA-
Ouvrage, & 16. pour le ſecond. VOT.
Savot admet quatre couleurs primi-
tives, dont toutes les autres ſont
compoſées, le blanc, le noir, le
rouge, & le bleu.

3. *L'Architecture Françoiſe des Bâtimens particuliers. Paris* 1624. *in-*8°.
It. *Avec des figures & des notes de M.
Blondel. Paris* 1673. *in-*8°. It. 2ᵉ. *E-
dition augmentée. Paris* 1685. *in-*8°.
C'eſt la ſeconde que M. *Blondel* ait
donnée. *Savot* entre dans cet Ouvrage, qu'il a compoſé pour l'utilité
des particuliers, qui veulent faire
bâtir, dans un grand détail de tout
ce qui regarde les bâtimens, mar-
quant même les prix de chaque choſe. Mais comme il y a eu des changemens depuis lui, principalement
ſur ce dernier article; M. *Blondel* a
ajouté à ſon Ouvrage des notes, où
il marque ces changemens.

4. *Diſcours ſur les Medailles anti-
ques. Paris* 1627. *in-*4°. It. En Latin.
*Diſſertationes de Nummis antiquis, di-
viſæ in quatuor partes. Ex Gallica in
Latinam linguam tranſtulit Ludolphus
Neocorus.* Dans le XI. Tome des An-

D ij

tiquités Romaines de *Gravius*. Tous les connoisseurs font beaucoup de cas de cet Ouvrage, & le regardent comme un livre excellent, quoique l'Auteur y ait fait quelques fautes, parce qu'on ne connoissoit pas de son temps un grand nombre de Medailles, qu'on a decouvertes depuis.

5. M. *Blondel* dit dans son Eloge, qu'il avoit fait, à ce qu'il avoit appris, un petit Ouvrage sur *le Colosse Royal du Pont-Neuf*. Je ne sçai ce que c'est.

V. *Son Eloge par M. Blondel dans les deux Editions qu'il a donnée de son Architecture.*

THEOPHILE SPIZELIUS.

THEOPHILE *Spizelius* naquit à *Augsbourg* le 11. Septembre 1639. de *Theophile Spizelius*, dont le pere avoit été annobli par l'Empereur *Ferdinand II.* & d'*Anne Christine Schorer*.

Il perdit son pere à l'âge de sept ans ; mais sa mere répara cette perte

par le soin qu'elle prit de son éducation.

Il commença ses études Academi-
ques à *Leipsic* l'an 1654. âgé alors de
quinze ans, & il s'y fit recevoir Maître-ès-Arts en 1658.

Il passa ensuite à *Wittemberg*, d'où
après quelque séjour, il se rendit à
Leyde, & y demeura quelque temps.
De-là il alla à *Cologne*, à *Mayence*,
à *Francfort*, à *Strasbourg*, & enfin
à *Basle*, où il fit amitié avec *Jean
Buxtorf*.

Il ne songeoit qu'à voyager, lorsqu'il fut rappellé à *Augsbourg* l'an
1661. pour y être Diacre de l'Eglise
de *S. Jacques*. Il remplit ce poste
jusqu'à l'an 1682. qu'il fut fait Pa-
steur de la même Eglise ; enfin en
1690. il fut élevé à la dignité d'Ancien.

Il ne survécut pas long-temps à
cette élévation ; car après trois se-
maines de maladie, il mourut le 7.
Janvier 1691. dans sa 52e. année.

Il avoit épousé en 1663. *Jaqueli-
ne Miller*, dont il avoit eu cinq enfans, mais qu'il avoit vû tous mourir, à l'exception d'une fille.

T. Spi-
zelius.
   Catalogue de ses Ouvrages.

1. *De re litteraria Sinensium Commentarius, in quo scripturæ pariter ac Philosophiæ Sinicæ specimina exhibentur, & cum aliarum gentium, præsertim Ægyptiorum, Græcorum, & Indorum reliquorum litteris atque placitis conferuntur. Lugd. Bat. 1660. in-12.* Cet Ouvrage est décharné & d'une érudition médiocre, au jugement de *Theophile Sigefrid Bayer* dans son *Musæum Sinicum*, & si l'on en retranche les lieux communs, & ce que cet Auteur à emprunté des PP. *Mendoça, Semedo, Longobardi, Trigault,* & *Martini,* il ne lui restera presque rien, qui lui appartienne en propre ; & encore ce peu n'est-il pas exempt de fautes.

2. *Elevatio Relationis Monteziniana de repertis in America Tribubus Israëliticis, & discussio argumentorum pro origine Gentium Americanarum Israëlitica à Manasse Ben Israël in Spe Israëlis conquisitorum ; cum Joh. Buxtorfii de Judaico isto conatu ad Theoph. Spizelium Epistola. Basileæ 1661. in-8°.*

3. *Consideratio Corporis gloriosi. Norimbergæ 1662. in-8°.*

4. *Scrutinium Atheiſmi Hiſtorico-* T. Spi-
Ætiologicum. Auguſt. Vind. 1663. ZELIUS.
in-8°. Cet Ouvrage paroît pillé de
la Diſſertation de *Gisbert Voet de A-*
theiſmo avec laquelle il s'accorde
beaucoup, ſur tout dans les cita-
tions des Auteurs.

5. *Examen vaticinii cujuſdam An-*
glicani de ultimo Romæ excidio Aug.
Vindel. 1665. *in-4°.*

6. Copie d'une Lettre que Jean Frederic Electeur de Saxe écrivit il y a
113. ans à *Achille Gaſſerus* Médecin
d'Augsbourg, dans laquelle il lui témoigne qu'il eſt prêt à mourir plûtôt que
de ceder ou d'uſer de condeſcendance
dans les choſes qui regardent la Religion Chrétienne & la parole de Dieu,
publiée pour la premiere fois ſur l'Original, & accompagnée des Remarques
neceſſaires (en Allemand) *Augsbourg*
1665. *in-4°.*

7. *De Atheiſmi radice Epiſtolæ ad*
Henricum Meibomium. Auguſta Vin-
delic. 1666. *in-8°.*

8. *De Vaticiniis quibuſdam Ange-*
licis amica & placida collatio. Aug.
Vind. 1667. *in-8°.*

9. *Sacra Bibliothecarum illuſtrium*

T. Spi-   *Arcana retecta, sive MSS. Theologi-*
zelius.   *corum, in præcipuis Europæ Bibliothe-*
cis extantium designatio; cum prælimi-
nari dissertatione, specimine novæ Bi-
bliothecæ Universalis, & Coronide Phi-
lologica. Aug. Vindel. 1668. *in-*8°. La
dissertation preliminaire a été inferée dans le Recueil que *Jean André*
Schmidt a donné sous ce titre : *De*
Bibliothecis nova accessio Collectioni
Maderiana adjuncta. Helmstad. 1703.
*in-*4°. Elle y est intitulée : *Disserta-*
tio de Bibliothecis & Hebræorum erga
rem Bibliothecariam studio.

10. *De Atheismo eradicando ad An-*
tonium Reiserum Epistola. Aug. Vind.
1669. *in-*8°.

11. *Pius Litterati hominis Secessus;*
sive à profana doctrinæ vanitate ad sin-
ceram pietatem manuductio, Magni
Basilii aliorumque Patrum doctissimo-
rum exemplis & documentis illustrata.
Ibid. 1669. *in-*8°.

12. *Vetus Academia Jesu-Christi,*
in qua XXII. *prisca sinceræque pieta-*
tis Professorum icones exhibentur, &
qua ratione illi non verbis solum, sed
factis etiam exemploque proprio docue-
rint, ex ipsorummet monumentis, aliis-
que

que veneranda Antiquitatis Ecclesiasti- T. Spizeː
ca documentis, clarissime ostenditur. Lius.
Aug. Vind. 1671. *in-4°.* L'Auteur,
grand dévôt, tournoit tout du côté
de la pieté; mais il n'avoit pas assez
de goût ni de jugement pour le faire
comme il le falloit; c'est ce qui a
fait dire à l'Auteur des *Mémoires
Litteraires*, que ce bon Ministre,
qui dedioit à la Sainte-Trinité tous
ses Ouvrages, lui dedioit un bon
nombre de fariboles.

13. *Templum honoris reseratum, in
quo quinquaginta illustrium ævi hujus
Orthodoxorum ac beate defunctorum
Theologorum, Philologorumque imagines exhibentur, & quibus sive in Sacram, sive literariam rem meritis, quibus item monumentis librisque editis
vel Mss. inclaruerint, diserte ostenditur. August. Vind.* 1673. *in-4°.* L'Auteur donne trop dans les generalités, & le peu de faits, qu'on trouve dans son livre, est noyé dans une
multitude de paroles inutiles.

14. *Felix Litteratus, ex infelicium
periculis & casibus, sive de vitiis Litteratorum commentationes historico-
Theologicæ, quibus infelicium ex ani-*

Tome XXXV. E

T. Spize-
lius.

mo, hoc eft, *vitioforum Litteratorum*
calamitates & miferiæ, conquifitis exem-
plis & documentis felectioribus expo-
nuntur, atque eruditis ad vera & im-
perturbatæ felicitatis fedem tendentibus
via tutiffima oftenditur. Ibid. 1676.
in-8°. Cet Ouvrage & les deux fuivans font de pures compilations,
où parmi quelques chofes affez bonnes, on en trouve mille autres inutiles & triviales.

15. *Infelix Litteratus, labyrinthis*
& miferiis fuis cura pofteriori ereptus,
& ad fupremæ falutis domicilium de-
ductus, five de vita & moribus Litte-
ratorum commonefactiones novæ Hifto-
rico-Theofophicæ, quibus Myfterium
infelicitatis Litterariæ, extremaque vi-
tiorum doctos homines infamantium per-
nicies expreffius detegitur, prætermiffa
in opere anteriori exempla & documen-
ta exhibentur, atque Eruditis, culpa
fua erumnofis, via ad vera beatitudi-
nis portum, nec non ratio expeditiffi-
ma copulandæ cum doctrina eminentiori
virtutis folidæ oftenditur. Ibid. 1680.
in-8°.

16. *Litteratus feliciffimus, facræ*
Metanææ profelytus, five de converfio

ræ Litteratorum Commentarius, felectis Doctorum veterum, fcriptorumque Ecclefiafticorum monumentis & documentis, necnon fingularibus converforum litteratorum exemplis & hiftoriis illuftratus. Ibid. 1685. *in-*8o.

17. *La puiffance des tenebres renverfée, ou les Pactes des Diables avec les hommes détruits.* (en Allemand) *Augfbourg* 1687. *in-*8o.

18. *Sermon fur le couronnement de l'Archiduc Jofeph en qualité de Roi des Romains, prononcé le* 26. *Janvier* 1690. (en Allemand) *in-fol.*

19. *Le Jardin des Ames, ou Devoirs des Chrétiens* (en Allemand) *in-*12.

20. *Ad Litteratos Homines Autor Felicis, Infelicis, Feliciffimique Litterati de feipfo.* Cette Hiftoire de la vie de *Spizelius,* écrite par lui-même, fe trouve dans le Recueil d'*Henri Pipping,* qui a pour titre : *Sacer Decadum Septenarius memoriam Theologorum noftræ ætatis renovatam exhibens. Lipfiæ* 1705. *in-*8o. *p.* 363. C'eft proprement dans cette piéce qu'on découvre le talent qu'avoit l'Auteur de dire peu de chofes en beaucoup de paroles; on n'y trouve en effet aucun

E ij

T. Spize-
lius,

détail, ni aucune date, mais seulement des generalités assez vagues.
L'Editeur a suppléé à ce défaut en y
joignant les principales particularités
de sa vie, tirées de son Oraison funebre prononcée par *Narcisse Rauner.*

21. *Excerpta ex Epistolis Th. Spi-
zelii ad Ahasverum Fritschium scriptis.* Dans les *Monumenta varia inedita Joachimi Friderici Felleri.* p. 381.

22. *De potentiæ rationalis perfectio-
ne per habitus acquisitionem. Lipsiæ*
1658. *in-4°.* C'est une These à laquelle il présida, lorsqu'il eut été
reçu Maître-ès-Arts.

23. *De* εἱμαρμενολογία *Angelorum.
Lipsiæ* 1658. *in-4°.* Autre These.

24. *De Natura & Officiis Angelorum. Lipsiæ* 1658. *in-4°.* Autre These.

V. *Sa vie par lui même, avec les
notes de Pipping.*

FRANÇOIS LE METEL
DE BOISROBERT.

FRANÇOIS le *Metel de Bois-* robert naquit à *Caen* dans la Paroiffe de *Notre-Dame de Froiderüe*, d'un Procureur de la Cour des Aydes de *Rouën*, qui vraifemblablement étoit originaire de cette premiere Ville, où il y avoit autrefois des familles de ce nom. Il faut mettre fa naiffance vers l'an 1592. fi l'on s'en rapporte à *Gui Patin*, qui dans une Lettre à *Spon* du 8. Juin 1655. lui donne 63. ans.

F. DE BOISRO-BERT.

Les agrémens de fon efprit & de fon humeur, les charmes de fa converfation, & le talent qu'il avoit de railler agréablement, lui meriterent la faveur du Cardinal *de Richelieu*, qui le combla de biens.

Il eut l'Abbaye de *Châtillon-fur-Seine*, le Prieuré de *la Ferté-fur-Au-be*, & quelques autres benefices, avec les titres d'Aumônier du Roi & de Confeiller d'Etat, qu'il prenoit ordinairement, & obtint outre cela

E iij

des Lettres d'anoblissement pour lui
& pour ses freres.

Son plus grand soin étoit de délasser l'esprit du Cardinal après ses
grandes occupations, tantôt par ces
agréables contes qu'il faisoit mieux
que personne, tantôt en lui rappor-
tant toutes les petites nouvelles de
la Cour & de la Ville ; & ce divertissement étoit si utile à ce Ministre,
que M. *Citois*, son premier Médecin,
avoit coutume de lui dire : *Monsei-*
gneur, nous ferons tout ce que nous pour-
rons pour votre santé ; mais toutes nos
drogues sont inutiles, si vous n'y mêlés
un peu de Boisrobert.

Il contribua beaucoup à l'établis-
sement de l'Academie Françoise. Car
ayant fait au Cardinal *de Richelieu* un
recit avantageux des occupations de
la petite Assemblée, qui y donna occasion, & dans laquelle il avoit été
admis ; ce Cardinal fit proposer en
1634. par son moyen à ceux qui la
composoient, de former un corps ; &
cette proposition ayant été acceptée,
Boisrobert s'entremit dans cette affaire jusqu'à sa parfaite consommation.
L'Academie s'assembla même pen-

dant quelque temps chez lui.

Sa faveur auprès du Cardinal de Richelieu fut interrompue par une difgrace, dont on rapporte differemment le fujet. Les Lettres Manufcrites de *Chapelain* en parlent ainfi. Quand la Tragedie de *Mirame* fut jouée pour la premiere fois, le Cardinal fit défenfe d'y laiffer entrer qui que ce fût, hors les perfonnes qu'il auroit nommées lui même. *Boifrobert* cependant ne laiffa pas d'y faire entrer fecrettement deux femmes d'une reputation équivoque. La Ducheffe *d'Aiguillon*, qui ne l'aimoit point, comme ordinairement les parens des Grands n'aiment point leurs favoris, profita de cette occafion pour le perdre, en remontrant au Cardinal que *Boifrobert* étoit le feul, qui eût ofé méprifer fes ordres, & qu'à la vûe de la Reine & de toute la Cour, il avoit été le profanateur de fon Palais.

D'autres pretendent qu'ayant été foupçonné de débauche infame, fes ennemis profiterent de cette occafion pour le faire chaffer d'auprès du Cardinal. Quoiqu'il en foit, ce penchant

F. DE BOISRO-BERT.

E iiij

déreglé lui a été reproché souvent par des traits piquans. Ceux que *Menage* fit entrer dans sa *Requête des Dictionnaires* les brouillerent ensemble; mais ils se raccommoderent depuis.

L'Academie Françoise s'interessant à la disgrace de *Boisrobert*, fit une députation au Cardinal *de Richelieu* pour le lui redemander après quelques mois d'exil. Le Cardinal reçut fort bien les deputés, & après leur avoir dit, qu'ils meritoient d'avoir un Confrere moins étourdi que *Boisrobert*, il ajoûta que l'heure du pardon n'étoit pas encore venuë, mais qu'elle pourroit venir : en effet quelque temps après *Boisrobert* rentra dans ses bonnes graces, mais pour en joüir bien peu, car le Cardinal mourut la même année, 1642.

Il avoit employé pour cela M. *de Bautru*, qui avoit beaucoup de credit auprès de ce Ministre, & n'avoit rien oublié pour se justifier dans son esprit; *si vous aviez vû*, lui dit-il, *la personne au sujet de qui l'on m'accuse, vous en seriez surpris; il ne faut que la voir pour connoître mon innocence. Bon,*

lui repliqua M. *de Bautru*, ſa laideur   F. DE
vous excuſe-t'elle? vous n'en êtes que   BOISRO-
plus coupable. Allez, allez, je ferai   BERT.
votre paix.

    M. *de Bautru* ne réuſſit pas entiere-
ment à le reconcilier avec le Cardinal; il fallut que M. *Citois* s'en mê-
lât, & profitât d'une indiſpoſition
de ce Miniſtre. Car connoiſſant que
cette indiſpoſition ne venoit que de
quelque chagrin qu'il avoit eu, il
lui donna pour tout ordonnance *Re-
cipe Boisrobert*, pour lui faire comprendre que rien ne pouvoit contri-
buer davantage au retabliſſement de
ſa ſanté, que les contes plaiſans de
cet Abbé; Ordonnance qui eut l'effet qu'il ſouhaitoit.

    Une Lettre de *Gui Patin* à *Spon*,
datée du 8. Juin 1655. nous apprend
une autre diſgrace de *Boisrobert*. A-
près avoir dit que le Roi & toute
la Cour étoit partie le 18. de Mai
pour *Compiegne*, il ajoute. ‟ Avant
‟ que de partir, il a fait commande-
‟ ment à l'Abbé *Boisrobert*, âgé de
‟ 63. ans, de ſortir de *Paris* pour di-
‟ vers juremens qu'il avoit proferés
‟ du nom de Dieu, après avoir per-

F. DE
BOISRO-
BERT.

» du son argent à joüer contre les
» Nieces de son Eminence. (Le Car-
» dinal *Mazarin*.) On dit que le Pe-
» re *Annat*, Jesuite, & Confesseur
» du Roi, duquel il s'étoit moqué
» en le contrefaisant, a bien aidé à
» lui procurer cet exil, qu'il a bien
» merité d'ailleurs. C'est un Prêtre,
» qui vit en goinfre, fort dereglé &
» fort dissolu.

    Boisrobert aimoit en effet le jeu
avec passion ; sur quoi on rapporte
ce trait dans le *Menagiana* tom. 1.
p. 25. » Il perdit une fois dix mille
» écus contre M. le Duc *de Roque-*
» *laure*. Ce Duc qui aimoit l'argent,
» voulut être payé, & ce fut M. *de*
» *Bautru*, qui fit l'accommodement.
» L'Abbé *de Boisrobert* vendit ce qu'il
» avoit, dont il fit quatorze mille
» francs. M. *de Bautru* dit à M. le
» Duc *de Roquelaure*, en lui donnant
» cette somme, qu'il falloit qu'il lui
» remît le surplus, & que l'Abbé *de*
» *Boisrobert* en reconnoissance feroit
» une Ode à sa loüange, mais la
» plus mechante qu'il pourroit.
» *Quand on sçaura dans le monde,*
» ajouta-t'il, *que M. le Duc de Ro-*

» *quelaure aura fait prefent de feize*
» *mille francs pour une fi mechanté pié-*
» *ce, que ne préfumera-t'on pas qu'il*
» *eût fait pour une bonne ?*

Il aimoit auſſi la bonne chere, &
penſoit volontiers aux bons repas.
Un jour occupé apparemment de
penſées ſemblables, il paſſoit dans
la ruë *S. Anaſtaſe* près d'un homme
bleſſé à mort, que pluſieurs perſonnes entouroient, lorſqu'il s'entendit
appeller pour le confeſſer. Il s'appro-
cha, pour toute exhortation lui dit :
Mon Camarade, penſez à Dieu, dites
votre Benedicité, & puis s'en alla.

La Comedie étoit auſſi une de ſes
paſſions, & » on le trouvoit plus
» ſouvent à l'Hôtel de Bourgogne
» que par tout ailleurs, particuliere-
» ment lorſque *Mondori* y joüoit. Un
» jour qu'il étoit aux Minimes de la
» Place Royale, où il entendoit la
» Meſſe à genoux ſur un Prie-Dieu
» fort propre, ſe faiſant autant re-
» marquer par ſa bonne mine, que
» par un Breviaire en grand volume,
» qui étoit ouvert devant lui ; quel-
» qu'un demanda à M. *de Coupeau-*
» *ville,* Abbé de *la Victoire,* qui étoit

» cet Abbé ? M. *de Coupeauville* ré-
» pondit : *c'est l'Abbé Mondori, qui*
» *doit prêcher cet après-midi à l'Hôtel*
» *de Bourgogne.* Quelques jours après
» M. *de Coupeauville* rencontra M.
» l'Abbé *de Boisrobert*, qui s'en re-
» venoit de la Comedie à pied ; il
» lui demanda où étoit son Carosse.
» *On me l'a saisi & enlevé,* dit-il,
» *pendant que j'étois à la Comedie.*
» *Quoi,* lui dit M. *de Coupeauville*
» tout étonné, *quoi, Monsieur, à la*
» *porte de votre Cathedrale ! Ah,* con-
» tinua t'il, *l'affront n'est pas suppor-*
» *table !*

» Le nom d'*Abbé Mondori* ne man-
» qua pas d'être repeté par les rieurs.
» *Boisrobert,* bien loin de s'en offen-
» ser, étoit le premier à se le don-
» ner dans les meilleures compagnies.
» Mais comme tout depend de la ma-
» niere de dire ou de faire les cho-
» ses, & que tel mot, d'innocent
» qu'il est dans l'entretien familier,
» devient injurieux dans un écrit, il
» arriva que *Costar* dans la *suite de la*
» *défense de Voiture,* ayant à justifier
» son ami, que *Girac* avoit traité de
» Comedien, s'avisa de faire p. 195.

» & 195. de fon livre un parallele F. DE
» de *Voiture* avec *Boifrobert*, à qui, BOISRO-
» difoit-il, *on avoit donné le nom d'Ab-* BERT.
» *bé Mondori. Boifrobert* fentant que
» cela tiroit à conféquence pour fa
» reputation, n'entendit pas alors
» raillerie, & piqué contre *Coftar* lui
» écrivit une lettre fanglante, à la-
» quelle celui-ci qui reconnoiffoit
» peut-être fon tort, fit une répon-
» fe fort modefte, où il s'excufa le
» mieux qu'il put. C'eft la 325. du
» premier vol.

A ce paffage du *Menagiana*, qui
fe trouve tom. 3. p. 79. joignons en
un un autre du tom. 1. p. 23.

» *Boifrobert* avoit de très-beaux ta-
» lens pour la déclamation. Le ton
» de fa voix étoit agréable, il avoit
» le gefte beau, beaucoup de feu, &
» il entroit fi bien dans la paffion
» qu'il vouloit reprefenter, qu'on
» en étoit charmé. *Mondori* étoit un
» des plus habiles Comediens de fon
» temps, & la reputation qu'il s'é-
» toit acquife jufqu'alors, s'aug-
» mentoit fi fort à l'occafion d'une
» Tragedie, que l'on reprefentoit à
» l'Hôtel de Bourgogne (c'étoit la

F. DE
BOISRO-
BERT.

» *Mariane)* que le Cardinal *de Riche-*
» *lieu* voulut l'entendre. En effet il
» le fit venir pour être témoin lui-
» même de tout le bien qu'on lui
» avoit dit. *Mondori* joüa son rolle
» devant ce Ministre, où il se sur-
» passa de telle sorte, que le Cardi-
» nal ne put s'empêcher de verser des
» larmes dans les endroits les plus
» touchans. *Boisrobert,* qui y étoit
» present, dit à M. le Cardinal, qu'il
» feroit encore mieux, & même en
» presence de *Mondori.* Le jour fut
» pris; *Mondori* s'étant trouvé chez
,, M. le Cardinal, l'Abbé *de Boisro-*
,, *bert* declama avec tant de force, &
,, entra si bien dans la passion qu'il
,, representoit, que *Mondori* lui-
,, même, tout bon Comedien qu'il
,, étoit, ne put lui refuser des lar-
,, mes, en entendant declamer le
,, même rolle devant lui.

,, *Boisrobert* aimoit les grandes
,, compagnies, & principalement
,, celles où on ne parloit que de joye
,, & de divertissement. Lorsqu'on lui
,, avoit proposé quelque partie de
,, plaisir, & qu'il voyoit qu'il n'y
,, avoit pas assez de monde, il fai-

„ ſoit monter les Laquais pour la F. DE
„ rendre plus nombreuſe.   BOISRO-

Au reſte il étoit d'un caractere BERT.
bienfaiſant, cherchant à rendre ſer-
vice aux perſonnes de merite, ſur
tout à ceux qui faiſoient profeſſion
de Belles-Lettres.

Il mourut en 1662. dans de grands
ſentimens de repentir de n'avoir pas
reglé aſſez exactement ſa vie, ſuivant les devoirs de ſa profeſſion. Il
étoit alors âgé d'environ 70. ans, ſuivant *Gui Patin.*

Il a compoſé un grand nombre de
Poëſies, & de piéces Dramatiques,
dont on ne fait plus de cas maintenant, quoiqu'il fût dans ſon temps
aſſez eſtimé en ce genre, pour que
le Cardinal *de Richelieu* le mît au
nombre des cinq Auteurs, qu'il faiſoit travailler pour le Théatre.

Catalogue de ſes Ouvrages.

1. *Poëſies.* Dans le *Recueil des plus
beaux vers de Malherbe, Racan, &c.*
1626. *in*-8º.

2. *Lettres.* Dans le Recueil de *Fa-
ret* imprimé en 1627. *in*-8º.

3. *Paraphraſe ſur les ſept Pſeaumes
de la Penitence de David.* Paris 1627.
in-12. En vers.

4. *Histoire Indienne d'Anaxandre & d'Orasie.* Paris 1629. in-8°. It. Paris 1636. in-12.

5. *Pyrandre & Lisimene, ou la belle Lisimene, ou l'heureuse tromperie; Tragicomedie.* Paris 1633. in-4°.

6. *Le Parnasse Royal & le Sacrifice des Muses, ou Poësies diverses à la loüange du Roi Louis XIII. & du Cardinal de Richelieu, Recueillies par Boisrobert.* Paris 1635. in-4°. deux vol. Il y a dans ce Recueil quelques Poësies de sa façon.

7. *Les Rivaux amis, Tragicomedie.* Paris 1639. in-4°.

8. *Les deux Alcandres, ou les deux semblables; Comedie.* Paris 1640. in-4°.

9. *La belle Palene; Tragicomedie.* Paris 1642. in-40.

10. *Le Couronnement de Darie; Tragicomedie.* Paris 1642. in-4°.

11. *La vraie Didon, ou Didon la Chaste; Tragedie.* Paris 1642. in-4°.

12. *Les Epîtres de Boisrobert, premiere partie.* Paris 1647. in-4°. Ces Epîtres, qui sont en vers, sont un peu languissantes, suivant *Richelet*; mais il y a de plaisans endroits.

13. *La Jalouſe d'elle méme*; Comedie en 5. Actes en vers. *Paris* 1650.
in-4°. Cette piéce eſt tirée de *Lopés*
de Vega.

14. *La folle Gageure, ou les Diver-*
tiſſemens de la Comteſſe de Pembroc;
Comedie. Paris 1653. *in*-4°. Cette piéce eſt encore tirée de *Lopés de Vega.*
Elle ſe trouve dans le Recueil des
meilleures piéces de Théatre des anciens Auteurs. *in*-12.

15. *Les trois Orontes, où les trois*
ſemblables, Comedie en 5. Actes en
vers. *Paris* 1653. *in*-4°. It. Dans le
Recueil, dont je viens de parler.
in-12.

16. *Caſſandre, Comteſſe de Barcelo-*
ne; *Tragicomedie. Paris* 1654. *in*-40.

17. *L'Inconnuë, Comedie. Paris*
1655. *in*-12. Cette piéce, de méme
que celle des *Engagemens du haſard*
de *Thomas Corneille*, eſt tirée de *Cal-*
deron, Poëte Eſpagnol. La reſſemblance des intrigues faiſant appre-
hender à *Corneille*, qu'on ne le ſoup-
çonnât d'avoir pillé *Boiſrobert*; il n'a
pas manqué d'aſſurer que ſa piéce
étoit faite avant celle de cet Auteur,
quoiqu'elle n'ait paru qu'après, une

F. DE
BOISRO-
BERT.

F. DE
BOISRO-
BERT.

forte raifon l'ayant obligé de lui faire garder quelque temps le Cabinet.

18. *L'Amant ridicule*, Comedie en 5. Actes en vers. *Paris* 1655. *in*-12.

19. *Les genereux ennemis*, Comedie en 5. Actes en vers. *Paris* 1655. *in*-12.

20. *La belle Plaideufe*, Comedie en 5. Actes en vers. *Paris* 1655 *in*-12.

21. *La belle invifible*, *ou la Conftance éprouvée*; Comedie. *Paris* 1656. *in*-12. It. *Anvers* 1660. *in*-8°.

22. *Les apparences trompeufes*; Comedie en 5. Actes en vers. *Paris* 1656. *in*-12.

23. *Les coups d'Amour & de Fortune*, *ou l'heureufe Infortunée*, Tragicomedie. *Paris* 1656. *in*-16.

24. *Les Nouvelles héroïques & amoureufes*. *Paris* 1657. *in*-8°.

25. *Theodore*, *Reine de Hongrie*; Tragicomedie. *Paris* 1658. *in*-12.

26. *Les Epîtres en vers & autres Oeuvres Poëtiques*. *Paris* 1659. *in*-8°. C'est une feconde partie.

27. M. *de la Monnoye* pretend que les Contes imprimés fous le nom du S. *d'Ouville*, fon frere, en deux vol. *in*-12. font de lui; & ajoute que les

meilleurs sont tirés du *Moyen de Par-* F. DE
venir, que *Boisrobert* sçavoit par BOISRO-
cœur. Si cela est, il est à presumer BERT.
que les endroits trop libres, dont ce
Recueil est rempli, l'auront empêché de s'en declarer l'Auteur.

V. *L'Histoire de l'Academie Fran-*
çoise par M. Pellisson, & par M. l'Ab-
bé d'Olivet. Les Origines de Caen de
M. Huet. Le Menagiana avec les ad-
ditions de M. de la Monnoye. Le Par-
nasse François de M. Titon du Tillet.
La Bibliotheque des Théatres. Les Re-
cherches sur les Théatres de France par
M. de Beauchamps, tom. 2.

TARQUIN GALLUZZI.

TARQUIN *Galluzzi*, en La- T. GAL-
tin *Gallutius*, naquit dans la Sa- LUZZI.
bine en Italie l'an 1574.

Etant entré chez les Jesuites en
1590. il s'y distingua par son Eloquence. Il professa la Rhetorique à
Rome pendant dix ans, & ensuite la
Morale pendant quatre autres. Au
bout de ce temps il fut fait Recteur
du College des Grecs dans la même

F ij

T. Gal-
luzzi.

Ville, qu'il a gouverné pendant dix-
huit années.

Il y mourut le 28. Juillet 1649.
âgé de 75. ans.

Catalogue de ses Ouvrages.

1. *Carminum libri tres. Roma* 1611.
*in-*12. It. *Cum auctario. Ibid.* 1616.
*in-*12.

2. *Orationum Tomi duo. Roma* 1617.
*in-*12. It. *Colonia* 1618. *in-*12.

3. *Oratio in funere Ill. Arnaldi
Cardinalis Offati ; habita Roma in Ecclesia S. Ludovici die* 18. *Martii* 1604.
Dans toutes les éditions des Lettres
du Cardinal *d'Offat.* On en a fait une
traduction Françoise, qui est dans
toutes les éditions, qui ont precedé
celles d'*Amelot de la Houssaye* ; mais
l'Original n'y est pas reconnoissable,
tant elle est mal faite ; & c'est ce qui
l'a engagé à la supprimer.

4. *In funere Roberti Cardinalis Bellarmini Oratio habita Roma in Templo
Domus Professa Soc. J. Idibus Octobris
anni* 1621. *Roma* 1621. *in-*4°. It. *Paris.* 1622. *in-*8°.

5. *Orationes dua de Christi Passione
habita coram Paulo V. annis* 1615. *&*
1619. *Roma* 1641. *in-*12. Avec d'au-

tres discours de differens Auteurs sur
le même sujet.

6. *Oratio de Christi funere habita
coram Urbano VIII. anno 1625. Romæ 1625. in-4°.* It. *Ibid. 1641. in-12.*
Dans un Recueil de discours sur le
même sujet.

7. *Oratio in funere Joannis Baptistæ
Burghesii. Romæ 1610. in-4°.*

8. *Virgiliana Vindicationes, & Commentarii tres de Tragædia, Comædia,
Elegia. Romæ 1621. in-4°.* Le dessein
de *Galluzzi* dans cet Ouvrage a été
de justifier *Virgile* à quelque prix que
ce fût. Pour cet effet il rapporte toutes les objections, qu'il a cru qu'on
pouvoit faire sur divers endroits de
ce Poëte; mais il y en a plusieurs
qu'il n'a point proposées dans toutes leur force, de peur de s'ôter la
facilité d'y repondre. Cependant parmi quelques raisonnemens assez foibles, il s'en trouve d'assez bons,
soutenus même de beaucoup d'érudition, & de plusieurs belles maximes sur l'Art Poëtique. C'est le jugement que *Baillet* porte de cet Ouvrage.

9. *Rinovazione dell' Antica Trage-*

T. GAL- dia, *e difesa del Crispo; discorsi di*
LUZZI. *Tarquinio Galluzzi. In Roma* 1633.
*in-*4°.

10. *In Aristotelis libros decem Mo-*
ralium ad Nicomachum nova interpre-
tatio, Commentarii, & Quæstiones.
Paris. in-fol. Deux volumes, le premier en 1632. & le 2e. en 1645.

V. *Sotwel Bibliotheca Scriptorum*
Soc. J. Leonis Allatii Apes Urbanæ.
p. 237.

LAURENT JOUBERT.

L. Jou- L AUREN T *Joubert* naquit à
BERT. *Valence* en Dauphiné le 6. Decembre 1529. d'une honnête famille
de cette Ville.

Il s'appliqua à la Médecine sous
Jacques Sylvius à *Paris*, sous *Jean*
l'Argentier en Italie, & sous *Guil-*
laume Rondelet à *Montpellier.* Ce dernier Maître eut tant d'estime & d'af-
fection pour lui, que par deux fois
il voulut en faire son gendre, mais
Joubert s'en deffendit à chaque fois
pour des raisons opposées.

Il étoit allé pratiquer la Médecine

à *Aubenas* dans le Vivarais, lorfque L. Jou-
Rondelet l'engagea au Carnaval de BERT.
l'an 1557. de fe rendre à *Montpellier*,
pour y époufer une de fes filles. L'affaire fut entamée ; mais *Joubert*, qui
n'aimoit point celle qu'on lui pro-
pofoit, craignant les fuites d'un engagement s'emblable, ne voulut rien
conclure, & fe retira dans le Vivarais, d'où il retourna quelque temps
après s'établir à *Montpellier*.

Rondelet lui propofa alors une autre de fes filles, pour laquelle il pa-
roiffoit avoir quelque inclination.
Mais par malheur cette fille n'aimoit
point *Joubert*, & celui-ci qui n'eut
pas de peine à s'en appercevoir,
fuyant ce nouvel engagement, fe
rendit à *Montbrifon*, dans le Forés,
dans le deffein d'y demeurer jufqu'à
ce qu'elle fût mariée, pour n'être
point expofé aux follicitations &
aux inftances de *Rondelet*.

Il retourna cependant au bout de
quelque temps à *Montpellier*, où il
avoit fait des leçons de Médecine en
1557. & où il en fit depuis en 1563.
& 1564. comme il paroît par le Recueil de fes Ecrits.

Rondelet étant mort en 1567. après lui avoir confié ses Manuscrits pour les revoir & les donner au Public ; *Joubert* fut fait Professeur Royal en Médecine à sa place. Il soutint pour cela pendant quatre jours une dispute , dans laquelle il l'emporta sur ses competiteurs.

Je ne sçai en quel temps il fut fait *Conseiller & Médecin Ordinaire du Roi , & du Roi de Navarre , Premier Docteur Regent , Chancelier & Juge de l'Université de Montpellier* , qui sont les qualités qu'il prend à la tête de quelques-uns de ses Ouvrages.

Henri III. prevenu de ses lumieres & de sa capacité , & souhaitant avec passion avoir des enfans, le fit venir à la Cour , esperant que par les secrets de son art il pourroit lever les obstacles qui rendoient son mariage sterile. Mais tous les soins de ce fameux Médecin furent inutiles, & ses remedes ne produisirent aucun effet. Cet évenement doit être de la fin de l'an 1581. ou du commencement de la suivante, puisque *Sainte-Marthe*, qui le rapporte, dit

qu'il

qu'il n'y ſurvecut que de quelques
mois.

Il mourut de diſſenterie à *Lom-
bez* le 29. Octobre 1582. dans ſa 53.
année, laiſſant un fils nommé *Iſaac
Joubert*, qui a fait quelques ouvrages.

Il profeſſoit la Religion P. Re-
formée, comme nous l'aprenons de
Pierre Viret dans l'Epître dédicatoire du ſecond tome de ſon *Inſtruction*
Chrétienne.

Catalogue de ſes Ouvrages.

*Laurentii Jouberti Operum Latino-
rum, tomi duo, Lugduni*, 1582. *in-fol.*
It. Francofurti 1599. & 1645. *in-fol.*

Le premier volume, après une Epître dédicatoire de *Joubert* à *Henri III.*
datée de *Montpellier* le dernier Juillet 1578. par laquelle il lui preſente
ce premier volume, qui doit, pour
cette raiſon, avoir été imprimé cette année pour la premiere fois, contient les piéces ſuivantes.

1°. *Paradoxorum decas prima atque
altera. Lugduni* 1566. *in-8°.* On voit
ici à la ſuite du dixiéme Paradoxe de
la premicre décade, une piéce de
Joubert, intitulée *Declamatio, quâ il-
lud paradoxe interpretatur, nutritio-*

Tome XXXV. G

L. J O U-
BERT.

nem vincere naturam ex Platone ; qu'il avoit prononcée à *Montpellier* , lorsqu'il y reçut le bonnet de Docteur en médecine.

2. *Opuscula olim discipulis suis publicè dictata , quæ Joannes Posthius typis excudenda curavit, nunc ab ipso Autore recognita & emendata. Lugduni* 1571. *in* 8o. L'édition de *Posthius* a paru apparemment en 1566. qui est la date de son Epître dédicatoire. *Joubert* qui a donné celle-ci, qui est augmentée de quelques piéces, a mis à la tête une Epître dédicatoire à *François de Montmorenci* , Pair de France , datée de *Lyon* le 15. d'Octobre 1571. où il marque que celle de *Posthius* étoit pleine de fautes , & qu'on voit ici les leçons, qu'il avoit dictées à ses Ecoliers pendant trois ans.

Les Opuscules qui se trouvent dans ce Recüeil , sont les suivans.

Annotationes in Galeni librum primum & secundum de Facultatibus Naturalibus , discipulis suis dictata anno 1563.

In Galeni librum de differentiis Morborum annotationes, dictata anno 1564.

In Galeni librum de Symptomatum

differentiis annotationes.

De effentia & caufis Convulfionis.

De Cerebri affectibus, dictatum à L. Joubert anno 1557.

Ars componendi Medicamenta.

Quæftiones Medicæ quatriduum difputandæ pro Regia Profeffione.D. Laur. Jouberto affertore. Il foutint ces Thefes le 19. Mars, & les trois jours fuivans de l'an 1567. Elles font ici fuivies de deux piéces de *Jean Hucher*, un de fes Antagoniftes. *Thefes Medicæ triduum difputandæ in Gymnafio Regio Medicorum Monfpell. Affertore Joanne Huchero, Bellovaco, octavo Kalendas Martii. Joannis Hucheri pro Philofophica Monfpellienfis Academiæ libertate ad ejufdem Principes Doctores Medicos Oratio, X. Kalend. Martii habita anno* 1567.

3. *De Pefte liber unus. Accefferunt duo Tractatus; unus de Quartana Febre, alter de Paralyfi; in quibus fcitu digniffimæ quæftiones aliquot explicantur. Lugduni* 1567. *in-*8°. L'Epître liminaire eft datée du 1. May 1566. Une partie de ces traités a été traduite en François. *Traité de la Pefte; plus une queftion de la Paralyfie, & deux*

L. JOU-BERT.

Paradoxes de la revulsion , traduits du Latin de Joubert ; par Guillaume des Innocens, Chirurgien de Toulouse. Jean Lertout 1581. *in-8°.*

4. *Medicinæ Practicæ priores libri tres. Editio* 5. *ab ipso Autore recognita & tertiâ ferè parte aucta. Accessit ejusdem Isagoge Therapeutices Methodi de affectibus Pilorum & Cutis, præsertim capitis, & de Cephalalgia Tractatus unus. De affectibus internis partium Thoracis Tractatus alter.* L'Epître dédicatoire de *Joubert* est datée de Montpellier le 30. Novembre 1577. C'est aussi cette année que s'est faite la premiere édition à *Lyon in-8°.* Elle contient, de même que les suivantes, toutes les piéces qu'on trouve ici. It. *Lugduni* 1578. *in-16.*

5. *Pharmacopæa , nunc ab ipso Autore recognita , & locupletata.* Avec quelques piéces, que *Jean-Paul Zangmaister* , disciple de *Joubert,* y a ajoûtées. Elle avoit été imprimée par les soins de ce disciple. *Lugduni* 1579. *in-8°.* On en a une Traduction Françoise faite sous les yeux de *Joubert* ; & peut-être par lui-même. *La Pharmacopée de M* Laurent Joubert ; en

femble les Annotations de Jean-Paul L. Jou-
Zangmaifterus, mifes en marge. Lyon. BERT.
Antoine de Harfy 1581. *in-8°.* Item
1588. *in-80.*

Le fecond volume renferme les
piéces qui fuivent.

6. *De Urinis liber.*

7. *Thomæ Jordani Medici Refpon-
fio ad Laurentii Jouberti Paradoxum* 7.
decadis 2. & *Laurentii Jouberti ad
Thomam Jordanum pro fuo Paradoxo
Apologia.* Cette Réponfe de *Joubert*
eft datée d'*Agen* le 18. Juin 1577.

8. *Francifci Valeriolæ Animadverfiones in omnia Laurentii Jouberti
Paradoxa,* & *Jouberti ad fingulas Ref-
ponfio.*

*Sententia Brunonis Seidelii de iis
quæ Laurentius Joubertus in Paradoxis fuis de Febrium humoralium
origine ac materia difputavit.* Cet
Ouvrage avoit été imprimé féparé-
ment à *Erford.*

*Examen fententiæ à Brunone Seide-
lio latæ de iis quæ Laur. Joubertus ad
explicandam Febrium humoralium naturam* & *materiam in fuis Paradoxis
difputavit. Auctore Simone Simonio,
Profeffore* & *Medico Electorali.* Daté

L. JOU-
BERT.

de *Leipsic* en 1577. & imprimé séparément à Basle.

9. *Laurentii Jouberti Provocatio à sententia Brunonis Seidelii, de iis quæ in Paradoxis suis de Febrium humoralium origine ac materia disputavit.*

10. *Laur. Jouberti & Alexidis Gaudini disputatio de iteranda sæpius Phlebotomia eodem in morbo.* On voit ici deux lettres de *Joubert*, datées de *Blois* au mois d'Octobre 1569.

11. *Gulielmi Rondeletii vita, mors & epitaphia, cum Catalogo scriptorum ab eo relictorum, quæ ad D. Jouberti manus pervenerunt; per Laur. Joubertum.* On y a joint : *Gul. Rondeletii funestus morbus & mors; per D. Claudium Formium, Theologum assidentem.*

12. *De Variola magna, sive crassa Gallis dicta, liber prior, qui veram & perfectam hujus morbi Theoriam complectitur.* L'Auteur n'a point fait le second livre, qui devoit traiter des remedes de cette maladie. L'Epître dédicatoire de *Marc de la Croix*, Médecin, qui a publié cet ouvrage pour la premiere fois, est datée de *Valence* au mois d'Avril 1582.

13. *Declamatio in Johannis Sap-*

portæ, *Antonii filii inauguratione*, *ſeu* L. J o ʋ:
promotione ad Doctoralem dignitatem. B E R ɪ.

4. *Oratio habita à Laur. Jouberto
cum in Academia Valentina*, *ex de-
creto Facultatis Medicæ*, *duobus præ-
ſtantiſſimis Viris ꓹ Chriſtophoro Schillin-
go*, *Sileſio*, *& Danieli Galarſio*, *Pa-
riſienſi*, *ſupremum dignitatis in arte
Medica gradum conferret, poſtridiè Ca-
lendas Decembris anno* 1579. On voit
par l'Epître préliminaire de *Schilling*,
datée de *Lyon* le 1. Janvier 1580.
qu'il l'avoit fait imprimer ſur une
copie qui en avoit été faite pendant
la recitation. Cette édition a été faite à *Geneve* en 1580. *in*-8°. Le ſujet
du diſcours eſt *de Præſtdiis futuri ex-
cellentis Medici.*

15. *De Gymnaſiis & generibus exercitationum apud Antiquos celebrium
liber unus. Ejuſdem de Balneis Antiquorum*, *tum Græcorum* , *tum Romanorum liber alter.* L'Epître dédicatoire
datée de *Valence*, eſt de *François Joubert*, Docteur en Droit , & Juge de
cette Ville, frere de notre Auteur,
qui publia ces deux livres à l'inſçu
de *Laurent Joubert*, qui ſuivoit alors
la Cour. *Sallengre* les a inſerés dans

L. Jou-
BERT.

le premier volume de son *Novus Thesaurus Antiquitatum Romanarum.* *Lugd. Bat.* 1716. *in-fol.*

16. *De Entelechia Disputatio Laur. Jouberti & Joannis Serrani.* Cette dispute consiste en deux lettres, la premiere de *Jean de Serres*, datée de *Nîmes* l'an 1580. & la seconde de *Joubert*, datée de la même Ville le dernier Octobre de la même année.

17. *De nominis Jouberti Ortographia D. Josephi Scaligeri Censura.* Après une lettre de *Joubert* à *Scaliger* datée du 21. Janvier 1579. dans laquelle il lui demande son avis sur cette matiere; on voit la réponse de *Scaliger*, pui prétend qu'on ne doit faire aucune difficulté de dire *Joubertus.*

Voilà tout le contenu du Recuëil des Oeuvres Latines de *Joubert*, il faut parler maintenant de ses autres Ouvrages, qui ne s'y trouvent pas.

18. *Chirurgia magna Guidonis de Cauliaco, olim celeberrimi Medici, nunc demum suæ primæ integritati restituta à Laurentio Jouberto. Lugduni,* 1585. *in-*4°. *Joubert* avoit travaillé plusieurs années à retablir le texte de

cet Auteur dans ſa pureté, & à y joindre des Annotations; mais étant mort avant que d'avoir communiqué au public le fruit de ſes travaux, *Iſaac Joubert*, ſon fils, en a pris le ſoin, & a joint aux annotations de ſon pere une addition de ſa façon ſous ce ti-tre : *Interpretatio dictionum D. Guido-nis de Cauliaco , cum figuris Inſtru-mentorum Chirurgicorum in ejus opere memoratorum , mutuatis ut plurimum ex operibus D. Parei , per Iſaac Jouber-tum , primogenitum interpretis.*

L. JOU-BERT.

19. *La grande Chirurgie de M. Guy de Chauliac , compoſée l'an de grace* 1363. *reſtituée par M. Laurent Joubert. Lyon. Etienne Michel.* 1579. *in* 8o. It. *Tournon , Claude Michel* 1598. *in*-8o. It. *Roüen. David du Pe-tit-Val ,* 1641. *in*-8o. Cette Chirur-gie a été traduite en François par *Laurent Joubert,* qui l'a dédiée à ſa me-re par une Epître datée de *Montpellier* en ſa maiſon le 1. Août 1578. dans laquelle il marque qu'elle avoit eu vingt enfans. On avoit déja une Tra-duction Françoiſe de cet ouvrage ; mais *Joubert* témoigne qu'elle étoit ſi mal faite, qu'il a mieux aimé en

L. J o u-
b e r t.

faire une nouvelle que de travailler
à la reformer. *La grande Chirurgie* est
suivie des *Annotations de M. Laurent
Joubert sur toute la Chirurgie de Me.
Guy de Chauliac , avec l'Interpreta-
tion des langues dudit Guy* , c'est-à-dire , *l'explication de ses termes plus obscurs , divisée en quatre classes.* Laurent Joubert avoit mis ces annotations en Latin , & elles sont en cette
langue à la suite de la *Chirurgia magna.* Mais *Isaac* son fils les a traduites en François , & *Laurent Joubert*
n'a fait que revoir sa traduction.

20. *Traité des Causes du Ris , &
sous ses accidens. Lyon. Jean de Tournes.* 1560. *in-*8°. Il n'y a ici que le
premier livre. It. En trois livres,
sous ce titre , où il a employé l'ortographe singuliere , qu'il vouloit introduire , mais qui n'a pas fait fortune. *Traité du Ris , contenant son
essence , ses causes , & merveilleux ef-
fets , curieusement recherchés , raison-
nés , & observés , par Me. Laurent
Joubert.* It. la *cause morale du ris de
Démocrite , expliquée & témoignée par
Hippocras. Plus un Dialogue sur la Cacographie Française , avec des Anno-*

tations ſur l'Ortographie de M. Jou- L. J o u-
bert. Paris. Nicolas Cheſneau. 1579. B E R T.
in-8o. Joubert dit dans ſon Epître dédicatoire à *Marguerite de France* Reine de Navarre, qu'il avoit compoſé
à *Montbriſon*, en ſe joüant, le Traité
du Ris en Latin, que *Loüis Papon*, fils
du grand *Papon*, en avoit mis le
premier livre en François; que long-
tems après *Jean.-Paul Zangmaiſtre*,
Allemand, ſon diſciple, avoit traduit les deux autres, & qu'il avoit
trouvé ſa traduction aſſez fidelle
pour paroître au jour. Mais tout cela eſt une pure fiction, comme il paroît par une de ſes lettres, rapportée par *la Croix du Maine p.* 256 de
ſa *Bibliotheque*; dans laquelle il aſſure qu'il n'a jamais compoſé cet ouvrage en Latin, mais ſeulement en
François. *La Cauſe morale du Ris* à
été traduite d'*Hippocrate* par M. J.
Guichard, Docteur Regent en Medecine dans l'Univerſité de Montpellier, Medecin ordinaire du Roi
de Navarre, Beau-frere de *Joubert.*
Le *Dialogue ſur la Cacographie Françoiſe* eſt de *Laur. Joubert*, qui y rapporte les défauts qu'il ſuppoſe dans

L. JOU-
BERT.

l'Ortographe ordinaire, & les changemens qu'il veut qu'on y fasse. Il est suivi des *Annotations sur l'Ortographie de M. Joubert, par Christophe de Beau-Chatel.* C'étoit son neveu, fils d'une de ses sœurs, qui avoit écrit long-tems sous lui, & étoit stilé à son ortographe, dont il donne ici le précis.

21. *Erreurs populaires au fait de la Medecine & Regime de santé, corrigées par M. Laurent Joubert. Bourdeaux. Simon Millanges.* 1578. *in*-8o. Cet ouvrage devoit contenir six parties, divisées chacune en cinq livres; & l'on en voit le plan à la tête de cette premiere, qui est la seule qui ait paru, avec quelques parcelles des suivantes. Comme elle roule principalement sur la génération & ses suites, & que l'Auteur s'y exprime sans détour, & cruëment sur ces matieres délicates, on trouva étrange qu'il eût exposé aux yeux de tout le monde des choses dont la connoissance devoit être reservée aux Medecins; & plus encore, de ce qu'il eût dédié un livre semblable à la Princesse *Marguerite*, Reine de *Navarre*, par

une fort longue Epître datée du 1. L. Jou-
Janvier 1578. Il ſentit principalement la juſtice des reproches qu'on
lui fit ſur ce dernier article, & dans
une nouvelle édition *revûë*, *corrigée*
& augmentée preſque de la moitié, qu'il
donna à *Bourdeaux* chez *Simon Mil-*
langes l'année ſuivante 1579. *in* 8°.
il ſubſtitua à cette dédicace une nouvelle à *Gui du Faur de Pibrac*, Chancelier de cette Reine; d'ailleurs *Loüis*
Bertravan, Docteur en Medecine,
mit à la tête de cette édition une Epître, où il tâcha de juſtifier le mieux
qu'il put *Joubert*, ſur la publication
de cet Ouvrage. Il a été réimprimé
pluſieurs fois depuis ; quelquefois a-
vec l'Epître dédicatoire à la Reine
de *Navarre*, comme dans une édition faite à *Avignon* 1586. *in*-16.

On en a une Traduction Italienne ſous ce titre : *La prima parte de*
gli errori populari intorno alla Medici-
na, tradotta dal Franceze da Alberto
Luchi da Colle. In Firenza 1592.
in - 4°.

Le premier livre de cette partie a
été auſſi traduit en Latin. *L. Jouber-*
ti primæ partis de vulgi erroribus, Me-

L. Jou-
bert. dicinæ *Medicorumque dignitatem de-*
formantibus librum primum latinitate
donabat & scholiis illustrabat Joannes
Bourgesius , Houpleniensis , Medicinæ
& Astrologiæ Candidatus. Antuerpiæ.
1600. in-8°. pp. 177.

L'Ouvrage au reste fut attaqué
dans un petit livre, fort peu confi-
derable, qui a pour titre : *Contredits*
aux Erreurs populaires de L. Joubert ,
où sont déduites plusieurs belles questions
fort récréatives & profitables. Par Do-
minique Reulin , Medecin de Bour-
deaux. Montauban 1580. *in-*16. pp.
110.

22. *Question vulgaire ; quel langage*
parleroit un enfant , qui n'auroit jamais
oüi parler, traitée par *M. Laurent Jou-*
bert. Bourdeaux. Sim. Millanges. 1578.
in-8°. à la suite des *Erreurs popu-*
laires , & dans les éditions suivantes.
Joubert y prétend que cet enfant ne
parleroit point. Ce petit traité est suivi dans l'édition de *Bordeaux* de
l'an 1579. & peut être dans quelques
autres, des Opuscules suivans de *L.*
Joubert.

Du Breuvage de M. le Maréchal
d'Anville.

La fanté du Prince. On voit ici la L. Jou-
maniere dont le Prince, & fes Me- BERT.
decins doivent fe conduire, pour con-
ferver fa fanté.

Du Serain. Qu'eft-ce, & s'il m-
be fur nous ?

23. *Seconde partie des Erreurs po-*
pulaires, & Propos vulgaires touchant
la Medecine, & le Regime de fanté, re-
futez ou expliquez par Laur. Joubert.
Avec deux Catalogues de plufieurs au-
tres Erreurs ou Propos vulgaires, qui
n'ont été mentionnés en la premiere &
feconde édition de la premiere partie.
Item. Deux autres petits Traités, con-
cernant les Erreurs populaires, avec
deux Paradoxes du même Auteur. Pa-
ris. Lucas Breyer. 1579. *in-8o. Item.*
Corrigé & augmenté par l'Auteur pour
la feconde édition. Paris 1580. *in-8°.*
It. Réimprimé plufieurs fois depuis
avec la premiere partie.

Barthelemi Cabrol, Chirurgien de
Montpellier, a fait imprimer cette
feconde partie à l'infçu de l'Auteur,
qui l'ayant appris, avant que l'édition en fût faite, confentit à ce qu'elle parût. L'Epître dédicatoire de *Ca-*
brol eft datée de *Paris* le 3. Février

1579. Elle eft fuivie d'une *Epître re-
pulfive des envieux & venimeux propos tenus contre l'Auteur des Erreurs
populaires* , par le même.

Des 25. Chapitres , qui compofent
cette feconde partie, les 21. premiers
font des morceaux détachés , tirés
des differentes parties de la fuite de
l'Ouvrage , qui fe font trouvés dans
les papiers de l'Auteur ; les quatre
derniers font du 1. livre de la premiere partie , mais differens de ce
qu'ils étoient dans l'impreffion ; c'eft
Chriftophe de Beau-Chatel , qui les a
trouvés de cette nouvelle façon dans
les papiers de fon oncle.

Ceci eft fuivi de trois petits Ouvrages de *L. Joubert* , que *Jean Im-
bert* , Garçon Apoticaire, avoit entre
les mains.

*Explication de quelques phrafes &
mots vulgaires , touchant les Maladies
principalement.*

*Remedes métaphoriques & extrava-
gans.*

Propos fabuleux.

Le Recuëil finit par deux Paradoxes tirés de fon grand Ouvrage fur
cette matiere , & traduits en François

çois par *Ifaac Joubert*, fon fils. En L. J o u-
voici les titres.   B E R T.

Si on peut limiter que les poifons ne
peuvent être baillez à certain jour, ni
faire mourir à certain temps. C'eft le
dernier Paradoxe de la feconde décade,

Qu'il y a raifon que quelques-uns
puiffent vivre fans manger durant plu-
fieurs jours & années. C'eft le fecond
Paradoxe de la premiere Décade.
Quelques perfonnes ayant trouvé à
redire au fentiment de l'Auteur,
dont ils prétendoient qu'on pouvoit
conclure que les jeûnes de *Moyfe*,
d'*Elie* & de *Jefus-Chrift* n'étoient
point miraculeux, *M. Joubert* fit une
addition à fon Paradoxe, qu'il infe-
ra parmi fes Opufcules en 1571. &
qu'on trouve ici traduite, pour fe
défendre contre ces mauvaifes con-
fequences. Son fentiment fut attaqué
en lui-même, dans un Ouvrage intitulé : *Difcours qui prouve contre Jou-*
bert l'impoffibilité que quelques - uns
puiffent vivre fans manger durant plu-
fieurs jours & années ; par Harvet.
Niort 1597. *in*-12.

Il ne faut point oublier ici que
Tome XXXV.   H

**L. Jou-
bert.**

Gaspar Bachot a exécuté le deſſein de *Joubert* à l'égard de là troiſiéme partie des *Erreurs populaires* , dont il a ſuivi le plan , marqué à la tête de ſa premiere partie, mais conformément à ſes idées particulieres , dans ſon livre intitulé , comme celui de *Joubert* ; *Erreurs populaires touchant la Medecine & Regime de ſanté.* Lyon. *Barthelemi Vincent* 1626. *in-*8°.

24. *Traité des Arcbuſades , contenant la vraye eſſence du mal , & ſa vraye curation , par certaines & methodiques indications ; avec l'explication de divers Problêmes touchant cette matiere. Plus un diſcours en forme d'Epître , touchant la curation des Arcbuſades. Epitome de la Therapeutique des Arcbuſades. Traité des Brûlures. Le Regime des Bleſſés.* Paris. 1570. *in-*8°. *It.* Lyon. *Jean de Tournes.* 1574. *in-*8°. *It. Ibid.* 1581. *in-*8°.

25. *Sentence de deux belles queſtions ſur la curation des Arcbuſades , & autres playes. La premiere : S'il eſt poſſible de guerir une Arcbuſade avec de l'eau ſimple & froide ; & la ſeconde de la décoction celebrée en Languedoc pour toutes playes & ulceres.* Geneve. *Ja.*

cob Stœr, 1577. in-80.　　　L. JOU-
BERT.

26. *Queſtion des Huiles,* traitée pro-
blematiquement. It. *Cenſure de quelques opinions touchant la décoƈtion pour
les Arcbuſades. Geneve. Jacob Stœr.*
1578. in-80.

27. *L'Hiſtoire entiere des Poiſſons,
compoſée premierement en Latin par
Guillaume Rondelet, & traduite en
François. Lyon.* 1558. *in-fol. Du Ver-
dier* aſſure que *Laurent Joubert* eſt
Auteur de cette traduƈtion.

28. *Traité des Eaux de Me. Laurent Joubert. Paris* 1603. *in-*8°. pp.
49. Le Libraire nous apprend qu'aïant
trouvé cet Ouvrage en Latin, il l'a-
voit fait traduire en François *Joubert*
y examine les bonnes & les ſuvai-
ſes qualités des eaux, qui ſe boivent
dans l'uſage ordinaire.

V. *Petri Caſtellani vita illuſtrium
Medicorum.* p. 225. *Scevolæ Sammar-
thani Elogiorum liber tertius. Les Bibliotheques Françoiſes de la Croix du
Maine & de du Verdier. Les Eloges
de M. de Thou & les additions de Teiſ-
ſier. Guy Allard, Bibliotheque du Dauphiné,* p. 132. *Bayle, Diƈtionnaire.*

H ij

JEAN DE MARCONVILLE.

JEAN de *Marconville* est fort peu connu, quoiqu'il ait composé un assez grand nombre d'Ouvrages, qui ont quélque merite, & qui sont recherchés par certains curieux.

Son nom est écrit differemment à la tête de ses Ouvrages ; tantôt c'est *Marconville*, & tantôt *Marcouville*. Mais comme ceux qui ont composé à sa loüange les piéces de Vers qu'on y voit, l'ont appellé ordinairement de ce dernier nom, il est à présumer que c'en étoit la veritable prononciation, quoiqu'il s'écrivît *Marconville*, suivant l'usage de ce temps, qui se remarque en plusieurs mots, entre autres dans celui de Convent, dont la prononciation est Couvent.

Ses Ouvrages seuls nous indiquent le temps auquel il a vêcu. Le premier, que je connoisse, est de l'an 1562. & le dernier de 1574. *La Croix du Maine*, qui a publié sa *Bibliotheque* en 1584. ignoroit s'il étoit encoe vi-

vant dans ce tems-là ; ainſi nous ne
pouvons rien dire ſur cet article. J. DE MARCON VILLE.

Il étoit Gentilhomme, né dans le Perche, & Seigneur du *Deffais* & de *Montgoubert.* C'eſt de ces deux endroits que ſont datées toutes ſes Epîtres dédicatoires.

Il eſt étonnant que dans ces Epîtres & dans les Préfaces qui les ſuivent, il ne nous apprenne pas la moindre circonſtance de ſa vie. Tout ce qu'on peut juger par ſes écrits, eſt qu'il vivoit aſſez retiré, qu'il s'appliquoit à l'étude avec ardeur, & liſoit beaucoup, &. qu'il étoit homme de reflexions.

Catalogue de ſes Ouvrages.

1. *La Maniere de bien policer la Republique Chrétienne (ſelon Dieu, raiſon & vertu) contenant l'état & office des Magiſtrats. Enſemble la ſource & origine de procès, & déteſtation d'icelui ; auquel eſt indiſſolublement conjoint le mal & miſere qui procede des mauvais voiſins. Paris. Jean Dallier* 1562. *in*-8º. Feüil. 122. L'Epître eſt datée de *Montgoubert* le 7. Décembre 1561. It *Roüen. Robert Mallard* 1582. *n*-8º. Feüil. 95. Je ne ſçai ſi c'eſt à

J. DE
MARCON
VILLE.

deſſein, ou par inadvertance, qu'on a mis dans le titre de cette dernière édition. *La Maniere de bien policier la Republique*, &c.

2. *Traité contenant l'origine des Temples des Juifs, Chrétiens & Gentils, & la fin calamiteuſe de ceux qui les ont pillez, démolis, & ruinez. Enſemble la fin tragique de ceux qui ont détruit anciennement les Temples ſpirituels & Simulacres de Dieu. Paris. Jean Dallier 1563. in-8°. pp. 53. It. Revû & augmenté par le même Auteur, outre la précedente impreſſion. Paris. Jean Dallier. 1563. in-8°. pp 61.* Le Privilege eſt daté du 25. Avril 1563. Ces deux éditions faites en une même année, montrent le cas qu'on faiſoit alors de cet Ouvrage.

3. *Traité enſeignant d'où procede la diverſité des opinions des hommes. Enſemble l'excellence de la Loi Chrétienne par ſus toutes les autres. Paris. Jean Dallier. 1563. in-8°. Feüil. 62.* L'Epitre eſt datée de *Montgoubert* le 25. May 1563. Il y a de l'érudition dans cet ouvrage, & dans le précedent.

4. *Recüeil memorable d'aucuns cas merveilleux advenus de nos ans, &*

d'aucunes chofes étranges & monftrueu- J. DE
fes advenuës ès fiecles paffez. Paris. J. MARCON-
Dallier. 1564. *in-*8°. Feüil. 132. L'E- VILLE-
pître eft datée de *Montgoubert* le 4.
Juillet 1563. L'Auteur rapporte bien
des prodiges peu croyables & peu
vraifemblables. Il eft à préfumer qu'il
en tenoit une partie d'*André Thevet*,
grand conteur de fables, dont on
voit à la tête une Epître à la loüange
de l'ouvrage & de l'Auteur.

5. *De la Bonté & Mauvaiftie des*
Femmes. Paris. *Jean Dallier.* 1566.
*in-*8°. Feüil. 76. Je crois qu'il y a eu
une édition précedente, puifque l'E-
pître dédicatoire, datée du *Deffais*,
eft du 25. Décembre 1563. *La Croix*
du Maine en met une en 1562. mais
la date, que je viens de rapporter,
montre qu'il s'eft trompé. It. *Paris.*
Jean Dallier 1571. *in-*8°. Feüil. 76.
It. Paris. *Bonfons.* 1576. *in -*16 pp.
192. L'Auteur rapporte en 23. chapitres tout ce qu'on peut dire fur ce
fujet, & y mêle plufieurs traits plai-
fans, pour ou contre les femmes, affez bien narrez.

6. *Excellent Opufcule de Plutarque*
de la tardive vangeance de Dieu, tra-

J. DE
MARCON
VILLE.

duit du Grec en Latin par *Bilibant Pirkheimer*, & fait François par *Jean de Marconville*. Paris. *Jean Dallier*. 1563. in-8°. Feüil. 48. Avec une fort longue Préface de *Marconville*, dont l'Epître est datée du *Deffais* le 25. Décembre 1563.

7. *De l'heur & malheur de mariage; ensemble les Loix connubiales de Plutarque traduites en François*. Paris. *Jean Dallier*. 1564. in-8°. Feüil. 84. L'Epître est datée du *Deffais* le 25. Avril de cette année.

8. *Chrétien Advertissement aux refroidis & écartés de la vraye & ancienne Eglise Catholique Romaine, contenant une exhortation salutaire à reprendre le chemin qu'ils ont délaissé. Ensemble deux Traités aux amateurs de la paix*. Paris. *Jean Dallier*. 1571. in-8°. Rapporté par *Du Verdier*.

9. *Traité de la bonne & mauvaise Langue*. Paris. *Jean Dallier*. 1573. in-8°. Feüil. 31.

10. *De la dignité & utilité du sel, & de la grande cherté & presque famine d'icelui en l'an present* 1574. Paris. *Veuve Jean Dallier*. 1574. in-8o.

V. *Les Bibliotheques Françoises de la Croix*

la *Croix du Maine* & *de du Verdier.* J. B. RA-
La Bibliotheque Chartraine du P. MUSIO.
Liron, p. 194. Il n'a fait que copier
les Auteurs précedens, mais avec
peu d'exactitude.

JEAN-BAPTISTE RAMUSIO.

J*Ean-Baptiſte Ramuſio* nâquit à
Veniſe l'an 1486. de *Paul Ramuſio* , Juriſconſulte de cette Ville.
Il ſe rendit ſçavant dans les Langues Grecque & Latine, & voulut
parcourir preſque toutes les ſciences;
mais il ne ſe borna pas là; il s'appliqua auſſi à la Politique, & acquit
une ſi grande experience dans les
affaires, que la République de *Veniſe* ſe ſervit de lui pendant 43. ans
entiers dans les choſes les plus importantes, en qualité de Secretaire,
tant du Conſeil des Dix, que de pluſieurs Ambaſſadeurs, qu'elle envoya
de ſon tems en differentes Cours.
Il profita de ces voyages, pour
apprendre les Langues de la plûpart
des Pays de l'Europe, & ſe les rendit familiaires, ſur tout le François

Tome XXXV. I

J. B. RA-
MUSIO.

& l'Espagnol ; ce qui lui fut d'un grand usage pour son livre des voyages, auquel il donnoit les momens de loisir que ses affaires lui laissoient libres.

Se sentant vieux & infirme, il obtint son congé de la République, & se retira à *Padouë*, où il demeura le reste de ses jours.

Il y mourut au mois de Juillet de l'an 1557. âgé de 72. ans. Son corps fut transporté à *Venise*, & enterré dans l'Eglise de *Sainte Marie*.

Le seul Ouvrage que l'on ait de lui, est son Recüeil des voyages, qui suffit pour immortaliser son nom.

Navigationi & Viaggi raccolte da M. Gio. Battista Ramusio, in tre volumi divise. In Venetia. J Giunti. in fol. Le premier volume a été imprimé pour la première fois en 1550. Le troisiéme le fut par anticipation en 1553. & le second, dont l'impression avoit été retardée, parce qu'il manquoit à l'Auteur quelques piéces nécessaires, fut reculée encore davantage par sa mort, & ne parut enfin qu'en 1559. Cet Ouvrage a

été réimprimé depuis avec plusieurs J. B. RA-
Additions, qui rendent les dernie- MUSIO.
res Editions préferables aux premieres.

Les Editions qui sont venuës à ma
connoiffance font celles de 1563.
1574. 1583. 1588. qu'*Haym* marque
comme la quatriéme; 1606. & 1613.
toutes faites à *Venife* chez les *Giunti*
en trois volumes *in-fol.* Comme cet
Ouvrage n'eft pas commun, je don-
nerai ici la lifte des piéces qu'il contient, fuivant les dernieres Editions.

Dans le premier volume.

1°. La defcription de l'Afrique,
& des chofes remarquables qui s'y
trouvent, par *Jean Leon l'Africain*,
en neuf parties. Elle eft de l'an
1526.

2°. Le voyage de *Loüis Cadamofto*,
Gentilhomme Vénitien fur les côtes
d'Afrique, fait en 1555. & 1556.

3°. Les navigations de *Pierre de
Sintra*, Portugais, fur les côtes
d'Afrique, écrites par *Loüis Cadamofto*.

4°. La navigation *d'Haunon*, Car-
thaginois, fur les côtes d'Afrique,

I ij

5°. Voyage de *Lisbonne* à l'Isle de *Saint Thomas* traduit du Portugais.

6°. Voyage de *Vasco de Gama*, Commandant de la Flotte du Roy de Portugal, fait en 1497. depuis le Cap de Bonne Esperance, jusqu'au Royaume de *Calicut*, & décrit par un Gentilhomme Florentin.

7°. Voyage du Capitaine *Pierre Alvarés*, décrit par un Pilote Portugais, & traduit du Portugais en Italien. Ce voyage des Indes Orientales fut fait en 1500.

8°. Deux lettres d'*Americ Vespuce* à *Pierre Soderini*, Gonfalonier de la République de *Florence* sur ses voyages, avec une courte rélation des Pays qu'il a vûs, addressée au même. De l'an 1501.

9°. Voyage de *Thomas Lopez* aux Indes Orientales en 1502. traduit du Portugais.

10°. Voyage de *Jean d'Empoli*, aux mêmes Indes.

11°. L'Itineraire de *Loüis Barthema*, de *Boulogne*, en sept livres.

12°. La navigation d'*Iambole*, traduite du Grec de *Diodore de Sicile* en Italien.

13°. Deux lettres d'*André Corfali*, écrites des Indes Orientales à *Julien de Medicis*, Duc de *Florence*, en 1515. & 1517.

J. B. RA-
MUSIO.

14°. Le voyage de *François Alvarez*, Portugais, en Ethiopie.

15°. Difcours de *Jean-Bapt. Ramufio* fur les accroiffemens du Nil, addreffé à *Jerome Fracaftor*, avec la réponfe de ce Sçavant.

16°. La navigation de *Nearque*, Commandant de la Flotte d'*Alexandre le Grand*, traduite du Grec d'*Arrien*.

17°. Relation d'un voyage par la Mer Rouge, depuis *Alexandrie* jufqu'à *Diu*, avec le retour au Caire.

18°. Navigation de la Mer Rouge jufqu'aux Indes Orientales, décrite par *Arrien*, & traduite du Grec de cet Auteur.

19°. Defcription des Indes Orientales, par *Odoard Barbofa*, Portugais.

20°. Defcription abregée de tous les Royaumes, les Villes, & les Peuples de l'Orient, qui font depuis la Mer Rouge jufqu'à la Chine, traduite du Portugais.

J. B. RA-
MUSIO.

21°. Le voyage de *Nicolas de Con-ti*, Vénitien, décrit par le *Pogge.*

22°. Le voyage de *Jerome de Saint Etienne*, Gennois, traduit du Portugais.

23°. Lettre de *Maximilien* de Transilvanie, Secretaire de l'Empereur *Charles V*, sur les voyages surprenans faits par les Espagnols au tour du monde en 1519.

24°. Voyage au tour du monde fait & décrit par *Antoine Pigafetta*, de Vicence, traduit du François. C'est le même voyage dont parle la lettre précédente.

25°. Description abrégée du voyage d'un Portugais, qui accompagnoit *Odoard Barbosa*, dont j'ai parlé plus haut.

26°. Discours de Jean-Bapt. *Ramusio* sur les differens voyages qui ont été faits aux Indes Orientales jusqu'à nôtre tems pour le Commerce.

27°. Relation de *Jean Gaëtano*, Pilote Castillan, sur la découverte des Isles Moluques.

28°. Récit abrégé de la nouvelle découverte du Japon, par *Jean Bapt. Ramusio.*

29°. Extraits de l'Hiftoire de l'A- J. B. RA-
fie de *Jean de Barros.* Ces deux der- MUSIO.
nieres piéces ne fe trouvent que dans
les dernieres Editions, & manquent
dans les premieres.

Dans le deuxiéme volume.

30°. Explication de quelques endroits des voyages de *Marco-Polo.*

31°. Les voyages de *Marco-Polo*, en trois livres.

32°. La feconde partie de l'Hiftoire *d'Hayton*, Arménien, qui
traite de l'origine & de la fucceffion
des Grands-Chams, Empereurs de
Tartarie, & des mœurs & coutumes
des Tartares.

33°. L'Hiftoire *d'Uffuncaffan*, Roi
de Perfe, de fes Guerres avec *Ma-
homet*, Empereur des Turcs, & des
entreprifes d'*Ifmaël Sophy* fon neveu,
par *Jean-Marie Angiolello.*

34°. Voyage d'un Marchand en
Perfe.

35°. Voyage de *Jofaphat Barbaro*,
Gentilhomme Vénitien, en Tartarie
& en Perfe.

36°. Voyage d*Ambroife Contarini*,
Ambaffadeur de la République de
Venife en Perfe, l'an 1473.

les deux freres *Nicolas* & *Antoine* J. B. RA-
Zeno. MUSIO.

47°. Deux voyages faits en Tartarie par des Peres de l'Ordre de
S. *François*, & des Dominicains,
envoyés par le Pape *Innocent IV.* en
1247.

48º. Deux voyages du B. *Odoric*
d'*Udine*, de l'Ordre des Freres Mi-
neurs, au Levant.

49°. Le voyage de *Cabot*, au Nord-
Oüeft.

50°. La defcription de la Pologne,
de la Mofcovie, & d'une partie de
la Tartarie, par *Alexandre Guagnin.*

51°. Defcription des deux Sarma-
ties, par *Mathieu de Michovia.* Ces
trois dernieres piéces ne font que
dans les dernieres Editions.

Dans le troifiéme volume.

52°. Abrégé de l'Hiftoire des Indes Orientales de *Pierre Martyr.*

53°. Abrégé de l'Hiftoire naturelle & génerale des Indes Occidentales de *Gonzales Ferdinand d'Oviedo,*
revû & corrigé.

54. Vingt livres de l'Hiftoire naturelle & génerale des Indes, de
Gonzales Ferdinand d'Oviedo.

J. B. RA-MUSIO.

55°. La 2e. 3e. & 4e. rélation des expéditions de *Ferdinand Cortés* dans le Mexique. *Ramufio* n'a pas pû recouvrer la premiere.

56°. Deux lettres de *Pierre Alvarado & Cortés* fur fes découvertes & fes conquêtes en quelques Provinces au-deffus du Mexique.

57°. Lettre de *Diego Godoy* à *Cortés*, fur d'autres découvertes qu'il a faites dans le même pays.

58°. Rélation de la nouvelle Efpagne, & defcription de la Ville de Mexique, faite par un Gentilhomme de *Cortés*.

59°. Hiftoire de ce qui s'eft paffé dans les Indes depuis l'an 1527. jufqu'en 1536. à l'occafion de l'armement de *Pamphile Narvaez*, par *Alvarez Nunez*.

60°. Rélation des expéditions faites en plufieurs Provinces & Villes de la nouvelle Efpagne, par *Nunez Gufman*.

61°. Le voyage de *François d'Ulloa* à la Californie.

62°. Lettre de *François Vafquez de Coronado*, Gouverneur de la nouvelle Galice, fur les expéditions qu'il méditoit.

63°. Lettre d'*Antoine de Mendoza*, J. B. RA-
Vice-Roi de la nouvelle Efpagne à MUSIO.
l'Empereur.

64°. Rélaaion du voyage du P.
Marc de Nizza, de l'Ordre de S.
François.

65°. Rélation d'un voyage fait en
1540. par *François Vafquez de Coronado*.

66°. Le voyage de *Ferdinand
Alarcon*, pour découvrir les fept
Villes au Nord du Mexique.

67°. Rélation de la conquête du
Perou, par un Capitaine Efpagnol.

68°. Rélation de la même conquête, par *François Xerez*.

69°. Autre rélation de la même
conquête par un Sécrétaire de *François Pizárre*.

70°. Rélation d'un voyage par
la grande riviere de Maragnon, par
Confalve Ferdinand d'Oviedo.

71°. Difcours de *Jean-Bapt. Ra-
mufio* fur la terre ferme des Indes
Occidentales, & fur la nouvelle
France.

72°. La découverte de l'Améri-
que feptentrionale, faite & décrite
par *Jean de Verazzano*, Florentin.

J. B. RA-   74°. Discours d'un Capitaine de
MUSIO.   Vaisseau François, sur les navigations faites à la nouvelle France.

75°. Les deux voyages de *Jacques Cartier* à la nouvelle France.

76°. Le voyage de *Cesar de Fedrici* aux Indes Orientales, avec une ample liste des drogues, des épiceries, des perles, & des pierres précieuses, qui s'y trouvent.

77°. Trois voyages des Hollandois, pour trouver un passage par le Nord-Est à la Chine & au Japon, avec les découvertes qu'ils ont faites des détroits de Weigats, de la nouvelle Zemble & de la côte de Groenlande. Ces deux derniers articles manquent dans les premieres Editions.

Ramusio a mis des especes de préfaces à plusieurs de ces rélations, & il y rend compte de ce qu'elles contiennent, & de ce qui les regarde. Il a ajouté de plus à chaque volume des tables très-amples de toutes les choses remarquables qui s'y trouvent.

V. *Ghilini Teatro d'Huomini Letterati*, tom. 1. p.104. *les Eloges de M.*

PIERRE VIRET.

Pierre *Viret* nâquit l'an 1511. à
Orbe , petite Ville du Canton
de *Berne ,* fur les frontieres de la
Franche-Comté.

P. VIRET.

Il fit fes études à *Paris ,* & y con-
nut *Farel ,* avec lequel il travailla
depuis à l'établiffement de la P. Ré-
forme en quelques Villes de Suiffe.

Il alla avec lui à *Geneve* en 1534.
& il l'y feconda pour bannir de cette
Ville la Religion Catholique.

La Ville de *Laufanne* ayant em-
braffé le Calvinifme en 1536. on y
envoya *Viret* pour y être Miniftre.
Il y demeura jufqu'en 1541. qu'il
paffa à *Geneve,* pour gouverner cette
Eglife en l'abfence de *Calvin ,* qui
étoit alors aux Conferences de *Ratisbonne.*

Ce P. Réformateur étant de retour à *Geneve ,* voulut retenir *Viret;*
mais celui-ci aima mieux retourner
à *Laufanne,* qu'il n'avoit quittée que
pour un temps.

Il vint depuis en France, & y fut

P. VIRET. Miniftre, d'abord à *Nismes*, enfuite à *Montpellier*, & enfin à *Lyon*, où il demeuroit en 1563.

Il fut obligé de fortir de cette derniere Ville, lorfque *Charles IX.* par un Edit interpretatif de la Paix concluë au mois de Mars de cette année 1563. défendit à fes Sujets de la Religion P. Réformée d'avoir des Miniftres nés hors du Royaume.

Viret fe retira alors à *Orange*, d'où *Jeanne d'Albret*, Reine de Navarre, le fit venir dans le Bearn. Il enfeigna quelque temps à *Ortez*, & mourut dans ce pays l'an 1571. âgé de 60. ans.

C'étoit un petit homme, de foible complexion, éloquent fuivant le goût de fon fiécle, mais peu fçavant, dont les ouvrages font mal écrits, remplis de lieux communs, & où les boufonneries tiennent le plus fouvent lieu de raifons. C'étoit par ce dernier endroit, qu'il étoit utile dans fon parti, où l'on avoit foin de le lâcher contre ceux qui étoient plus capables d'être frappés par ces fortes de chofes, que par les raifonnemens & les autorités.

Catalogue de ſes Ouvrages. P. VIRET.

1. *Expoſition familiaire, faite par Dialogues, ſur le Symbole des Apôtres, contenant les articles de la Foi & de la Religion Chrétienne. Geneve. 1543. in-8°.*

2. *Diſputations Chrétiennes en maniere de devis, diviſées par Dialogues. Avec une Epître de Jean Calvin. Geneve. Jean Girard 1544. in-8°.* pp. 918. en tout. On voit ici ſix Dialogues, dont tels ſont les titres. 1°. *L'Alchumie du Purgatoire.* 20. *L'Office des Morts.* 3°. *Anniverſaires.* 4°. *L'adoleſcence de la Meſſe & du Purgatoire.* 50. *Les Enfers.* 6°. *Le Requieſcant in pace du Purgatoire.* Il entend par là ſa deſtruction. *Du Verdier* s'eſt mal expliqué, lorſqu'après avoir rapporté le titre de cet Ouvrage & de ſes ſix Dialogues, il met à la ſuite une ſeconde & troiſiéme partie, comme ſi c'étoit quelque choſe de different. Les ſix Dialogues forment ces trois parties, dont chacune en contient deux. L'Epître de *Calvin*, qui eſt à la tête, tend à faire l'éloge du livre.

3. *Dialogues du déſordre qui eſt à*

P. VIRET. présent au monde , & des causes di-
celui, & du moyen pour y rémédier,
desquels l'ordre & le titre est : *le monde*
à l'Empire. Le monde difforme. La
métamorphose. La réformation. Geneve.
1545. *in-8°.*

4. *Petit Traité de l'usage de la salu-*
tation Angelique , & de l'origine des
Chapelets. Geneve. 1545. *in-16.* It.
Beaucoup plus ample sous ce titre :
Du vrai usage de la salutation faite
par l'Ange à la Vierge Marie , & de
la source des Chapelets , & de la ma-
nière de prier par compte, & de l'abus
qui y est , & du vrai moyen par lequel
la Vierge Marie peut être honorée ou
déshonorée. Revû & augmenté. Geneve.
Jacques Bourgeois. 1561. *in-12.* pp.
174. L'Ouvrage est divisé en quatre
livres.

5. *De la vertu & usage du ministere de la*
parole de Dieu, & des Sacremens dépen-
dans d'icelle, & des differends qui sont en
la Chrétienté à cause d'iceux. (Geneve)
1548. *in-8°.* pp. 758. en cinq livres.

6. *De communicatione Fidelium,*
quibus cognita est veritas Evangelii ,
cum Papistarum ceremoniis , ac præ-
sertim cum Baptismo, Nuptiis, Missa,
                                   Funeribus

Funeribus & Exequiis libellus apprimè P. VIRET *utilis. Geneva, Joannes Criſpinus.* 1551. *in*-8°. *pp.* 175.

7. *De la ſource & de la difference & convenance de la vieille & nouvelle Idolatrie, & des vrayes & fauſſes Images & Reliques, & du ſeul & vrai Médiateur.* Geneve. Jean Girard. 1551. *in*-80.

80. *De origine veteris & novæ Idololatriæ libri quinque, quibus oſtenditur quâ in re veteres ſuperſtitiones à novis differant, & quæ ſit earum convenientia. Item quæ Imagines aut Reliquiæ veræ aut falſæ ſint. Item, quis verus Mediator.* Geneva, Joan. Criſpinus. 1552. *in*-8°. *pp.* 184. Je ne ſçai, ſi cet Ouvrage, qui roule ſur le même ſujet que le précédent, en eſt une ſimple traduction.

9. *L'Office des Morts fait par Dialogue en maniere de devis.* 1°. *L'enterrement.* 20. *Les ſuffrages.* 30. *Le deüil.* 40. *Les Anniverſaires.* 50. *La Meſſe.* Geneve. 1552. *in*-80.

10. *Le Requieſcant in pace du Purgatoire fait par Dialogue en maniere de devis.* 1°. *Le dernier Sacrement.* 2°. *Les pardons.* 30. *Les funerailles.* Ge-

Tome XXXV.   K

11. *Disputations Chrétiennes tou-*
chant l'état des Trépassez par Dialo-
gues. 1o. *La Cosmographie infernale.*
2o. *Le Purgatoire.* 3o. *Le Limbe.* 4o.
Le sein d'Abraham. 5o. *La descente*
aux Enfers. Avec une Epître de Jean
Calvin. Geneve. 1552. *in-8o.*

12. *La physique papale faite par*
maniere de devis & par Dialogues. 1o.
La Médecine. 2o. *Les Bains.* 3o. *L'Eau-*
Benite. 4o. *Le feu sacré.* 5o. *L'Alchi-*
mie. Geneve. 1552. *in-8o.*

13. *La Métamorphose chrétienne,*
distinguée en deux parties. Geneve
1552. *in-8o.* Cet Ouvrage est encore
en Dialogues. Ceux de la premiere,
qui a pour titre , *l'Homme* , sont les
suivans : *L'homme naturel , l'homme*
difforme , la transformation des Ames,
l'homme réformé. Ceux de la seconde,
qui est intitulée : *L'Ecole des bêtes,*
ont pour titres : *Les Oeconomiques ,*
les Politiques; l'Art militaire; les Arts;
les Ethiques; la Religion; les Langues;
la Théologie.

14. *De vero Verbi Dei, Sacramen-*
torum, & Ecclesiæ ministerio libri duo.
De adulterinis Sacramentis liber unus.

De adulterato Baptismi Sacramento P. VIRET.
& de Sanctorum oleorum usu & con-
secrationibus liber unus. De adulterata
Cœna Domini, & de tremendis Missæ
Mysteriis, libri sex. De theatrica Missæ
saltatione Cento, ex veteribus Poëtis
Latinis consarcinatus, libri quatuor.
Geneva. Rob. Stephanus. 1553. *in-*
fol.

15. *De origine, continuatione, usu,*
auctoritate, atque præstantia ministerii
Verbi Dei & Sacramentorum: & de
controversiis ea de re in Christiano Or-
be, hoc præsertim saculo excitatis: ac
de eorum componendorum ratione libri
XVIII. Geneva. 1554. *in-fol.*

16. *Des actes des vrais Successeurs*
de J. C. & de ses Apôtres, & des
Apostats de l'Eglise Papale, contenant
la difference & convenance de la sainte
Cene de Nôtre-Seigneur, & de la
Messe. Item, la naissance, le bâti-
ment, & la consommation de la Messe
& de la Papauté, & du ministere de
l'Antechrist. Geneve. 1554. *in-8o.*

17. *Traités divers pour l'instruction*
des Fidéles, qui résident & conversent
ès lieux & pays esquels il ne leur est
permis de vivre en la pureté & liberté

P. VIRET. *de l'Evangile. Revûs & augmentez par P. Viret. Geneve, Jean Rivery.* 1559. *in*-8°. Les quatre piéces qu'on voit ici rassemblées, avoient déja paru en differens temps; en voici les titres.

Epître aux Fideles touchant leur conversation entre les Papistes. pp. 128.

De la communication que ceux qui connoissent la vérité de l'Evangile ont aux cérémonies des Papistes, & principalement à leurs Baptêmes, Mariages, Messes, Funerailles & Obseques pour les Trépassez. pp. 270. Cet Opuscule avoit paru en latin en 1551. comme on le voit ci-dessus, no. 6.

Admonition & consolation aux Fidéles, qui déliberent de sortir d'entre les Papistes pour éviter l'Idolatrie, contre les tentations qui leur peuvent advenir, & les dangers ausquels ils peuvent tomber en leur issuë. pp. 98.

Remontrance aux Fidéles qui conversent entre les Papistes, & principalement à ceux qui sont en Cour, & qui ont Offices publics, touchant les moyens qu'ils doivent tenir en leur vocation, sans contrevenir à leur devoir, ni envers Dieu, ni envers leur pro-

chain. pp. 360. Ces remontrances P. VIRET.
font datées de Laufane 1547.

18. *De la vraye & fauffe Religion,*
touchant les vœux & les fermens licites
& illicites, & notamment touchant les
vœux de perpétuelle continence, & les
vœux d'anathême & d'exécration, &
les facrifices d'Hofties humaines, &
d'excommunication en toutes Religions.
Item de la Moinerie, tant des Juifs,
que des Payens, & des Turcs, & des
Papiftes, & des facrifices faits à Mo-
loch, tant en corps qu'en ame. (Geneve)
Jean Rivery 1560. *in* 8°. pp. 864. en
dix livres.

19. *Dialogues du combat des hommes*
contre leur propre falut, & contre le
devoir & le befoin qu'ils ont de s'en en-
querir par la parole de Dieu. L'ordre
& les titres des Dialogues. 1°. *La fainte*
Inquifition, ou les acceffoires. 20. *L'at-*
tente du Concile. 3°. *L'Interim.* 4°.
L'autorité des Conciles. 5°. *La réfolu-*
tion des Conciles. Jean Rivery. 1561.
*in-*8o. pp. 552. L'Epître eft datée de
Laufanne le 11. May 1551.

20. *Sommaire des principaux points*
de la Foi & Religion Chrétienne, &
des abus & erreurs contraires à iceux.

P. VIRET. *Avec un Recüeil de la Doctrine Chrétienne, fait en forme de Dialogue, dédié à l'Eglise réformée de Lyon. Lausanne. Jean Rivery. 1561. in-16. It. Metz 1564. in 8°. pp. 95. L'Epître est datée de Lausanne le 1. Juin 1561.*

21. Les Cauteles & Canons de la Messe. Ensemble la Messe du Corps de Jesus-Christ. Le tout en Latin & en François. Le Latin fidélement extrait du Messel à l'usage de Rome, imprimé à Lyon par Jean de Cambray l'an 1520. & traduit de mot à mot en nôtre langue. Avec certaines annotations servant pour l'intelligence du texte. Lyon. Claude Ravot 1563. in-8°. pp. 198. It. Traduit en Anglois. Londres 1584. in-8°.

22. De l'institution des Heures Canoniques, & des tems déterminés aux prieres des Chrétiens. Lyon. Jean Saugrain 1564. in-8°. pp. 75.

23. Instruction Chrétienne en la Doctrine de la Loi & de l'Evangile, & en la vraye Philosophie & Théologie, tant naturelles que supernaturelles des Chrétiens, & en la contemplation du Temple & des Images & œuvres de la Providence de Dieu en tout

l'Univers, & en l'Histoire de la créa-P. VIRET.
tion & chûte & réparation du genre
humain. Le tout divisé en trois volumes. Geneve. Jean Rivery 1564. in-
fol.

24. *Des clefs de l'Eglise & de l'ad-*
ministration de la parole de Dieu &
des Sacremens selon l'usage de l'Eglise.
Geneve. Jean Rivery 1564. in-8°.

25. *De l'autorité & perfection de la*
Doctrine des saintes Ecritures , & du
ministere d'icelle , & des vrais & faux
Pasteurs. Lyon. Claude Senneton 1564.
in-8°.

26. *L'Interim fait par Dialogues.*
L'ordre & les titres des Dialogues. 1o.
Les Moyenneurs. 2°. Les Transfor-
mateurs. 3o. Les Libertins. 4°. Les
Persécuteurs. 5°. Les Edits. 6o. Les
Moderez. Lyon, Claude Senneton,
1565. in-8o. pp. 461. L'Epître est du
20. Septembre de cette année.

27. *Réponse aux questions proposées*
par Jean Ropitel , Minime, aux Ministres des Eglises Réformées. Avec des
autres questions proposées à lui & à ses
Compagnons , suivant la teneur des
siennes. Lyon , Claude Senneton 1565.
in-8o.

P. VIRET. 28. *De la Providence divine tou-*
chant tous les états du monde, & tous
les biens & les maux qui y peuvent
advenir & adviennent ordinairement
par la volonté de Dieu, Dialogues
XIV. Lyon, Claude Senneton 1565.
in 8o.

29. *Trois livres des principaux points*
qui sont aujourd'hui en different tou-
chant la sainte Cene de Jesus-Christ,
& la Messe, & de la résolution d'iceux.
Lyon, Cl. Senneton. 1565. in-8o.

V. *Jac. Verheiden, præstantium ali-*
quot Theologorum Elogia p.120. Theo-
dori Bezæ icones Virorum Illustrium.
Melchioris Adami vitæ Theologorum
externorum. Bayle, Dictionnaire. Les
Bibliothéques Françoises de du Verdier
& de la Croix du Maine.

NICOLAS AMELOT
DE LA HOUSSAYE.

N. AME-
LOT.
Nicolas Amelot de la Houssaye,
nâquit à *Orleans* au mois de
Février 1634. & fut baptisé le 18.
de ce mois dans l'Eglise de *Sainte*
Catherine, Paroisse de cette Ville.
Les

Les Régiſtres des Baptêmes ne lui N. Aug
donnent que le nom de *Nicolas*; ainſi lot.
celui d'*Abraham*, que quelques uns
y ont ajouté, ne lui appartient pas.

On ignore les principales particularités de ſa vie; tout ce qu'on en
ſçait, eſt qu'en 1669. il étoit Secretaire du Préſident de *S. André*, Ambaſſadeur de France à *Veniſe*, & qu'il
demeura quelques années en cette
Ville.

Cet emploi lui donna du goût
pour la politique, & elle fit pendant quelque tems toute ſon application. Le reſte de ſa vie fut employé à compoſer differens Ouvrages : Il ſçavoit les Langues Italienne & Eſpagnole, & il profita de
cette connoiſſance pour donner au
Public diverſes traductions.

Il ne s'enrichit point par tout cela, il
vécut au contraire toujours dans l'in-
digence, & ſans les ſecours d'un Abbé
diſtingué par ſon mérite & par ſon
ſçavoir autant que par ſa naiſſance;
il ſeroit tombé dans la plus grande
miſere.

Il mourut à Paris le 8. Décembre
1706. dans ſa 73e. année; & fut en-

Tome XXXV. L

terré dans le Cimetiere de *S. Gervais.*

Son ſtile eſt un peu dur, mais ſa
fidelité, ſon exactitude, & la ſolidité de ſon jugement dédommagent
de ce défaut, & font lire avec plaiſir ſes Ouvrages par ceux qui aiment
à raiſonner ſolidement ſur les affaires.

Catalogue de ſes Ouvrages.

1. *Rélation du Conclave de 1670,
pour l'élection de Clement X. Paris,*
1676. *in-*12.

2. *Hiſtoire du Gouvernement de
Venise. Paris* 1676. *in-*12.

3. *Supplément à l'Hiſtoire du Gouvernement de Venise, contenant une
rélation du differend de Paul V. & de
la République de Venise. Paris* 1677.
*in-*80. L'*Hiſtoire du Gouvernement
de Venise* & *le Supplément* ont été
réimprimés *avec l'examen de la liberté
originaire de Venise, à Paris.* 1685. *in-*
80. Deux vol. It. *avec l'Hiſtoire des
Uscoques. Amſterdam,* 1695. *in-*12.
Trois vol.

4. *Examen de la liberté orginaire
de Venise, traduit de l'Italien, avec
une harangue de Louis Helian, Am-*

baſſadeur de France contre les Véni- N. AME=
tiens, traduite du Latin avec des remar- LOT.
ques hiſtoriques. Ratisbonne 1667. in 12.

5. Hiſtoire des Uſcoques de Mi-
nucio Minucci, traduite de l'Italien.
Paris. 1680. in-12. Cette Hiſtoire
avoit été imprimée en Italien à Veniſe l'an 1616. in-4°.

6. Tibere. Diſcours politiques ſur
Tacite, par le ſieur de la Mothe-Joſſeval. Amſterdam 1683. in-4°. It. 2e.
édition. Paris. 1684. in-8°. De la
Houſſaye s'eſt caché ici ſous le nom
de la Mothe-Joſſeval, de même que
dans la traduction ſuivante.

7. Hiſtoire du Concile de Trente de Fra-
Paolo Sarpio, Théologien de la République de Veniſe, traduite par le ſieur de la
Mothe-Joſſeval. Avec des remarques
hiſtoriques, politiques & morales. Amſterdam 1686. in-4°. It. 2e. Edition, revûë
& augmentée. Amſterdam. 1686. in-4°.
Ce qu'il y a de ridicule dans cette édition, c'eſt que dans la Table des Matieres, on a laiſſé les chiffres qui étoient
dans la premiere, & qui ne ſont point
relatifs aux pages de la ſeconde.

Amelot dans cette traduction n'a
pas ſuivi le texte Italien de Fra-Pao-

N. AME-
lot.

lo ; comme il n'étoit ni Canoniste ni Théologien, & que *Fra-Paolo* donne un peu dans le Jargon Vénitien, il a eu peur de se tromper en traduisant sur son Italien ; il a mieux aimé le faire sur la traduction latine. Mais cette traduction étant fort infidelle, sur tout dans les deux premiers livres, qui sont de la version de M. *Nevvton*, qui n'entendoit pas assez la Langue Italienne, ni les matieres traitées par *Fra-Paolo, de la Houssaye* n'a pû s'empêcher en la suivant, de tomber dans plusieurs fautes grossieres. On a inseré sur ce sujet dans la *République des Lettres* du mois d'Octobre 1685. l'extrait d'une lettre, que M. *Simon* reconnoît dans le Recueil des siennes p. 218. du 2e. vol. de l'édition de 1730. être de sa façon. *Amelot* y a répondu par une autre du 7. Décembre 1685, inserée dans la même *République des Lettres* au même mois de Décembre ; mais il s'y trompe, en attribuant la lettre qui le critiquoit, à l'Abbé de *S. Real*, & en faisant *Marc-Antoine de Dominis* Auteur de la traduction latine, qu'il avoüe avoir suivie.

8. *L'Homme de Cour*, traduit de l'Efpagnol de Balthazar Gracian avec des notes. *Paris* 1684. *in-*4°. & *in-*12. Un Allemand a donné une mauvaife traduction de l'Ouvrage de *Gracian* fur le François de *la Houffaye*. En voici le titre : *Balthazaris Graciani, Hifpani, Aulicus, five de prudentia civili & maximè aulica, liber fingularis; olim Hifpanicè confcriptus, pofteà & Gallicè, Italicè, Germanicè editus; nunc ex Ameloti verfione latinè redditus, & regulis meliore & naturali ordine difpofitis in formam artis redactus. Francifcus Glarianus Meldenus, Conftantienfis, recenfuit, latinè vertit, & novis perpetuifque notis illuftravit. Cum fig. Acceffit Jo. Gottl. Heineccii J. C. Præfatio. Francof. ad Viadrum* 1731. *in-*80. Le P. *Courbeville*, Jéfuite, a depuis donné une nouvelle traduction de cet Ouvrage de *Gracian* fous ce nouveau titre: *Maximes de Balth. Gracian, traduites de l'Efpagnol. Paris* 1730. *in-*12.

9. *Le Prince de Nicolas Machiavel*, traduit de l'Italien, avec des remarques. *Amfterdam* 1683. *in-*12. It. 3ᵉ. édition, revûë & augmentée par le Tra-

L iij

N. AME-
LOT.

N. AME-
LOT.

ducteur. *Amſterdam* 1686. *in*-12. *Ame-*
lot a prétendu juſtifier *Machiavel*,
en ſoutenant qu'il dit ce que les
Princes font, & non pas ce qu'ils
doivent faire, & qu'ainſi ſon Ouvrage n'eſt qu'une critique de leur
politique ; paradoxe qui ne trouvera
gueres de créance dans ceux qui auront lû cet Auteur.

18. *Traité des Beneſices de Fra-Pao-*
lo Sarpi, traduit & vérifié par l'Abbé
de S. Marc, Académicien de la Cruſ-
ca. Amſterdam 1685. *in*-12. It. *Ibid.*
1687. *in*-12. *Amelot* s'eſt caché ici
ſous le nom de l'*Abbé de S. Marc.*
M. *Simon* a remarqué que le traité
qu'il a traduit n'eſt pas de *Fra-Paolo*,
mais de *Fra-Fulgentio* ſon Compa-
gnon.

11. *La morale de Tacite, extraite*
de ſes Annales, & Hiſtoires. Premier
eſſai de la Flaterie. Paris. 1686. *in*-12.
On voit ici à la tête un diſcours critique des Traducteurs ou Commen-
tateurs de *Tacite.* Ce qu'*Amelot* y dit
au déſavantage de la traduction de
Tacite par *d'Ablancourt*, lui attira
une critique ſévere, qui parut ſous
ce titre : *M. Perrot d'Ablancourt van-*

gé, ou *Amelot de la Houffaye convaincu* N. AME-
de ne pas parler François, & d'expli- LOT.
quer mal le Latin. *Amfterdam* 1686.
in-12. Elle eft de Mr. *Fremont d'A-*
blancourt, neveu de *Perrot* : comme
il y défioit *Amelot* de faire une meilleure traduction de *Tacite* que celle
de fon oncle, celui-ci picqué de fon
defi, y travailla auffi-tôt, & en donna quelques années après le commencement.

12. *Tacite, avec des notes politiques*
& hiftoriques, première partie, conte-
nant les fix premiers livres de fes An-
nales. Paris. 1690. *in-4°.* It. *Ibid.*
1690. *in-12.* Deux vol. It. *La Haye*
1692. *in-12.* Deux vol. It. 3e. *Edi-*
tion. *Amfterdam* 1716. *in-12.* Quatre
vol. Outre la traduction des fix premiers livres de *Tacite*, on trouve
encore ici celles des livres 11. 12.
& 13. les quatre autres, qui font
entre-deux, étant perdus. Ainfi c'eft
parler peu exactement que de dire,
comme quelques Auteurs, qu'*Ame-*
lot a traduit les treize premiers livres
des Annales de *Tacite.* It. *Quatrième*
Edition. Amfterdam. 1731. *in-12.* quatre volumes. Il a paru en même tems

N. AME-
LOT.

une traduction des trois derniers livres des Annales de *Tacite*, avec des notes par *M. L. C. D. G. La Haye* 1731. *in-12.* deux vol. qui ont été suivis de quatre autres. Cette continuation est inférieure au premier ouvrage. *Amelot* a mis à la tête de sa traduction un avertissement, où il répond avec beaucoup de vivacité à l'ouvrage de *Fremont d'Ablancourt* & la *critique de divers Auteurs modernes*, qui ont traduit ou commenté les œuvres de *Tacite*, avec les jugemens qu'on a faits de son stile & de sa morale.

13. *Homelies Theologiques & morales de feu M. de Palafox sur la Passion de Jesus-Christ, traduites de l'Espagnol. Paris.* 1691. *in-12.*

14. *Préliminaires des traités faits entre les Rois de France & tous les Princes de l'Europe, depuis le Regne de Charles VII. Paris* 1692. *in-12.* It. *La Haye* 1692. *in-12.* On voit ici le Catalogue chronologique de ces traités, précedés d'un discours, où *Amelot* a representé le sujet de chaque traité, le caractere des Princes qui y étoient interessés, les talens des Ministres qui y ont été employés, & les a-

dreſſes qu'ils ont miſes en uſage pour N. AME-
faire valoir les droits & les préten- LOT.
tions de leurs maîtres. Il compoſa
cet ouvrage pour préceder la publication de ces traités, que *Leonard*
vouloit donner à Paris en 6. volumes *in-*4°. & qui parurent l'année
ſuivante 1693. avec ces préliminaires
à la tête. *Amelot* les a depuis aug-
mentés, & ils ont reparu ſous ce nouveau titre : *Obſervations hiſtoriques &*
politiques ſur les traités des Princes à la
tête du *Recueil des Traités de Paix,*
&c. donné par *Moëtjens* à la Haye,
1700. Quatre volumes *in-fol.*

15. *Lettres du Cardinal d'Oſſat, nou-*
velle Edition, corrigée ſur le manuſ-
crit original, & notablement augmentée
avec des notes hiſtoriques & politiques.
Paris 1697. *in-*4°. Deux tom. It.
Nouvelle Edition, conſiderablement
augmentée & enrichie de nouvelles
notes de M. Amelot de la Houſſaye,
qui ne ſe trouvent point dans la nou-
velle Edition de Paris de 1697. Amſterdam 1708. *in-*12. Cinq tom.

16. *Réflexions, Sentences & Maxi-*
mes morales miſes en nouvel ordre, avec
des notes politiques & hiſtoriques, par

N. AME-
LOT.

M. Amelot de la Houssaye 1714. *in*-12. Ce sont ici les réflexions de M. *de la Rochefoucault* qu'*Amelot*, qui en faisoit son livre favori, avoit pris soin de ranger par ordre de matieres, & ausquelles il avoit jointes celles d'une Dame illustre par son esprit, & les siennes.

17. *Memoires historiques, politiques, critiques & litteraires, par Amelot de la Houssaye. Amsterdam* 1722. *in*-8°. Deux vol. On en a fait aussi une assez mauvaise Edition à *Lyon* sous la même date l'année suivante. Cet Ouvrage, qui a beaucoup de rapport avec les livres terminés en *ana*, contient plusieurs traits de politique, d'histoire, de litterature & de critique, rangés sous certains articles généraux, qu'on a disposés par ordre alphabétique. Mais le Recueil est incomplet, puisqu'il ne va pas jusqu'au milieu de l'alphabet. Si *Amelot* y a eu quelque part, il n'est pas certainement l'Auteur de tout l'Ouvrage; car il s'y trouve un grand nombre de fautes grossieres, dans lesquelles il n'est pas possible que ce Sçavant soit tombé.

18. Il a donné avec ses notes & une préface les mémoires de M. de *la Rochefoucault*, sous ce titre : *Mémoires pour la minorité de Louis XIV. Villefranche.* 1680. 1690. *in*-12.

V. *Le Dictionnaire de Morery. M. l'Abbé le Clerc, Bibliothéque du Richelet.*

EDMOND CHILMEAD.

E Dmond *Chilmead* nâquit à *Stow-on-the-Wold*, dans le Comté de *Glocester*.

Il fut reçu en 1625. dans le College de la *Magdeleine* à *Oxford*, & il y prit en 1632. le degré de Maître-ès-Arts.

Quelque temps après il fut fait Chapelain de l'Eglise de *Christ* dans la même Ville. Mais sa fidelité pour le Roi *Charles I.* le fit chasser en 1648. de ce poste par les Visiteurs du Parlement.

Il se vit alors obligé de se servir pour vivre, de la Musique, dont il avoit fait jusques là son amusement. Il se retira à *Londres*, où il sçut met-

E. CHIL-
MEAD.

tre à profit le talent qu'il avoit pour cet Art.

Il fut fur la fin de fa vie aidé par les liberalités d'*Edoüard Byffhe*, que le Parlement avoit fait Roi d'Armes, & mourut le 1. Mars 1654. fuivant le nouveau ftile.

Catalogue de fes Ouvrages.

1. *Traité de la Nature, des caufes, des fymptomes, des pronoftiques, & de la guerifon de la Mélancolie Erotique, traduit du François en Anglois.* Londres 1640. in-8°. C'eft la traduction d'un affez méchant livre de *Jacques Ferrand*, Medecin d'*Agen*, intitulé: *De la Maladie d'Amour, ou Mélancolie Erotique.* Paris 1623. in-8o. C'eft fur cet Ouvrage, qui ne répond en rien à ce que le titre en fait attendre, que M. *de la Monnoye* a fait ce diftique.

Ut titulum vidi, fum libri captus amore;
Ut librum legi, liber amore fui.

2. *Traité des globes* (en Anglois) Londres 1639. & 1659. in-4°. Ce traité eft traduit du Latin de *Robert Hues*.

3. *Curiosités inoüies sur la Sculpture* E. Chil-
Talismanique des Persans. (en An- mead,
glois) *Londres* 1650. *in*-8°. Traduites du François de *Jacques Gaffarel.*

4. *Discours touchant la Monarchie*
d'Espagne (en Anglois.) *Londres*
1654. *in*-4°. C'est une traduction de
l'Ouvrage latin de *Thomas Campa-*
nella. Comme elle n'eut point de
débit, *Guillaume Prynn*, pour lui en
procurer, mit à la tête une Epître,
& fit substituer à l'ancien titre ce nouveau plus étendu : *Advis donné au*
Roi d'Espagne par Thomas Campanel-
la, *Moine Espagnol*, *pour parvenir à*
la Monarchie universelle. Londres 1659.
in-4°.

5. *Histoire des cerémonies & coutu-*
mes qui s'observent maintenant parmi
les Juifs dans tout le monde. (en Anglois.) *Londres* 1650. *in*-8°. Chilmead
a traduit cet Ouvrage de l'Italien de
Leon de Modene.

6. Il a eu part à la traduction Angloise qu'*Henri Holbroke* a faite de
l'Histoire des Guerres de l'Empereur
Justinien par *Procope*, & qui a été imprimée à *Londres* en 1653. *in-fol.*
ayant pris soin de la comparer avec

le texte Grec. Cela fait voir qu'il possédoit fort bien cette Langue, de même que les traductions précedentes nous apprennent qu'il possédoit les Langues Françoise & Italienne.

7. *De Musica antiqua Graca.* Et la fin de l'Edition *d'Aratus*, donnée par *Jean Fell*, à *Oxford*, l'an 1672, *in-*8°.

8. *Annotationes in Odas Dyonisii.* Dans le même livre. Il avoit fait une version latine de ces Odes; mais elle n'a pas été imprimée.

9. *Joannis Antiocheni, cognomento Malalæ, Historia Chronica, è M. S. Bibliotheca Bodleiana nunc primum edita. Cum interpretatione & notis Edm. Chilmeadi, & triplici indice rerum. Præmittitur dissertatio de Autore per Humfredum Hodium. Oxonii. 1691. in-*8°.

10. *Catalogus Manuscriptorum Græcorum in Bibliotheca Bodleiana, pro ratione Autorum alphabeticus.* Ce Catalogue qui est manuscrit dans la Bibliothéque Bodleienne, a été dressé par Chilmead. Il est fort commode pour les curieux & les sçavans qui y ont recours.

ROLAND DES-MARESTS.

ROland Des-Mareſts nâquit à Pa- R. Des-
ris l'an 1594. d'une honnête fa- MARETS.
mille.

Après avoir fait les Etudes ordi-
naires, il ſe tourna du côté de la Ju-
riſprudence, & s'étant fait recevoir
Avocat, il ſuivit pendant quelque
temps le Barreau. Mais il ſe dégoûta
bientôt de cette Profeſſion, & ſe con-
ſacra à une vie plus tranquille.

Comme il ne ſe ſoucioit ni d'a-
maſſer des richeſſes, ni de parvenir
aux honneurs, il ſe donna tout entier aux Belles Lettres, & chercha
tout ſon plaiſir auprès des Muſes, &
dans le travail de ſon cabinet.

Il cultiva l'amitié des Sçavans de
ſon temps, avec qui il conferoit ſur
ſes Etudes, & ſe rendit par là habile
Critique; de ſorte que *Nicolas Bour-
bon* ſon ami, diſoit qu'il n'y avoit
perſonne dont il redoutât plus la
cenſure.

R. Des-
Marets.

Il ne fut jamais marié , & vécut toûjours fort uni avec sa famille, sur tout avec *Jean Des-Marests* son frere. Il employoit les heures de son loisir à l'éducation de *Marie Dupré* , sa niéce , à qui il avoit trouvé de la disposition pour l'étude , & lui apprit les Langues Latine & Grecque.

Sa santé fut long-temps assez bonne ; mais à force d'étudier , il l'affoiblit tellement , qu'il tomba dans une langueur, qui le mina peu à peu.

Il mourut le 27. Décembre 1653. dans sa 60. année , & fut enterré à *S. Nicolas des Champs* , où 50. ans après *Marie Dupré* , sa niéce , lui fit mettre cette Epitaphe , qui lui est commune avec *Jean Des - Marests* son frere.

Hic jacet Rolandus Des-Marets, in suprema Senatûs Parisiensis Curia Patronus , suavi indole , & candidis moribus , qui animo ab honoribus alieno , totum se litteris dedit , & Latinas doctissimis hujusce temporis viris Epistolas Philologicas non minùs eruditè quàm eleganter scripsit. Quibus summoperè desideratus obiit Decembris (a) die 27.

(a) *Patin* dans une lettre à *Span* , tom. an.

an. Rep. ſalutis 1553. *ætatis ſuæ* 60.   R. DES-
    Is fratrem habuit natu minorem ſibi   MARETS.
cariſſimum Joannem Des-Marets de
Saint-Sorlin, Militaris impenſa ex-
traordinariæ Inſpectorem, & rei Ma-
ritimæ primarium ſcribam, qui inter
Poëtas Gallicos excelluit, & variis in
omni ſcientiarum genere ſcriptis com-
mendandus, Eminentiſſimo Cardina-
li Armando de Richelieu in deliciis
fuit. Poſteà animo ad Chriſtianæ pieta-
tis officia converſo, in Dei Optimi Maxi-
mi laudes penitùs incubuit; quam tùm
ſtricta, tùm ſoluta oratione ad extre-
mum uſque ſpiritum proſecutus, è vivis
exceſſit Octobris die 28. *anno Rep. ſal.*
1676. *jacetque in S. Pauli Baſilica.*
    Utriſque marmor iſtud perenne grati
animi monumentum Maria du Pré,
Margarita Des-Marets, pia admodùm
fœmina, eorum ſororis, filia ponendum
curavit anno 1703. *circa finem Junii.*
    L'ortographe du nom des deux
freres, paroît vicieuſe dans l'Epita-

I. p. 409. marque qu'il mourut le 29. d'une
fiévre continuë. J'ay mieux aimé ſuivre
ſon Epitaphe, dont ſa niéce a donné les
dates. Patin ajoute qu'il étoit beau-frere
de *Merlet*, Medecin.
    Tome XXXV.   M

R. Des- phe, puisqu'ils font appellés par tout
MARETS. *Des-Marests.*

Menage dans une lettre, inferée
dans le *Menagiana*, tom. 3. p. 198.
marque qu'il avoit donné à *Roland*
Des-Marests le furnom de *Philadelphe*,
parce qu'il étoit l'admirateur de fon
frere, & qu'il ne parloit jamais d'autre chofe.

Le feul Ouvrage que nous ayons
de lui, eft le fuivant.

Rolandi Maresii Epistolarum Philo-
logicarum, libri duo. Cum aliquot ami-
corum ad eum Epistolis. Parif. 1655.
in 8°. It. Curante L. A. Rechemberg.
Lipfiæ. 1686. in 12. L'Editeur a joint
à cette Edition des lettres de quelques Sçavans, qui ont traité des fujets affez femblables à ceux dont il
s'agit dans celle de *Des-Marests.* On
s'apperçoit fans peine, que ces lettres font des Ouvrages de fantaifie,
& c'eft peut-être la feule chofe qu'on
y puiffe trouver à redire, ces fortes
de lettres n'ayant pas le même agrément que celles qui s'écrivent par
rencontre, & par la néceffité de répondre à fes amis. L'uniformité qui
y regne par tout, fatigue & ne ré-

joüit point. Cela approche plus de R. Des-
la differtation que du genre épifto- Marets:
laire , qui a quelque chofe de plus
naturel , de plus riant , & de plus
diverfifié. *(Melanges de Vigneul-Mar-
ville , tom.* 1. *p.* 179. *)* Au refte , ces
lettres font bien écrites , & remplies
d'érudition. M. *de Launoy*, & les freres
de Valois prirent foin de les raffem-
bler , & de mettre un fommaire à
la tête de chacune ; & *Jean Baptifte
de Perci de Monchamps* , Avocat au
Parlement , qui avoit époufé une
fille de la fœur de *Des-Marefts* , les
donna au public avec une lettre de
Pierre Lalemant , Recteur de l'Univerfité de *Paris* à leur loüange , &
l'Eloge de l'Auteur par *Pierre Hallé.*

Des-Marefts avoit donné lui-même le premier livre trois ans avant
fa mort; c'eft-à-dire en 1650. à *Paris,*
in-12. Il avoit publié depuis une lettre
du fecond livre. *Rolandi Marefii ad
Petrum Hallæum , Poëtam & Inter-
pretem Regium , de puerorum in litteris
snfitutione Epiftola. Parif.* 1631. *in*-
4°.

Il n'eft pas inutile d'avertir que
Des-Marefts cultivoit la Poëfie Latine,

& que l'on trouve parmi ses lettres quelques piéces de ce genre.

V. *Son Éloge par Pierre Hallé à la tête de ses lettres.*

JEAN DES-MARESTS.

J. Des-Maret.

JEan Des-Marests de Saint Sorlin nâquit à *Paris* vers l'an 1595. Ceux qui ont dit qu'il étoit l'aîné de *Roland Des-Marests* son frere, se sont trompés, comme on le voit par l'Epitaphe que j'ay rapportée.

Il posséda les Charges de Contrô-leur Général de l'Extraordinaire des Guerres, & de Secretaire Général de la Marine de Levant. Mais les oc-cupations qu'elles lui donnoient, ne l'empêcherent pas de cultiver les belles lettres.

Le Cardinal *de Richelieu* l'aimoit beaucoup ; & ce fut lui qui le tourna vers la Poësie Dramatique, pour la-quelle il n'avoit point d'inclination. C'est ce que nous apprenons de M. *Pellisson*, qui dans son *Histoire de l'Académie Françoise*, entre sur ce sujet dans un détail qu'il ne faut pas

omettre ici. Après avoir dit que lorf- J. Des=
que ce Cardinal connoiffoit un bel MARETS.
efprit, qui ne fe portoit pas par fa
propre inclination à travailler en ce
genre, il l'y engageoit infenfible-
ment par toutes fortes de foins & de
careffes ; il ajoute : » Voyant que »
M. *Des-Marefts* en étoit très-éloi- »
gné il le pria d'inventer du moins »
un fujet de Comédie, qu'il vouloit »
donner, difoit-il, à quelqu'autre »
pour le mettre en vers. M. *Des-Ma-* »
refts lui en porta quatre bien-tôt »
après. Celui d'*Afpafie*, qui en étoit »
l'un, lui plût infiniment ; mais »
après lui avoir donné mille loüan- »
ges, il ajouta : *Que celui-là feul qui* »
avoit été capable de l'inventer, feroit »
capable de le traiter dignement, & »
obligea M. *Des-Marefts* à l'entre- »
prendre lui-même, quelque chofe »
qu'il pût alléguer. Enfuite ayant »
fait repréfenter folemnellement »
cette Comédie devant le Duc de »
Parme, il pria M. *Des-Marefts* de »
lui en faire tous les ans une fem- »
blable. Et lorfqu'il penfoit s'en ex- »
cufer fur le travail de fon Poëme »
Héroïque de *Clovis*, dont il avoit »

J. Des-
Marets.

» déja fait deux livres, & qui re-
» gardoit la gloire de la France &
» celle du Cardinal même ; le Car-
» dinal répondoit qu'il aimoit mieux
» joüir des fruits de sa Poësie autant
» qu'il seroit possible, & que ne
» croyant pas vivre assez long-tems
» pour voir la fin d'un si long Ou-
» vrage, il le conjuroit de s'occuper
» pour l'amour de lui à des pieces
» de Théatre, dans lesquelles il pût
» se délasser agréablement de la fa-
» tigue des grandes affaires. De cette
» sorte il lui fit composer l'inimitable
» Comédie des *Visionnaires*, la Tragi-
» comédie de *Scipion*, celle de *Ro-*
» *xane*, *Mirame* & l'*Europe*.

Il fut de l'Académie Françoise dès
ses commencemens, & on le choisit
pour en être le premier Chancelier,
Charge dans laquelle il fut continué
pendant quatre ans, c'est à-dire depuis le 13. Mars 1634. jusqu'au onze
Janvier 1638.

Chapelain parle ainsi de lui dans
son *Memoire des gens de lettre vivans*
en 1662.

» C'est, dit-il, un des esprits fa-
» ciles de ce tems, & qui sans grand

fond ſçait une grande quantité de »
choſes , & leur donne un meilleur »
jour. Son ſtile de proſe eſt pur , »
mais ſans élévation : En vers il eſt »
élevé & abbaiſſé , ſelon qu'il le »
déſire ; & en l'un & l'autre genre »
il eſt inépuiſable & rapide dans l'é- »
xecution , aimant mieux y laiſſer »
des taches & des négligences, que »
de n'avoir pas bien-tôt fait. Son »
imagination eſt très-fertile, & ſou- »
vent tient la place de jugement. Au- »
trefois il s'en ſervoit pour des Ro- »
mans & des Comédies , non ſans »
beaucoup de ſuccès; dans le retour »
de ſon âge, il s'eſt tout entier tour- »
né à la dévotion , où il ne va pas »
moins vîte qu'il alloit dans les let- »
tres prophanes. »

On verra plus bas ce qu'on doit
penſer de ſes Romans & de ſes Comédies. Pour ce qui eſt de ſa dévotion , *Chapelain* en a parlé trop favorablement ; il devoit dire qu'il
devint Viſionnaire & Fanatique ,
comme on le reconnoîtra ſans peine
par ce que je rapporterai dans la ſuite
de ſes derniers Ouvrages. La maniere même, dont il en uſa dans l'af-

J. DES-
MARETS.

faire de *Simon Morin*, fait aſſez voir
que ſa prétenduë dévotion, manquant
de cette droiture & de cette bonne
foi, qui ſont inſéparables de la véritable, n'étoit qu'une dévotion d'humeur & de tempérament. On peut
voir ce que j'en ai dit dans l'article
de ce Fanatique, tome 27. de ces
Mémoires, p. 52.

Il mourut le 28. Octobre 1676.
âgé de plus de 80. ans, & fut enterré
à *S. Paul.* Il étoit alors attaché au
Duc *de Richelieu.* & ce fut chez lui
qu'il mourut.

Catalogue de ſes Ouvrages.

1. *Ariane*, Roman. *Paris* 1532. *in-*
4°. It. *ibid.* 1632. *in-*12. Deux vol.
It. *ibid.* 1639. *in-*4°. It. *ibid.* 1666. *in-*
12. Deux vol. L'Edition *in-*4°. eſt
accompagnée de belles figures gravées par *Boſſe.* It. *Traduite en Flamand par J. J. Schipper. Amſterdam.*
1641. *in-*80. *Des-Mareſts* s'eſt éloigné dans ce Roman des idées de vertu qu'on repréſentoit alors. dans ces
fortes d'Ouvrages. C'eſt une choſe
dont *Gueret* l'a raillé agréablement
dans ſon *Parnaſſe Réformé*, lorſqu'il
met cette plainte dans la bouche
d'*Ariane*,

d'*Ariane*, ſon Héroïne. « Ce n'eſt « J. Des-
pas une chimére que l'injure qu'on « MARETS.
m'a faite. On ne trouve chez moi «
que des lieux infames; chaque li- «
vre en fournit un pour le moins, & «
les Héros du Roman ſont ſi bien «
accoutumés à fréquenter ces en- «
droits, qu'on les prendroit pour «
des Soldats aux Gardes, ou des «
Mouſquetaires. Me rendre viſite, «
& aller au (vous m'entendez bien) «
n'eſt plus qu'une même choſe, on «
confond maintenant l'un avec l'au- «
tre, & je ſuis devenue le répertoire «
de tous les bons lieux. Je ne m'é- «
tonne point après cela, ſi l'on me «
fait paroître nuë, il y auroit eu de «
l'irrégularité d'en avoir uſé d'une «
autre ſorte; & puiſqu'*Aſtrée*, qui «
n'avoit pas l'avantage du lieu com- «
me moi, ſe montre à *Celadon* en «
cette poſture, il étoit d'une néceſ- «
ſité indiſpenſable que j'en fiſſe au- «
tant. Je ne ſçai pas ſi mon Auteur «
fait cette réflexion; mais je vou- «
drois bien qu'elle ne fût pas ſi juſte, «
mon honneur & le ſien s'en trou- «
veroient mieux. »

2. *Aſpaſie*, Comédie. Paris. 1636.

Tome XXXV. N

J. DES-
MARETS. *in-4º.* Cette piéce est en cinq Actes, en vers.

3. *Les amours du compas & de la régle, & ceux du Soleil & de l'ombre.* Paris 1637. *in-4º.* Piéce d'environ 200. vers.

4. *Scipion, Tragicomedie.* Paris. 1639. *in-4º.*

5. *Rosane. Histoire tirée de celle des Romains & des Perses ; premiere partie.* Paris. 1639. *in-8o.* C'est un Roman, dont cette partie est la seule qui ait paru.

6. *Ouverture du Theatre de la grande salle du Palais-Cardinal : Mirame, Tragicomédie.* Paris. 1639. *in-fol.* It. *ibid.* 1641. *in-4º.* Une partie du sujet & des penséesétoient du Cardinal de Richelieu; aussi témoignoit-il une tendresse de pere pour cette piéce, dont la représentation lui couta deux ou trois cens mille écus, & pour laquelle il fit bâtir cette grande salle de son Palais, qui sert encore aujourd'hui aux représentations de l'Académie Royale de Musique. Elle eut cependant un médiocre succès à la premiere représentation ; sur quoi M. de Beauchamps nous apprend

dans son *Théatre François* l'Anecdote
suivante. « Le Cardinal *de Richelieu* «
qui y avoit assisté, s'étant retiré le «
soir seul à *Ruel*, envoya chercher «
Des - Marests, qui soupoit avec «
Petit, son ami. *Des-Marests* se dou- «
tant que l'entrée seroit orageuse, «
pria *Petit* de l'accompagner. Ils «
concerterent en chemin ce qu'ils «
diroient au Cardinal pour l'appai- «
ser. *Eh bien !* leur dit-il, dès qu'il «
les vit entrer, *les François n'auront* «
jamais de goût pour les belles choses ? «
ils n'ont point été charmés de Mirame. «
Monseigneur, répondit *Petit*, qui «
prit la parole pour son camarade, «
ce n'est point la faute de l'Ouvrage «
qui est admirable, mais celle des Co- «
médiens. Vôtre Eminence ne s'est-elle «
point apperçuë, que non-seulement «
ils ne sçavoient point leurs rôles, mais «
qu'ils étoient tous yvres ? Effective- »
ment, reprit le Cardinal, *je me rap-* «
pelle qu'ils ont joüé d'une maniere pi- «
toyable. Après quelques autres dis- «
cours, le Cardinal reprit sa belle «
humeur, & les fit mettre à table «
auprès de lui. De retour à *Paris*, «
ils ne manquerent pas d'aller pré- «

J. Des-
Marets.

» venir les Comédiens, & de s'asſu-
» rer des suffrages de plusieurs Spec-
» tateurs ; en sorte qu'à la seconde
» représentation de *Mirame* on n'en-
» tendit que des applaudiſſemens.

7. *Roxane, Tragicomédie. Paris,*
1640. *in*-4°.

8. *Les Visionnaires, Comédie* en
cinq Actes, en vers. *Paris.* 1640. *in*-
4°. M. *de Beauchamps* met une édition de 1637. en même forme. It. *Paris* 1663. & 1705. *in*-12. Cette pièce,
qui a été imprimée plusieurs autres
fois, est son chef-d'œuvre, suivant
quelques Auteurs, & M. *Peliſſon* la
traite d'inimitable. *Baillet* prétend
qu'elle a été comme le sceau du véritable caractere de son esprit, qu'il
a gardé inviolablement dans tous les
autres écrits, & pendant tout le reſte
de sa vie, & que le caractere de Viſionnaire lui étant naturel, il n'a fait
que changer d'objet, suivant qu'il a
changé lui-même de vie & d'occupations. Quoiqu'il introduise dans
cette pièce un Auteur, qui s'oppoſe
à l'établiſſement de la régle gênante
des 24 heures, elle y est cependant
obſervée, & l'Auteur de la *Bibliothè-*

que des *Théatres* remarque que c'eſt la
ſeconde piéce où elle l'ait été.

J. DES-
MARETS.

9. *Pſeaumes de David paraphraſés,
& accommodés au Regne de Loüis le
Juſte. Paris. 1640. in-4°. en vers.*

10. *Erigone, Tragicomédie, en
proſe, & en vers. Paris. 1642. in-
12.*

11. *Europe, Comédie Héroïque. Paris.
1643. in-4o.* Comme cette piéce eſt
allégorique, on y a ajouté la clef des
perſonnages. C'eſt la derniere piéce
dramatique de *Des-Marests*, qui ait
été imprimée. On en conſerve une
en manuſcrit à la Bibliothéque du
Roi, intitulée *Le Sourd*, qui eſt en
vers de quatre pieds, & qui ne l'a
point été. Il en avoit commencé deux
autres ; *Annibal, Tragédie, & le
Charmeur charmé, Tragicomédie*, mais
la mort du Cardinal *de Richelieu* arrivée en 1642. les lui fit abandon-
ner.

12. *Tombeau du grand Cardinal de
Richelieu. Paris. 1643. in-4°.* C'eſt
une Ode de 270. vers.

13. *Les jeux de cartes des Rois de
France, des Reines renommées, de la
Geographie, & des Fables. Paris. 1644.*

J. Des-MARETS. *in-16.* C'eſt une explication de ces jeux, dont chacun eſt contenu en une grande feüille *in-fol.* Il inventa ces jeux pour l'inſtruction du Roi *Loüis XIV.* qui étoit alors dans l'enfance.

14. *Lettre d'une Dame de Rennes à M. Des-Mareſts ſur le jeu des Reines renommées, avec la réponſe de M. Des Mareſts. Paris.* 1645. *in-80.*

15. *L'Office de la Vierge Marie, mis en vers, avec pluſieurs autres prieres. Paris.* 1645. *in-12.*

16. *Prieres & Inſtructions Chrétiennes. Paris.* 1645. *in-12.* en proſe. Des-Mareſts s'érigeoit déja en Réformateur, & en Directeur, & trouvoit des femmes & des filles aſſez ſottes pour ſe ſoumettre à ſa conduite, & pour le conſulter ſur les affaires de leur conſcience, tout Laïc qu'il étoit.

17. *La verité des Fables, ou l'Hiſtoire des Dieux de l'antiquité. Paris.* 1648. *in-8°.* Deux vol.

18. *Les morales d'Epictete, de Socrate, de Plutarque & de Seneque. Au Château de Richelieu.* 1653. *in-8°.*

19. *Les promenades de Richelieu,*

des Hommes Illustres. 151

où les vertus Chrétiennes. Paris 1653. J. Des-
in-12. C'est un Poeme en huit chants. MARETS.

20. Les quatre livres de l'Imitation,
traduits en vers. Paris. 1654. in-12.

21. Le combat spirituel, ou de la
perfection de la vie Chrétienne, Traduction faite en vers. Richelieu. 1654. in-12.

22. Le Cantique des Cantiques, re-
présentant le Mystere des Mysteres.
Dialogue amoureux de Jesus-Christ
avec la volonté de son Epouse, qui s'u-
nit à lui en la réception du S. Sacrement. Paris. 1656. in-12. L'Auteur
donnoit alors à corps perdu dans les
idées des Mystiques.

23. Clovis, ou la France Chrétienne.
Poëme Héroïque. Paris. 1557. in-4°. It.
Leyde. Elzevir, 1657. in-12. It. Paris.
1666. in-12. It. Troisième édition, augmentée. Ibid. 1673. in-8°. Cette Edition, qui
est appellée la troisiéme, par rapport à
Paris, ne contient que 20. livres, au
lieu qu'il y en a 26. dans les précedentes; elle est cependant augmentée en plusieurs endroits. Dans l'in-
4°. il y a des figures de Chauveau &
de Bosse à chaque livre. Les amis de
Des-Marests ont fort loüé ce Poëme;
Chapelain en a relevé la diversité &

N iiij

J. Des-
MARETS. les agrémens, le P. *Mambrun*, Jésuite, l'invention & l'industrie ; &
les autres la beauté des descriptions.
Mais *Fureriere* prétend que c'est un
Poëme fait à la hâte, & *Despreaux* le
trouve avec raison ennuyeux à mort.
L'Ordonnance a déplû à beaucoup de
Connoisseurs qui aiment la régula-
rité ; d'autres ont trouvé à redire au
stile. Les avis qu'il reçut sur ce sujet, & les réflexions qu'il fit depuis,
lui firent retoucher son ouvrage, de
telle maniere, que dans la troisiéme
Edition il est entierement different
de ce qu'il étoit dans les précédentes.
Mais il n'en devint pas meilleur pour
cela, & toutes les peines qu'il s'est
données n'ont pas empêché son Poëme de tomber dans le mépris. Il est
peut-être le seul qui en ait été content ; & il l'a été à un tel point, qu'il
en renvoye la gloire à Dieu, & assure dans ses *délices de l'esprit*, qu'il
l'a sensiblement assisté pour finir ce
grand Ouvrage ; imagination que
M. *Nicole* a relevé, comme elle le
méritoit, dans la premiere lettre des
Visionnaires. J'oubliois de dire que
l'Edition de 1673 est augmentée d'un

Diſcours pour prouver que les Sujets J. DES-
Chrétiens ſont les ſeuls propres à la Poë- MARETS,
ſie Héroïque , & *d'un Traité des Poë-*
tes Grecs , Latins & *François.*

24. *Le Cantique des degrez , ou les*
quinze Pſeaumes Graduels, contenant
les quinze degrés par leſquels l'ame s'é-
leve à Dieu. Paris. 1657. *in-12.*

25. *Les délices de l'eſprit. Paris.*
1658. *in fol.* avec des figures de Chauveau. Ouvrage Myſtique , dont un
homme d'eſprit s'eſt mocqué , en di-
ſant, qu'il faloit mettre dans l'errata:
délices , liſez *délires.*

26. *La vie* & *les œuvres de Sainte*
Catherine de Genes. Paris. 1661. *in-*
12.

27. *Le chemin de la paix* & *celui*
de l'inquiétude. Paris. 1665. *in-12.*
Seconde partie , contenant l'exode ou
la ſortie des ames de la captivité ſpiri-
tuelle de l'Egypte. Paris. 1666. *in-12.*

28. *Réponſe à l'inſolente apologie des*
Religieuſes de Port-Royal , avec la
découverte de la fauſſe Egliſe des Jan-
ſéniſtes, & *de leur fauſſe éloquence. Paris.*
1666. *in-8°.*

29. *Seconde partie de la réponſe à*
l'inſolente apologie des Religieuſes de

J. Des- *Port-Royal, avec la découverte de la*
Marets. *fausse éloquence des Jansénistes, &*
de leur fausse Eglise nouvelle ; & la
réponse aux lettres Visionnaires. Paris.
1666. *in*-12. Les Visionnaires étoient
des lettres fort vives & très-morti-
fiantes pour *Des-Marests*, que M.
Nicole avoit publiées cette année,
& à la fin de la précedente.

30. *Troisième partie de la réponse à*
l'insolente apologie des Religieuses de
Port-Royal, & aux lettres & libelles
des Jansénistes, avec la découverte de
leur Arsenal sur le grand - chemin de
Charenton. Paris. 1666. *in*-12.

31. *Quatriéme partie de la réponse*
aux insolentes apologies de Port-Royal,
contenant l'Histoire & les Dialogues
présentés au Roi : avec les remarques
générales & particulieres sur la Tra-
duction du Nouveau Testament de
Mons. Paris. 1668. *in*-8°.

32. *Avis du S. Esprit au Roi.* Je
ne sçai de quelle année est cet Ouvrage, qui porte tous les caractéres
du Fanatisme. *Des-Marests* y explique trois Prophéties de l'Ecriture,
qu'il prétend s'entendre des Jansénistes, comme devant être extermi-

nés par le Roi *Loüis XIV.* avec l'ap-
pareil d'une grande armée, conduite
par *S. Michel, S. Gabriel, S. Raphaël,
S. Uriel.* Il y prefcrit le ferment que
doivent prêter tous les Soldats de
cette Armée, & leur préfente des
exercices pour toute la journée. C'eft
ce qu'on peut voir affez au long dans
la 2e. *Vifionnaire.*

33. *Sur la conquête de la Franche-
Comté*, Poëme. Paris. 1668. in-4°.

34. *Marie-Madeléne, ou le Triomphe de la Grace*, Poëme. Paris. 1669.
in-12.

35. *La comparaifon de la Langue
& de la Poëfie Françoife avec la Grecque & la Latine, & des Poëtes Grecs,
Latins & François. Et les amours de
Prothée & de Phyfis.* Paris. 1670 in-
12. Des-Marefts femble avoir voulu
établir ici de nouveaux principes &
de nouvelles regles de l'Art Poëtique; & fous prétexte de tirer la
Poëfie d'entre les mains des prophanes, il a crû pouvoir impunément
attaquer ceux des anciens Poëtes,
qui ont toûjours été les mieux reçus
dans la République des Lettres, &
fouler aux pieds les maximes d'A-

J. Des-
Marets.

riftote, & des autres Maîtres de l'Art.
Mais ses nouvelles entreprises ont été
sans effet, & lui ont fait plus de tort
qu'à ceux dont il a prétendu attaquer
la réputation. Le Poëme en six chants
qu'il a donné ici sous le titre des
Amours de Prothée & de Physis, n'a
essuyé que des mépris de la part des
Connoisseurs, non plus que ses autres Poësies.

36. *Esther, Poëme Heroïque, par
le sieur de Boisval. Paris. 1670 in 4°.*
Il semble que *Des-Marests* ait appré-
hendé, que son nom décrié ne fist
tort à son Poëme, c'est pour cela
qu'il a pris dans cette Edition le nom
de *Boisval*; il en donna depuis une
seconde sous véritable nom à *Paris*,
1673 *in 12.* Dans la premiere le Poëme n'avoit que quatre chants; mais
dans celle-ci il y en a sept.

37. *Le triomphe de Louïs & de son
siècle. Poëme Lyrique*, en six chants,
Paris. 1674 in 4°.

38. *La défense du Poëme Heroïque,
avec quelques remarques sur les œuvres
satyriques du sieur Despreaux. Paris.
1674. in 4°.* C'est un Dialogue en
vers & en prose. *Despreaux* averti de

cette critique avant qu'elle parût, J. DES=
la prévint par cette Epigramme, ad- MAREST.
dreffée à Mr. *Racine.*

> *Racine, plains ma deftinée.*
> *C'eft demain la trifte journée,*
> *Où le Prophète Des-Marais,*
> *Armé de cette même foudre,*
> *Qui mit le Port-Royal en poudre,*
> *Va me percer de mille traits :*
> *C'en eft fait, mon heure eft venuë.*
> *Non que ma Mufe, foutenuë*
> *De tes judicieux avis,*
> *N'ait affez de quoi le confondre :*
> *Mais, cher ami, pour lui répondre,*
> *Hélas ! il faut lire Clovis.*

39. *La défenfe de la Poëfie & de la Langue Françoife, avec des vers dithyrambiques* fur le même fujet, à M. *Perrault.* Paris 1675. in-8o. Dans cet Ouvrage, par lequel il a fini, il a tranfmis à M. *Perrault* fa doctrine & fon zele fur la préference des Poëtes modernes aux anciens.

40. Le fonnet, qui fert d'infcription à la Statuë équeftre de *Loüis XIII.* qui eft dans la Place Royale, eft de lui.

41. Il a eu part à la fameufe Ghir-

J. Des-
Marets. lande de *Julie*; & ce fut lui qui composa ces quatre Vers sur la Violette.

> *Modeste en ma couleur, modeste en*
> *mon séjour,*
> *Franche d'ambition, je me cache sous*
> *l'herbe;*
> *Mais si sur vôtre front je puis me voir*
> *un jour,*
> *La plus humble des Fleurs sera la*
> *plus superbe.*

42. *Poësies diverses.* En feüilles vo-
lantes, & à la suite de ses piéces de
Théatre.

43. On trouve dans les cabinets
des curieux sa *déposition contre Simon*
Morin, datée du 23. May 1662. C'est
une piéce singuliere, qui n'a jamais
été imprimée.

V. *L'Histoire de l'Académie Fran-*
çoise par M. Pelisson, & les additions
de *M. l'Abbé d'Olivet. Bayle, Dic-*
tionnaire. Baillet, Jugemens des Sça-
vans sur les Poëtes.

GOTTLIEB CORTE.

G. Cor-
te. **G**Ottlieb *Corte* nâquit à *Bescow,*
Ville peu considerable de la

Baſſe Luſace, ſur la *Sprehe*, le 28. G. COR-
Février 1698. de *Pierre Corte*, Mar- TE.
chand, & Aſſeſſeur du Tribunal de
Juſtice de cette Ville.

Il étudia d'abord dans le Collège
de ſa Patrie, & on l'envoya enſuite
à celui de *Landsberg*, ſur la *Warthe*,
où il eut de bons Maîtres. En quittant ce dernier, il fit, ſuivant la
coutume des Ecoles d'Allemagne,
une harangue d'adieu, *de intemperan-
tia & temperamento litterarum*, qui
lui fit beaucoup d'honneur.

Il ſe rendit après cela à *Leipſic* le
5. Octobre 1715. âgé d'un peu plus
de 17. ans. Il continua à s'y appli-
quer à l'étude avec tant d'ardeur,
que trois ans après il fut reçu Bachelier en Philoſophie le 26. Novembre
1718. & au bout d'environ quatorze
mois, il paſſa Docteur le 15. Février
1720.

On vit bientôt paroître des preuves autentiques de ſa capacité; car
il publia trois diſputes *De uſu Orto-
graphiæ Latinæ.* La premiere, qu'il ſou-
tint en public le 16. de Novembre de
la même année, lui valut le droit de
pouvoir monter à la plus haute Chai-

G. Co**▪**re de Philosophie; & les deux autres
TE.   soutenuës le dernier Avril de l'année
       suivante 1721. & le 10. Juin 1722.
       le firent aggréger au Corps de cette
       Faculté.

Jusques là cependant il s'étoit
attaché principalement à la Théologie, & il avoit même souvent prêché, parce qu'apparemment il se desti-
noit alors au Ministere; mais il joignit depuis à l'étude de la Théologie
celle de la Jurisprudence, en laquelle il fut reçu Docteur à *Francfort* sur l'*Oder*, le 4. Octobre 1724.
après avoir soutenu une Dispute publique, *De origine & jure Sceptro-
rum.*

Quelque tems après il fut nommé
Professeur Extraordinaire en Droit
dans l'Université de *Leipsic*, & il fut
installé dans cette place par une harangue, qu'il prononça le onze Décembre 1726. *De optimis mediis inter-
pretandi Jus Romanum*; après avoir
invité à cet Acte public, selon la
coutume, par un programme, où il
expliquoit la Loi 37. *pr. D. de ne-
gotiis gestis.*

Il ne joüit pas long-tems de ce
                                    poste

pofte, étant mort le 7. Avril 1731. G. COR-
âgé feulement de 33. ans.   TE.

Quelques mois avant fa mort, il
avoit époufé la fille d'un riche Marchand de *Penick*, Bourg de Mifnie,
dont il n'a point laiffé d'enfans.

Catalogue de fes Ouvrages.

1. *Epiftola Critica ad C. A. Heu-*
mannum, de emendationibus Curtianis
tom. 7. fupplementorum Æt. Erudito-
rum, propofitis. Lipfiæ 1719. *in-*8°.
Les corrections d'*Heuman*, fur lef-
quelles notre Auteur donne ici fes
remarques, avoient été propofées,
comme l'effai d'une nouvelle Edition de *Quint-Curce*, que le premier
avoit deffein de publier.

2. *Tres Satyræ Menippeæ. L. Annæi*
Seneca, Ἀποκολοκυντωσις : *J. Lipfii*
fomnium, Petri Cunæi Sardi Venales,
recenfita & notis perpetuis illuftrata.
Lipfiæ 1720. *in-*8°. *Corte* ne mit point
fon nom à ce Recueil, & l'indiqua
feulement par les lettres initiales *G.*
C. B. Il en ufa apparemment ainfi,
parce qu'étant alors Etudiant en
Théologie, il ne crut pas qu'il lui
convint de fe déclarer l'Editeur d'un
tel Recueil; fur tont à caufe de la

Tome XXXV.   O

G. COR- Satyre de *Cunæus*, qui comme on
TE. sçait, lui attira bien des affaires de
la part des Théologiens.

3. *Additamentum ad recensionem
Alexandri Cuninghamii animadver-
sionum in Richardi Beutleii notas &
emendationes ad Q. Horatium Flaccum.*
Inseré dans les *Acta Eruditorum,* an.
1722. p. 381. *Corte* étoit l'Auteur de
l'extrait qui précede.

4. *M. Tullii Ciceronis Epistolarum
ad diversos (familiares vulgò vocant)
libri XVI. Christophorus Cellarius recensuit, & adnotationibus illustravit,
indicesque plures adjecit. Quæ omnia
hac tertia Editione aucta sunt multum
& emendata studio Gottlieb Cortii.* Lip-
siæ 1722. *in-8°.* Quoique *Corte* eût
travaillé à la hâte, comme il le dit
lui-même, à revoir le texte de *Ciceron*, & à y faire des notes, parce
qu'on étoit pressé de faire paroître
la nouvelle Edition de *Cellarius,* son
travail a néanmoins son mérite & son
utilité.

5. *Caii Crispi Salustii quæ extant.
Item, Epistolæ de Republica ordinan-
da : Declamatio in Ciceronem, &
Pseudo-Ciceronis in Sallustium. Nec-*

non Julius Exſuperantius de Bellis Ci-
vilibus , ac Porcius Latro in Catili-
nam. Recenſuit diligentiſſimè , & ad-
notationibus illuſtravit Gottlieb Cortius.
Accedunt fragmenta Veterum Hiſtori-
corum : Conſtantius Felicius Duránti-
nus de conjuratione Catilinæ , & index
neceſſarius. Lipſiæ. 1724. in-4°. Cette
Edition, qui eſt fort bonne, eſt l'Ouvrage qui a le plus fait connoître
Corte hors de l'Allemagne.

6. *M. Annæi Lucani Pharſalia ,*
five de Bello Civili libri X. eidemque
adſcriptum carmen ad Piſonem. Got-
tlieb Cortius recenſuit , & plurimis locis
emendavit. Lipſiæ 1726. in-8o. Cette
Edition , où il n'y a que le texte ,
n'étoit que l'Avantcoureur d'une autre , où il devoit joindre à ſes propres notes , toutes celles des Sçavans , qui ont travaillé ſur *Lucain* ,
auſſi bien qu'un ancien Scholiaſte de
ce Poëte ; & il étoit prêt à la mettre ſous Preſſe , lorſqu'il a été ſurpris
par la mort.

7. *De jure , quod natura omnia ani-*
malia docuit. Lipſiæ 1727. in-40. C'eſt
une Theſe , de même que la piéce
ſuivante.

G. Cor-
TE.

G. COR-
TE.

8. *Vindiciæ Prætoris Romani & Juris Honorarii. Lipsiæ.* 1730. *in*-40.

9. *Caii Plinii Cæcilii secundi Epistolarum libros decem, cum Notis Selectis Jo. Mariæ Catanei, Jac. Schegckii Jac. Sirmondi, Is. Casauboni, Henrici Stephani, Conradi Ritthershusii, Cl. Minois, Casparis Barthii, Aug. Buchneri, Jo. Schefferi, Jo. Friderici Gronovii, Christophori Cellarii, aliorumque, recensuerunt, suisque animadversionibus illustrarunt Gottlieb Cortius, & Paulus Daniel Longolius; qui etiam universum opus indicibus locupletissimis instruxit. Amstelod.* 1734. *in*-40. Cette Edition étoit sous la presse, lorsque *Corte* sentant approcher sa fin, chargea *Longolius* d'y ajouter le peu qui y manquoit ; ce que ce Sçavant a exécuté. On voit sans peine par cet Ouvrage, & par les précédens, que l'étude des Belles-Lettres étoit le fort de *Corte*, & l'objet de son penchant naturel ; & l'on peut juger par là qu'il auroit été loin en ce genre, si une mort prématurée ne l'eût enlevé.

10. Il a travaillé pendant quelques années aux *Acta Eruditorum* de *Leipsic*

Ajoutez à ceci les differtations particulieres dont j'ai parlé ci-deffus.

V. *Son Eloge dans les Acta Eruditorum de l'an* 1731. *p.* 535. *& dans le* 14e. *tome de la Bibliothéque raifonnée. p.* 87.

GASPAR SCIOPPIUS.

G *Afpar Scioppius* nâquit dans le Palatinat le 27. Mai 1576. Plufieurs difent que ce fut à *Neagora.* Mais cela ne me paroît pas fort certain.

G. Sciop-pius.

Si nous nous en rapportons à lui-même, il fortoit d'une famille noble, qui étoit à la verité tombée dans l'oubli par fa pauvreté, mais à qui fon pere avoit rendu fon premier éclat par les Poftes honorables qu'il avoit rempli, tant dans les Troupes, qu'en differentes Villes du Palatinat. Il fe fit même dreffer en 1604. un acte fcellé du Sceau de la Chambre Apoftolique, par lequel il paroît, que plufieurs témoins dépoferent qu'il étoit né Gentilhomme & de légitime mariage. Cet Acte fe

G. Sciop-
pius.

trouve à la p. 28. de ses *Amphotides*, où il est dit encore p. 199. que le mariage de son pere & de sa mere s'étoit fait en 1567.

Cette précaution étoit nécessaire pour arrêter le cours des bruits étranges, que ses ennemis répandoient sur ce sujet. Ils prétendoient qu'il étoit né dans un Village, où son pere étoit Fossoyeur; que cet homme ayant gagné quelque argent à ce metier, alla en Pologne, où il servit chez un Imprimeur; qu'ensuite il fut Colporteur, allant de Village en Village, comme nos Savoyards, vendre de petites marchandises; qu'ennuyé de cette vie il s'enrôla; qu'il retourna au Palatinat après la mort de l'Electeur *Frederic III.* & y obtint un Emploi peu considerable à *Burkiresnvic*; qu'il se mit à vendre du bled, & gagna quelque chose à ce commerce; qu'il passa après à *Neagora* pour un autre Emploi; qu'au bout d'un an il s'enrôla pour l'expédition de *Cologne*, & qu'il y eut la Charge de Prevôt d'Armée; qu'après la mort de l'Electeur *Louis* il retourna à son premier Poste, & fit valoir

par lui-même un Moulin qu'il avoit G. Sciop-
acheté ; qu'il fut renvoyé à *Neagora* PIUS.
qui s'étoit révoltée , & y commanda
des Soldats; qu'il y fut Braſſeur de
Biere , & y fit venir ſa femme & ſa
fille. Sa femme , ajoutoient-ils, étoit
du pays de Heſſe , & avoit ſuivi en
Hongrie un homme qui l'entrete-
noit ; cet homme n'eut pas plûtôt
été tué , qu'elle ſe donna à *Scioppius*
le pere , qui la mépriſa depuis de
telle ſorte , qu'il la faiſoit travailler
comme une Servante , ſans la voir,
& ſans lui parler. Au contraire , il
faiſoit manger ſa Servante à ſa table,
& la recevoit dans ſon lit. La fille ,
fidelle compagne de la mere dans cet
état de recluſe , épouſa un Scélerat,
qui auroit perdu la vie par la main
d'un Bourreau pour crime de beſtia-
lité, s'il n'eût pris la fuite. Sa femme
en ſon abſence ſe proſtitua à un autre,
& devint groſſe. On la mit en priſon,
& ſi elle n'eût trouvé moyen de s'é-
vader , elle auroit été punie publiquement de ſon adultere.

Tous ces faits ſe trouvent dans une
Satyre publiée contre *Gaſpar Scioppius* , ſous le titre de *Vita & parentes*

G. Sciop-
pius.

Gasp. Scioppii. Mais il est probable
que ses ennemis en ont usé à son
égard, comme il en usoit envers
eux; c'est-à-dire, qu'ils ont pris
dans leur imagination la plûpart des
particularités qu'ils ont débitées sur
lui.

Le nom de *Scioppius* étoit origi-
nairement *Schoppius*, comme il l'a
pris à la tête de ses premiers Ouvrages; mais il le changea, pendant
son séjour en Italie, en celui de
Scioppius, pour faciliter aux Italiens
le moyen de le mieux prononcer
conformément à son origine.

Gasp. Scioppius fit ses Etudes à
Amberg, & ensuite à *Heidelberg*, &
il fit imprimer dans cette derniere
Ville plusieurs de ses Poésies en 1593.
n'ayant point encore accompli sa 17e
année.

L'année suivante 1594. il passa à
Altorf, où il prit des leçons de *Nicolas Taurellus*, Philosophe & Medecin, & de *Conrad Rittershusius*,
Jurisconsulte.

Il alla en 1595. continuer ses Etudes à *Ingolstadt*; d'où après un séjour
de deux ans il retourna à *Altorf.* Il
ne

ne demeura pas long-tems dans cette
derniere Ville , puiſqu'il paſſa en
Italie en 1597.

Il avoit profeſſé juſques-là la Religion Luthérienne , mais il l'abjura
à Rome en 1598. pour embraſſer la
Catholique. Il ſe vit depuis orné de
pluſieurs titres pompeux , dont il a
eu ſoin de relever ſon nom à la
tête de ſes Ouvrages. Il fut fait Patrice de *Rome*, Chevalier de *S. Pierre*,
Conſeiller de l'Empereur , du Roi
d'Eſpagne, & de l'Archiduc, Comte
Palatin, enfin Comte de *Clara Valle.*
Il reçut de pluſieurs Princes Souverains des témoignages avantageux
d'eſtime dans des lettres , qu'il n'a
pas manqué de faire valoir. Malgré
tout cela, ſa fortune fut toûjours
médiocre ; il eſt vrai qu'il attribuë
cette médiocrité à ſon déſintereſſe-
ment , qui lui faiſoit refuſer tous les
preſens que les Princes & les perſonnes de conſideration lui offroient,
& qu'il déclare qu'il étoit content
du peu de bien qu'il avoit, & de ce
que ſes Ouvrages pouvoient lui valoir ; mais il pourroit bien y avoir un
peu de fanfaronade dans ce qu'il dit

Tome XXXV. P

G. Sciop-
pius.

sur cet article, comme il y en a dans
tout ce qu'il dit sur les talens qu'il
avoit reçu du Seigneur, dans un
Ouvrage, dont je parlerai dans la
suite.

Il fit depuis ce temps differens
voyages, & demeura tantôt en Italie, tantôt en Allemagne, comme
on le voit par ses Ouvrages. En paf-
sant par *Venise* en 1607. il eut une
conference avec *Fra-Paolo*, & em-
ploya les promesses & les menaces
pour le mettre dans les interêts du
Pape. Cela joint au livre qu'il
avoit composé contre les Vénitiens
dans l'affaire de leur interdit, fut
cause qu'on l'arrêta Prisonnier; mais
il ne demeura en Prison que trois ou
quatre jours, après lesquels il eut
ordre de se retirer promptement.

Il se rendit l'année suivante 1608.
dans le Palatinat, pour recüeillir la
succession de son pere, ou plûtôt pour
en obtenir main-levée, parce que
les Magistrats s'en étoient saisis, pour
quelques malversations, qu'on attribuoit au défunt.

Il étoit en Espagne en 1614. & ce
fut le 21. Mars de cette année, qu'il

y reçut une inſulte de la part de G. Sciop-l'Ambaſſadeur d'Angleterre , qui pius, voulant vanger ſon Maître , que *Scioppius* avoit violemment déchiré dans pluſieurs de ſes Ouvrages , lui fit donner quelques coups de bâton, ou d'épée , qui ne lui firent pas grand mal , malgré toutes les exagerations dont il a rempli l'écrit qu'il a com-poſé ſur ce ſujet.

Il commença de bonne heure, c'eſt-à-dire , dès ſa 17e. année , à être Au-teur. Il donna d'abord des Ouvrages de Critique & de Grammaire , qui lui firent honneur. Leur ſuccès lui inſpira une vanité & une préſomp-tion , qui ne firent qu'augmenter en lui avec les années. Il voulut bien-tôt aſſujettir tout le monde ſous le joug de ſes idées , la contradiction lui de-vint inſupportable , & ſa bile ſe ré-pandit à grands flots ſur tous ceux qui n'eurent pas la complaiſance de penſer comme lui. A peine eut-il embraſſé la Religion Catholique , que les Luthériens, qu'il avoit aban-donnés , ſe virent accablés d'une foule d'écrits, où il les traita moins en freres , qu'il vouloit convertir,

G. Sciop-
pius.

qu'en ennemis qu'il falloit exterminer. *Joseph Scaliger* ressentit ensuite
les traits les plus violens & les plus
satyriques de sa jalousie & de son animosité; mais il sçut bien lui rendre la
pareille. L'autorité suprême ne mit
point *Jacques I.* Roi d'Angleterre à
couvert de ses coups; il alla l'attaquer
jusques sur le Thrône sans aucun
ménagement, & avec une impudence cynique. *Casaubon*, & *Du
Plessis Mornay*, qui s'étoient avancés pour la défense de ce Prince,
eurent aussi part aux coups qu'il lui
porta. Mais les Jésuites furent ceux
sur qui il s'acharna avec le plus de
fureur. Il publia contre eux pendant
plusieurs années sous des noms em-
pruntés un grand nombre d'Ouvrages, où il les déchira cruellement.

Dans tous ces Ouvrages, que
l'humeur violente, emportée, &
satyrique de *Scioppius* lui a fait produire, & dans lesquels il a répandu
tout le venin dont il étoit rempli,
il ne faut pas chercher la verité; c'é-
toit une chose dont il ne s'embar-
rassoit gueres. Tout ce qui pouvoit
satisfaire sa malignité naturelle lui

étoit bon ; & pourvû qu'il pût mor- G. Sciop-
dre ceux à qui il en vouloit , il fe pius.
foucioit peu que les chofes dont il
fe fervoit pour cela , fuffent vrayes
ou fauffes.

Il fe rendit par là odieux à bien du
monde , & fe fit un fi grand nombre d'ennemis , qu'il appréhenda
fur la fin de fes jours de ne pouvoir
trouver de retraite affurée.

Il fe retira cependant vers l'an
1636. à *Padoüe* , où il vécut jufqu'à
fa mort. Il s'y occupa de la lecture de
l'Ecriture , & y donna dans d'étranges vifions , qu'il voulut perfuader
au Cardinal *Mazarin* par plufieurs
lettres , que *Naudé* affure dans fon
Mafcurat p. 455. avoir lûës. Il prétendoit qu'il n'y avoit jamais eu de
Pere ni de Docteur de l'Eglife qui
eût mieux entendu l'Ecriture Sainte,
ni plus affûrément connu par fon
moyen la fin du monde , & les fe-
crets de l'Apocalypfe , que lui ; il
vouloit même réduire en fyftéme
l'Art Prophétique. C'eft ce qui paroît par une lettre qu'il écrivit de
Padoüe le 20. Février 1642. à *Voffius*,
& qui eft la 334e. parmi celles de ce

P iiij

G. Sciop-
PIUS.

Sçavant. Il y marque, qu'il avoit déja fait quatre Ouvrages sur cette matiere, dont voici les titres. 1°. *Fons sapientiæ intento digito monstratus, hoc est, Ecloga ex Sacra Scriptura & Sanctis Patribus, de Sacræ Scripturæ studio, ejusque studii necessitate, utilitate, adjumentis & temporibus.* 2°. *Clavis scientiæ ad aperienda Regni Cœlorum mysteria propemodum consummanda; hoc est, specimen Exegeseos Propheticæ in Psalmum XLV.* 3°. *Annunciatio Regni Christi ac Populi Christiani in Orbem Terræ futurum usque ad novissimum annorum & expeditionem Gog & internecionem ejus.* 4°. *Systema Artis prophetandi, continens ejus Artis finem, officia, materiam subjectam, & instrumenta, exemplo Galeni in systemate Artis Medicæ.* Rien de tout cela n'a paru au jour.

Scioppius mourut à *Padoue* le 19. Novembre 1649. dans sa 74e année, & fut enterré dans l'Eglise de *S. Thomas.* Cette date rapportée par *Jacques-Philippe Thomasini* dans son *Gymnasium Patavinum* p. 464. a été ignorée de la plûpart de ceux qui ont parlé de *Scioppius*, qui ont été

Incertains fur le tems de fa mort. G. Scior-
Gui Patin l'a mife à la verité en 1649. PIUS.
mais il l'a trop avancée, puifqu'il
l'annonce fur un faux bruit dans une
lettre du 13. Juillet de cette année.
Pope-Blount s'eft trompé double-
ment dans fa *Cenfura celebriorum*
Autorum, en le faifant mourir en
1663. âgé de plus de 80. ans. *Geor-*
ge-Matthias Konig retarde encore
davantage fa mort, puifqu'il dit
dans fa *Bibliotheca vetus & nova* imprimée en 1678. qu'il y avoit peu
d'années qu'il étoit mort.

Quelques Auteurs ont avancé que
Scioppius eut fur la fin de fa vie quelque deffein de rentrer dans la communion des Proteftans, & qu'il écrivit à *Leyde* pour voir s'il trouveroit
une retraite dans cette Ville, en
embraffant le Calvinifme, mais
qu'on n'eut que du mépris pour lui,
& qu'on refufa de le recevoir. Ceux
qui ont rapporté ce fait, n'ont pour
garant de fa verité, que *George*
Hornius, qui en parle ainfi dans fon
Hiftoire Eccléfiaftique. Mais outre
qu'il ne paroit nullement probable,
on fçait qu'*Hornius* eft un Auteur

P iiij

G. Sciop- fautif, s'il en fût jamais, & qu'on
PIUS. ne peut faire aucun fond sur son autorité.

On ne peut nier que ce ne fût un
habile homme, & s'il avoit eu autant
de moderation & de probité, que de
sçavoir & d'esprit, on le mettroit
avec raison aux premiers rangs de la
République des Lettres. On prétend
qu'il avoit la mémoire si excellente,
& possédoit si bien tout le texte de
l'Ecriture, que quand les Livres
Sacrés auroient été perdus, il auroit
pû les retrouver tous entiers dans sa
tête, & les rétablir en leur premier
état. Ce dernier fait est attesté par
Ottavio Ferrari, & c'est apparemment ce qui a engagé quelques Auteurs à lui attribuer une mémoire
extraordinaire. Mais *il y a* en cela
un peu d'exageration; car *Scioppius*
qui n'étoit point homme à négliger
ce qui pouvoit lui donner un mérite, & le distinguer du commun,
avoüe lui même dans ses *Amphotides*
p. 174. qu'il n'étoit point fort du
côté de la mémoire; & que quoiqu'il eût appris un moyen de sup-
pléer à ce qui lui manquoit de ce

côté là , il n'avoit pû encore le réduire en pratique.

Son application & ſon aſſiduité
au travail étoient extraordinaires ;
la multitude prodigieuſe de ſes Ouvrages le fait aſſez connoître. *Ottavio Ferrari* nous en donne une nouvelle preuve , lorſqu'il dit dans un
petit Ouvrage , qu'il a intitulé : *Funus Litteratorum* , qu'il paſſa les quatorze dernieres années de ſa vie, pendant leſquelles cependant il n'a pas
publié beaucoup d'Ouvrages , renfermé à *Padouë* dans une petite chambre , où il travailloit jour & nuit,
ſans en ſortir que fort rarement.

Thomas Bartholin aſſûre (*a*) que
Scioppius n'accorda jamais aux prieres de ſes amis de laiſſer faire ſon
portrait ni aux Peintres, ni aux Gra-
veurs , & il conjecture que cela venoit de la crainte des enchantemens.
Mais comme il ſe trompe dans le
fait , ſa conjecture devient inutile.
En effet *Scioppius* fait mention de
ſon portrait gravé en taille douce ,
aux pp. 51, & 150. de ſes *Amphotides*.

(*a*) *De legendis libris p. 65.*

G. Sciop-
pius.
Comme plusieurs de ses Ouvrages ont paru sous des noms emprun-
tés, il est bon de rassembler ici ces
noms, afin qu'on voye d'un coup
d'œil tous ceux qu'il y a pris. Les
voici.

   1. *Nicodemus Macer.*
   2. *Oporinus Grubinius.*
   3. *Aspasius Crosippus.*
   4. *Holofernes Krigsoederus.*
   5. *Isaac Casaubon.*
   6. *Paschasius Grosippus.*
   7. *Mariangelus à Fano Benedicti.*
   8. *Philoxenus Melander.*
   9. *Sanctius Galindus.*
  10. *Juniperus de Ancona.*
  11. *Fortunius Gallindus.*
  12. *Augustinus Ardinghellus.*
  13. *Bernardinus Giraldus.*
  14. *Daniel Hospitalius.*
  15. *Alphonsus de Vargas.*
  16. *Renatus Verdæus.*

Catalogue de ses Ouvrages.

   1. *Poëmata varia. Heidelbergæ,
Altdorfii & Ingolstadii.* 1593. 94.
95. 96. & 97. *in-*4°. Je ne connois
de ces Poësies, ainsi marquées dans
le Catalogue de ses Ouvrages, que
les deux pièces suivantes, & une

autre dont je parlerai plus bas.   G. Scior-
pius.

2. *Melos in laudem Altdorfii No-*
ricorum Academiæ. Noribergæ. 1594.
*in-*4°.

3. Ἐυφημία *Reimaro Seltrechto J.*
U. D. Baſileæ 1596. *in-*4°.

4. *Gaſperis Schoppii, Franci, ve-*
riſimilium libri quatuor, in quibus
multa Veterum Scriptorum loca, Sym-
machi maximè, Corn. Nepotis, Pro-
pertii, Petronii, aliorum emendantur,
augentur, inluſtrantur. Noribergæ.
1596. *in-*80. pp. 248. Datés d'Ingolſtadt en Mars 1596.

5. *Suſpectarum lectionum libri quin-*
que, in centum & quatuordecim epiſ-
tolas ad celeberrimos quoſque ævi noſtri
viros alioſque amicos, facti, in quis
ampliùs ducentis locis Plautus, plu-
rimis Apuleius, Diomedes Gramma-
ticus, alii corriguntur, notantur, ſup-
plentur, illuſtrantur. Noribergæ 1597.
*in-*8°. It. *Amſtelodami* 1664. *in-*8°.
pp. 304.

6. *Diſputatio de injuriis, in qua ex*
fontibus Juriſprudentiæ Romanæ, multi
vulgarium Interpretum errores detegun-
tur. Noribergæ. 1597. *in-*4°.

7. *De arte critica, & præcipuè de*

G. Sciop-
pius.

altera ejus parte emendatricè, quænam
ratio in Latinis Scriptoribus ex ingenio
emendandis obſervari debeat Commentariolus. In quo nonnulla novè emendantur, alia prius emendata confir-
mantur. Acceſſerunt. 1°. Ejuſdem Epi-
tola de compendioſa Linguæ Latinæ
exactiùs cognoſcendæ ratione. 2o. Franciſci Robortelli de arte ſive ratione cor-
rigendi antiquorum libros diſputatio.
Noribergæ. 1597. in-8°. It. Amſtelodami. 1661. in-8°. pp. 128. L'Epître
eſt datée d'Altorf le 5. Mai 1597.
La lettre de compendioſa Linguæ Latinæ exactiùs cognoſcendæ ratione ſe
trouve auſſi à la ſuite de Joannis Ludovici Praſchii de Latiniſmis & Bar-
bariſmis Commentariolus. Jenæ. 1704.
in-12.

8. Melos ad Cl. V. Paulum Meru-
lam ſuper acerbo & præmaturo in Ve-
rona obitu nobilis & eruditi Jani Dou-
zæ modulatum. A la ſuite du livre
précédent. C'eſt une piéce de vers,
qui eſt précédée d'une Epître en
proſe à Merula, datée du 1e. Octobre 1597.

9. Notæ in Tertulliani Apologeti-
cum & librum adverſus Judæos, Dans

l'Edition de *Tertullien*, donnée par
François *Junius. Franequeræ.* 1597.
in-fol.

G. Sciop-
pius.

10. *Spicilegium in Phædri Fabulas.*
Dans l'Edition de *Phedre* donnée
par *Corrad Rittershuſius. Lugd. Bat.*
1598. *in-8°.* & dans quelques autres.

11. *Pro auctoritate Eccleſiæ in deci-
dendis Fidei controverſiis libellus. Romæ, & Ingolſtadii.* 1598. *in-8°.* C'eſt
ainſi qu'il marque cet Ouvrage dans
ſon Catalogue, je ne le connois point
d'ailleurs.

12. *Gaſparis Schoppii Panegyricus
Clementi VIII. Pontifici M. pro nuptiis Philippi III. Hiſpaniarum & In-
diarum Regis, item Alberti Archiducis Auſtriaci, dictus. Ferrariæ.* 1598.
in-4°. Feüill. 12.

13. *Narratio hiſtorica eorum quæ in
nuptiis Philippi III. Hiſpaniarum Regis, cum Margarita Auſtriaca, item
Alberti Auſtriæ Archiducis cum Iſa-
bella-Clara Eugenia, Hiſpaniarum
Infante, Ferrariæ celebratis, memo-
rabilia acciderunt, conſcripta ſtilo
Caſp. Schoppii. Ingolſtadii.* 1599. *in-4°.*
pp. 10.

G. Sciop-   14. *Epistola de veritate interpreta-*
pius.   *tionis & Sententiæ Catholicæ in ambi-*
guis Scripturarum locis & controversis
Fidei capitibus, ad Baronem quemdam
Germanum perscripta, & nunc in lu-
cem ab ipso Autore edita; cum consi-
derationibus aliquot de Pseudoprophe-
tis nostri temporis, & Epistola ad Car-
dinalem Cæsarem Baronium. Romæ
1599. in-8o. pp. 159. Sans la lettre
au Cardinal *Baronius de editione Ec-*
clesiasticorum Annalium deque sua ad
Catholicos migratione. Scioppius prend
ici les qualités d'*Eques & Sacri La-*
teranensis Palatii, Aulæque Aposto-
licæ Comes. It. Sous ce titre un peu
different : *Epistola de sua ad Ortho-*
doxos migratione, & de veritate in-
terpretationis & Sententiæ Catholicæ in
ambiguis Scripturarum locis & contro-
versis Fidei capitibus. Cum consi dera-
tionibus aliquot de Pseudoprophetis nos-
tri temporis. Itemque Epistola ad Ill.
Card. Cæsarem Baronium. Ingolstadii
1600. in-8o. pp. 149. La lettre sur
sa conversion est datée de *Ferrare*
au mois de Juillet 1598.

15. *Epistola Gasperis Schoppii de*
variis Fidei Catholicæ Dogmatibus ad

quemdam in Germania Jurisprudentiæ G. Sciop-
Doctorem & Professorem; nunc pri- pius.
mùm in lucem edita. Ingolstadii 1599.
*in-*4°. Cette lettre écrite à *Conrad*
Rittershusius est datée de *Rome* le 2.
Septembre 1599. Elle a été réimprimée *Nissæ Silesiorum* & *Struve* l'a
inserée à la p. 424. du 2e. vol. de ses
Acta litteraria.

16. *Erga anni Jubilæi, sive de Indulgentiis Commentarius. Cui accessit
Bulla indictionis Jubilæi & annotationes in eandem. Monachii.* 1601. *in-*4°.
Feüill. 46. sans la Bulle qui a un
titre particulier.

17. *S. D. N. Clementis P. VIII.
Bulla indictionis S. Jubilæi & annotationes in eandem. Itemque Epistola
Parænetica ad Theophilum Richium.
Monachii.* 1601. *in-*4°. Feüill. 15.
Scioppius date son Epître *Romæ, pos-
tridie Cal. Januar. anno hujus sæculi
sacro, qui est ætatis meæ* 23. *conversio-
nis autem secundus.*

18. *Apologeticus adversus Ægidium Hunnium pro gemino de indulgentiis libro Cardinalis Roberti Bellarmini. Monachii.* 1601. *in-*4°. *Gilles
Hunnius* avoit publié contre *Bellar-*

min un Ouvrage sous ce titre : *De Indulgentiis & Jubilæo Romani Pontificis tractatus oppositus rancidis mercibus Papæ, quas Bellarminus Orbi Christiano commendare non erubuit. Francof. 1601. in-8°.* Scioppius crut devoir prendre la défense de *Bellarmin*, & s'attira par là un nouvel adversaire, qui suppléant au défaut d'*Hunnius*, qui mourut le 4. Avril 1603, publia pour le vanger une réponse à *Scioppius*, qu'il intitula : *Frederici Balduini examen Apologetici, quem Gaspar Schoppius, apostata, pro libris de Indulgentiis Roberti Bellarmini adversus Ægidium Hunnium opposuit. Wittebergæ 1606. in-8°.*

19. *Gasp. Scioppii de Antichristo Epistola ad quemdam Germaniæ Principem Protestantem scripta. Accesserunt ejusdem de Petri primatu, de adoratione Summi Pontificis, de splendore & divitiis Ecclesiasticorum, de Papæ potestate in sæcularibus, & Viri doctissimi de Protestantibus & Calvinistis Judicium. Ingolstadii. 1605. in-4°.*

20. *Symbola critica in L. Apuleii Philosophi Platonici, opera. Augustæ Vindelicorum. 1605. in-12. It. Lugd. Bat.*

Bat. 1644. *in-*8°. It. *Amſtelod.* 1664. G. Scior-
*in-*8°. pp. 98. Ces notes critiques , pius.
qui ont paru à part dans les Editions
que je viens de rapporter , ont été
jointes avec le texte d'*Apulée*, dans
une Edition faite à *Lyon* en 1614.
*in-*8°.

21. *M. Terentii Varronis de Lingua
Latina libri à Gaſp. Scioppio recenſiti.
Ingolſtadii* 1605. *in.* 8°.

22. *Priapeia, ſive diverſarum Poe-
tarum in Priapum luſus , illuſtrati
Commentariis Gaſp. Scioppii. L. Apu-
lei Madaurenſis* ΑΝΕΧΟΜΕΝΟΣ *ab eodem illuſtratus , ut & Heraclii Impe-
ratoris , Sophoclis Sophiſta, C. Antonii , Q. Sorani , & Cleopatra Regina
Epiſtola de propudioſa Cleopatra Regina libidine. Francofurti* 1606. *in-*12.
pp. 176. Avec une Epître de *Scioppius* datée d'*Ingolſtadt* l'an 1596. It.
*Huic additioni accedunt Joſephi Sca-
ligeri in Priapeia Commentarii , ac Friderici Linden-Bruch in eadem nota.
Patavii.* (c'eſt-à-dire *Amſterdam*)
1664. *in-*8°. pp. 175. *Scioppius* a
affecté de ne point faire paroître ce
Commentaire dans le Catalogue de
ſes Ouvrages , parce que ſes enne-

Tome XXXV. Q

G. Sciop mis lui faisoient avec raison un crime
pius.   d'avoir commenté un Recueil de vers
aussi impurs que les Priapées, & d'a-
voir rempli son Commentaire d'une
infinité d'ordures. Il est vrai qu'il se défendit de ce reproche en niant le fait,
& en soutenant que c'étoit l'ouvrage
de *Melchior Goldast*, qui par une insi-
gne supercherie l'avoit publiée sous
son nom. Mais le Public n'a pas été
la duppe de cette défaite, & il a toûjours été persuadé que l'Ouvrage
étoit de lui. Je ne crois pas qu'il y
ait eu une Edition de l'an 1595. faite
à *Ingolstadi*, comme on le lit dans
les *Amphotides Scioppianæ* p. 105. Il
pourroit même se faire que *Scioppius*
eût daté son Epître liminaire de l'an
1596. afin que si on le convainquoit
d'être le véritable Auteur du Commentaire, il parût du moins l'avoir
fait avant que d'avoir embrassé la
Religion Catholique.

23. *Gasp. Schopii Epitheta & syno-*
nima Poëtica. Cum notis ejusdem in
Claudii Verderii censionem. (*Franco-*
furti) 1606. *in-*12. pp. 72. pour les
Epitheta, &c. & 6. pour les *Notæ in*
censionem, &c. A la suite de G. Ver-

lerii *Catulli caſta carmina ſelecta ab* G. Sciop-Raphaele Eglino Iconio Tigurino. L'é-pius.
crit de *Scioppius* ſur *Claude du Ver-*
dier ne contient que trois ou quatre
obſervations Grammaticales. Il a été
inſeré à la p. 160. de la 1e. partie
du Reeueil, intitulé : *Nova libro-*
rum rariorum collectio. Halis Magd.
1709. in-8°. Scioppius n'a point mis
ces deux petits Ouvrages dans la liſte
des ſiens.

24. *Elementa Philoſophiæ Stoicæ mora-*
lis ; quæ in Senecam, Ciceronem, Plu-
tarchum, alioſque Scriptores Commen-
tarii loco eſſe poſſint. Moguntiæ. 1606.
in-8°. Feüill. 168. L'Epître eſt datée
ex colle Hortulorum ad diem IV. *Non.*
Octobr. 1604. Il étoit fort prévenu
pour la Philoſophie Stoïcienne ; cependant rien n'étoit moins Stoïcien
que lui.

25. *Commentarius in imagines Illuſ-*
trium, quæ ex Fulvii Urſini Bibliotheca
prodierunt ; editus à Joanne Fabro.
Antuerpiæ 1606. *in-4°.* Cet Ouvrage
ſe trouve dans ſon Catalogue.

26. *Syntagma de cultu & honore*
Romæ. 1606. *in-8°.* It. *Gratii.* 1610.
in-8°. It. 3ª. *Editio.* 1511. *in-8°.* Avec

G. Sciop-
pius.

le *Collyrium Regium*. C'est un traité de controverse sur le culte des Saints.

27. *Gasp. Scioppii Scaliger Hypobolymæus, hoc est, elenchus Epistolæ Josephi Burdonis pseudoscaligeri de vetustate & splendore Gentis Scaligeræ, quo præter crimen falsi & corruptarum litterarum Regiarum, quod Thrasoni isti impingitur, instar quinginta ejuslem mendacia deteguntur & coarguuntur. Moguntiæ. 1607. in-4o.* Feüill. 429. On trouve au feüil. 399. deux lettres, où il se défend vivement, sur ce qu'on lui attribuoit le Commentaire sur les Priapées: *Gasp. Scioppii Epistolæ duæ de turpi quodam & infami libello, qui Francofurti nuper nomine ipsius prodiit. Accessit emendatio erratorum quæ in Philosophiam Stoicam Scioppii irrepserant.* Scioppius a mis ensuite au feüil. 408. un Ouvrage, qui ne répond gueres au reste, si ce n'est qu'il est contre *Scaliger: Joannis Fabri, Bambergensis, Medici Romani de Nardo & Epythymo adversus Josephum Scaligerum disputatio.* Au reste ce fut par cet Ouvrage que *Scioppius* commença à déclarer à *Sca-*

liger une guerre, dans laquelle on
viola également de part & d'autre
les regles de la moderation & de la
probité, & où l'animosité, l'envie
& la fureur même se satisfirent, sans
se contraindre en rien.

28. *Nicodemi Macri senioris, civis
Romani, cum Nicolao Crasso juniore,
Cive Veneto, disceptatio de Paranesi
Cardinalis Baronii ad Ser. Remp. Ve-
netam. Nævius Comicus.*

> *Cedo, qui vestram Remp. tantam
> amisistis tàm citò ?
> Proveniebant Oratores novi, stulti,
> adolescentuli.*

Venetiis 1607. *in* 8°. It. *Monachii*
1607. *in* 4°. Cet Ouvrage qui est
contre la République de *Venise*, &
composé dans l'affaire de l'interdit,
est sûrement de *Scioppius*, qui le
met dans son Catalogue.

29. *Oporini Grubinii, Medici &
Philosophi, denunciatio Amphotidum
Scioppianarum, sive responsio ad satyram Josephi Burdonis Scaligeri. Accesserunt, tres Capellæ ac ipso Autore
recognitæ, Anno* 1668. *in* 4°. pp. 24.

G. Sciop-
pius.

Cet Ouvrage, qui est un Avantcoureur des *Amphotides*, qui parurent
trois ans après, a été imprimé à *Ingolstadt*: *Scioppius* l'a fait réimprimer
à la suite des *Amphotides*, de même
que les *Tres Capellæ*, qui est un Ouvrage très-violent contre *Scaliger*. Il
n'est pas de *Scioppius*, mais de *Ro-
dolphe Matman* Jésuite de *Lucerne*,
qui le donna sous le nom de *Cornelius Denius*, & sous ce titre qu'il
porte ici: *Cornelii Denii, Brugensis,
Tres Capellæ sive admonitio ad Josephum Justum Burdonem, Julii Burdonis
F. Benedicti Burdonis N. prius Scaligerum, nunc sacrilegum. Ingolf. adit*
1608. *in*-4°. Cet Auteur s'y est proposé de réfuter ce que *Scaliger* avoit
dit de la noblesse de son extraction
dans une lettre publiée en 1594. Au
reste on ne peut douter que cette
piéce ne soit de *Matman*, puisque
Sotwel la lui donne dans sa Biblio-
thèque des Jésuites, & qu'*Angelico
Aprosio* assure dans sa *Vistera Alzata*
l'avoir appris de *Scioppius* même.

30. *Amuletum adversus Satana fas-
cinum: hoc est, ratio qua cujuscumque
Religionis homines de Religionis con-*

troversiis, sive soli secum inquisituri, G. Scioppius.
sive cum aliis collocuturi, se præpa-
rare debeant, ab ipso Spiritu Sancto
in Sacris Litteris præmonstrata. Reins-
bergæ 1608. in-4°.

31. *Symmachii Epistolarum nova*
Editio. Gasp. Scioppius recensuit. Mo-
guntiaci. 1608. in-4°. pp. 347.

32. *De honore Dei & creaturarum*
(en Allemand) *Ingolstadii 1608.*
in-12. Je rapporte ici les titres des
Ouvrages Allemands de *Scioppius*,
dans les mêmes termes qu'il les marque dans son Catalogue.

33. *Definitio hominis Lutherani ex*
ipsius Lutheri libris confecta. (en Allemand) *Ingolstadii 1608. in-fol.*

34. *Epistola ficto nomine Matronæ*
Lutheranæ maritum ex Comitiis Impe-
rialibus ad se domum revocantis; quâ
docetur si vera sint quæ Lutherus scri-
bit, fieri non posse, quin omnes Lu-
therani utriusque sexus adulterium sub-
inde committant. (en Allemand)
Ingolstadii 1608. in-4°.

35. *Apologia illius Epistolæ, ejus-*
dem Matronæ nomine, quia multa tur-
pia & scelerata Lutheri verbis defen-
duntur. (en Allemand) *Ingolstadii*
1610. in 4.

G. Sciop-
pius.

36. *Lutheri Anti-Calvinismus ; sive verba Lutheri, ex variis ejus libris congesta, quibus suos Lutheranos monet, ut cum Calvinistis, hominibus perfidis ac seditiosis, nihil commune habeant, ac potius cum Catholicis conjungantur.* (en Allemand) *Ratisbonæ* 1608. *in-4°.*

37. *Exercitatio Protestantium, qua Lutherani Principes periculosa securitatis & negligentia in Religionis negotio convincuntur.* (en Allemand) *Grætii.* 1609. *in-4°.*

38. *Humiliatio Protestantium, quâ Hæretici superbia convincuntur, & quam humilitatem exhibere eis necesse sit, docentur.* (en Allemand) *Grætii.* 1609. *in-4°.*

39. *Examen spiritûs Lutheri, quo portentosæ, incredibiles, execrabiles, & ab omni sæculo inauditæ Lutheri opiniones ex libris ejus proferuntur.* (en Allemand) *Ibid.* 1609. *in-4o.*

40. *Viri Illustris Gasp. Scioppii, Civis Romani, Sancti Petri Equitis, Consiliarii Ferdinandi Archiducis &c. observationes Linguæ Latinæ in gratiam & usum studiosa adolescentiæ nunc primum*

primùm editæ.Francofurti. 1609. *in-*8°.
It. *Nunc iterùm editæ. Rintelii* 1645.
*in-*12. pp. 146. Il a omis cet Ouvrage dans son Catalogue.

41. *Gratulatio ad Hæreticos Austriæ Ordines , cum Secta sua libertatem. Regi Matthiæ extorsissent : quâ priùs ex Lutheri , Calvini , ac similium confessione probatur, ex isto novo Evangelio ingentem morum corruptelam ac Reipublicæ ruinam nasci , deindè ex Sacris Litteris Augustanam Confessionem , non Pastoris , sed alieni vocem esse ostenditur.* (en Allemand) *Ingoladi* 1610. *in-*4°.

42. *Gasp. Scioppii Ecclesiasticus , auctoritati Ser. D. Jacobi Magnæ Britanniæ Regis oppositus; in quo disputatur de amplitudine potestatis & Jurisdictionis Ecclesiasticæ , tàm in temporalibus , quàm in spiritualibus ; de Regum & Principum Christianorum erga Ecclesiam ejusque Antistites seu Prælatos officio : De natura & ingenio Ecclesiæ Rebellium , seu Hæreticorum, variisque eorumdem ad Ecclesiæ obedientiam reducendorum modis ; de charactere sive signis & notis Ecclesiæ. Hartbergæ.* 1611. *in-*4°. pp. 565. Cet

Tome XXXV. R

G. SCIOPPIUS.

G. Sciop-Ouvrage a été imprimé à *Meitingen*,
pius. dans le voisinage d'*Augsbourg*, comme nous l'apprenons d'un livre de *Melchior Incofer*, publié sous le nom d'*Eugene Lavanda*, dont je parlerai plus bas. *Scioppius* y marque dans l'Epître dédicatoire, datée du dernier Août 1611. que deux ans auparavant l'Archiduc *Ferdinand* l'avoit envoyé à *Rome* pour des affaires importantes, & qu'il y avoit composé à ses heures de loisir une bonne partie de ce livre. Les Puissances Souveraines y étoient trop maltraitées, pour qu'on pût le regarder avec indifférence. Le 24. Novembre 1612. le Parlement de *Paris* le fit brûler par la main du Bourreau, à cause des blasphêmes & diffamations qui y sont contenuës contre la mémoire du Roi *Henri IV*. & pour plusieurs propositions tendantes à troubler le repos de la Chrétienté, & contre la vie & Etats des Rois & Princes Souverains, comme porte l'Arrêt.

43. *Oporini Grubinii Mantissa Amphotidum Scioppianarum, sive responsionis ad Satyram Menippæam Josephi Burdonis Pseudo-Scaligeri. Ingolstadii*

1611. *in-*4°. *Scioppius* n'ayant pû
faire encore imprimer ses *Amphoti-*
des , publia par avance cet Ecrit ,
pour répondre à une lettre de *Daniel*
l'Ermite , où ce Sçavant prenoit la
défense de *Scaliger* contre *Scioppius.*
V. son article , tom. 29. de ces Mémoires , p. 38.

44. *Gasp. Scioppii Collyrium Re-*
gium Ser.D. Jacobo Magnæ Britanniæ
Regi , graviter ex oculis. laboranti
omnium Catholicorum nomine , gratæ
voluntatis causa , muneri missum. Una
cum syntagmate de cultu & honore , jam
tertio edito. Anno 1611. *Apud Holo-*
fernem Kriegsederum in 80. La lettre au
Roi *Jacques I.* datée du 10. Sept. 1611.
pp. 48. non-chiffrées, & le *Syntagma,*
pp. 231. It. sous cet autre titre . *G.*
Scioppii Syntagma de cultu , adora-
tione, & honore; Editio 4ª. *Cui præmissum*
est ejusdem Collyrium Regium. Anno
1616, *in-*8°. C'est la même Edition
que la précédente , dont on a seulement changé le titre.

45. *Ratio reddendi satisfactionem*
fidei ac spei, quæ est velut totius Reli-
gionis Catechismus. (en Allemand)
Augusta 1611 *in-*12.

R ij

G. Sciop-
pius.

46. *Oporini Grubinii Amphotides Scioppianæ. Hoc est : Responsio ad Satyram Menippæam Josephi Burdonis Pseudo-Scaligeri, pro vita & moribus Gasp. Scioppii, Patricii Romani, Cæsarii, Regii, & Archiducalis Consiliarii; & ad Summum Pontificem Exlegati. Item responsio ad confutationem Fabulæ Burdoniæ, dolo Calvinistarum diu suppressa, & nunc demùm in lucem edita. Accesserunt denunciatio & Mantissa Amphotidum cum tribus Capellis secundum excusa.* Paris (c'est-à-dire en Allemagne) 1611. *in-*8°. pp. 390. C'est une réponse extrêmement violente & satyrique à un Ouvrage d'*Heinsius*, qui a pour titre : *Herculas tuam fidem sive Munsterus Hypobolimæus, id est, Satyra Menippæa de vita, origine & moribus Gasperis Scioppii.* Lugd. Bat. 1608. *in-*8°. & à un autre de *Scaliger*, intitulé : *Confutatio stultissima Burdonum Fabulæ.* Ibid. 1608. *in-*8°.

47. *Aspasii Crocippi Pædagogus Pædagogorum, sive Parænesis ad assiduam, veram, ac fructuosam SS. Bibliorum lectionem. Nunc primum Autoris vo-*

luntate ac juſſu in Germania ſcripta & edita. (*Friburgi*) 1612. *in* 4°. pp. 39. ſans compter une longue pré- face. Cet Ouvrage eſt marqué dans le Catalogue de *Scioppius*.

48· *Alexipharmacum Regium felli draconum & veneno aſpidum, ſub Philippi Mornæi Dupleſſis nupera Papatus hiſtoria abdito oppoſitum, & Ser. D. Jacobo Magnæ Britanniæ Regi, ſtrenæ Januariæ loco, muneri miſſum. Moguntiæ.* 1612. *in*-4°. pp. 79. La maniere dont *Scioppius* tâche ici de tourner *Du-Pleſſis-Mornay* en ridicu- le, eſt ſi violente & ſi outrée, qu'on ne peut rien dire de plus ſanglant contre un Auteur.

49. *Scorpiacum, hoc eſt, novum ac præſens adverſus Proteſtantium hæreſes remedium ab ipſiſmet Proteſtantibus Scorpionibus petitum. Quo adverſus Ser. D. Jacobum, Magnæ Britanniæ Regem, recitatis Magdeburgenſium Centuriatorum teſtimoniis luculentiſſimè demonſtratur, Eccleſiæ Romanæ fidem omnibus ſæculis jam inde ab Apoſtolo- rum ætate in univerſo mundo annuncia- tam fuiſſe, ad eamque amplectendam Regem Jacobum ex ſponſo teneri. Mo-*

G. Sciop-_guntiæ_ 1612. _in_-4°. pp. 54. en deux
rius. colonnes.

50. _Mulfi Fidelia Jacobo Lectio,
Poneropolitano, de vita ac miraculis S.
Claudii magnificè ovanti, ad acci-
piendos milites gratis præbita. Hoc est
nova pro Sanctorum cœlitum gloria &
miraculis atque cultu adverfus Hæreticorum mendacia & calumnias difputatio. Moguntiæ_ 1612, _in_-4°. pp. 123.
en deux colonnes. L'Ouvrage de
Jacques Lect, que _Scioppius_ prétend
combattre ici, est intitulé : _Claudio-
maftix, feu adverfus Scriptorem nu-
perum de vita & miraculis Claudianis
Gratiæ Apologetica. Genevæ_ 1610. _in_-
4°. pp. 14.

51. _Emmanuel Thaumaturgus Auguftæ Vindelicorum ; hoc est, relatio
de Miraculofo Corporis Chrifti Sacramento, quod Auguftæ in S. Crucis
Ecclefia quadringentis annis amplius
fervatum est, hodieque cum magna
admiratione vifitur. Tùm autem enu-
meratio complurium infignium miracu-
lorum divina ejufdem Sacramenti virtute editorum. Acceffit Thaumatologia,
id est, nova & accurata de miraculis
difputatio Gafp.Scioppii. Auguft.Vind_

1612. *in*-4°. La rélation dont il s'a-G. Sciof git ici eſt fort courte; elle a été écrite pIvs. par *Gilbert de Breme* , & *Velſer* l'a-voit déja publiée. La *Thaumatologia* que *Scioppius* y a jointe, eſt de 115. pages.

52. *Oporini Grubinii legatus latro*; *hoc eſt, definitio Legati Calviniani , ex qua Catholici Reges ac Principes, quan-tum Calvinianis Legatis fidei habere debeant , conjicere poſſunt. Item relatio de latrocinio , quod Regis Angliæ lega-tus adverſus Gaſp. Scioppium Madriti nuper ſuſcepit , undecim percuſſoribus ad ejus cædem conſtitutis , deque mira-culoſo auxilio , quod B. Virgo eidem Scioppio præſtitit. Ingolſtadii* 1615. *in*-12. pp. 69. J'ai parlé plus haut de ce qui donna occaſion à cet Ou-vrage. Il n'y a point de doute , que *Scioppius* , qui en eſt le véritable Au-teur , n'ait exageré dans ce qu'il dit de cette affaire , qui arriva le 21. Mars 1614. Le tout ſe termina ap-paremment à quelques coups, qui étoient bien la moindre choſe qu'il méritât ; car il ne paroît pas qu'il en ait été beaucoup incommodé.

53. *Apologia pro gratulatione ad*

R iiij

G. Sciop-PIUS. *Hæreticos Austriæ ordines adversùs Hæreticorum responsum, quod post biennium demùm ei opposuerunt.* (en Allemand) *Ingolstadii* 1615. *in* 4°. Il avoit composé cet Ouvrage en 1613.

54. *Holosernis Krigsoederi, Landspergensis Bavari, Scholæ Meitingensis Monarchæ, Responsio ad Epistolam Isaaci Cazoboni, Regii in Anglia Archipedagogi, pro Viro Cl. Gaspare Scioppio. Ingolstadii* 1615. *in*-8°. pp. 83. *Scioppius* a répandu dans cet écrit le fiel à pleines mains. Il y accuse *Casaubon* non-seulement d'ignorance par rapport à la Langue Latine, mais encore de débauche, d'adultere, de larcin, & de choses encore plus infames. Il a prétendu, que la lecture de cet Ouvrage avoit jetté *Casaubon* dans une telle mélancolie, qu'il en étoit mort. Mais c'est un conte; car *Meric Casaubon* son fils témoigne, qu'après l'avoir lû lorsqu'il n'étoit encore qu'en manuscrit, il n'eut que du mépris pour toutes les calomnies qu'il renfermoit.

55. *Isaaci Casauboni Corona Regia, id est, Panegyrici cujusdam verè aurei,*

quem Jacobo I. *Magnæ Britanniæ Re-* G. SCIOP-
gi, *Fidei Defenſori delinearat*, *frag-* PIUS.
menta ab Euphormione inter Schedas
τᾶ μακαρίτᾶ *inventa*, *collecta*, &
in lucem edita. 1615. *pro Officina Re-*
gia Joan. Bill. *Londini in-*12. pp. 127.
Cet Ouvrage étoit extrêmement ra-
re, avant que *Chretien Thomaſius*
l'eût fait réimprimer dans ſon *Hiſto-*
ria ſapientiæ & ſtultitiæ. Halæ Mag-
deb. 1693. *in-*80. C'eſt la plus ſan-
glante ſatyre qui ait jamais parû contre aucun Prince. *Henry VIII.* &
Jacques I. Rois d'Angleterre y ſont
déchirés inhumainement, & par les
traits les plus envenimés. *Erycius*
Puteanus fut ſoupçonné par quelques
perſonnes de l'avoir compoſée, mais
il n'eut point de peine à faire voir
ſon innocence. Perſonne ne doute à
preſent qu'elle ne ſoit de *Scioppius*,
& l'on y reconnoît ſans peine ſon
ſtile & ſon impudence à débiter de
ſang froid les calomnies les plus
atroces, qui étoient ſorties de ſon
imagination.

56. *Admonitio de Calviniſtarum*
dolo, *ac perfidia & hoſtili erga*
S. Romanum Imperium odio. (en

G. SCIOP- Allemand) *Ingolstadii* 1616. *in-*
PIUS. 4°.

57. *Repetitio doctrinæ Catholicorum præcipuèque Jesuitarum , de pace Religionis , & utrùm data Hæreticis fides servari debeat* (en Allemand) *Ingolstadii* 1616. *in-*4°.

58. *Nova Calviniana S. Romani Imperii forma ; quâ demonstratur Calvinistas præsentem Imperii Romani statum funditus evertere , & tàm Augustanæ Confessioni deditos , quàm Catholicos Principes exterminare ; partim denique Dynastiam , teterrimum maximeque intolerabile Oligarchiæ genus , partim verò Ochlocratiam , sive infimæ fœcis statum, in Germaniam inducere conari.* (en Allemand) *Ingolstadii.* 1616. *in-*4°.

59. *Elogia Scioppiana, hoc est, Pontificis Maximi, Illustrissimorum S. R. E. Cardinalium , Ser. S. R. Imperii Electorum , Archiducum , Ducum , aliorumque primariorum Virorum , de Gasparis Scioppii virtute , ac fide , & indefesso bene de Apostolica Sede , de Fide Catholica , deque Rep. Christiana merendi studio , testimonia. Papiæ* 1617. *in-*4°. pp. 51. C'est *Scioppius*

qui a raffemblé ici toutes les piéces, G. SCIOP-
qu'il avoit fourrées déja par parties PIUS.
dans plufieurs de fes Ouvrages. Il a
mis à la fin le Catalogue de fes Ouvrages, fous ce titre : *Indiculus con-*
tinens Infcriptiones five titulos libro-
rum, quos Gafp. Scioppius indè ab
ineunte adolefcentia ad annum ufque
1616. *qui eft ætatis ejus quadragefi-*
mus, compofuit, & majorem partem
edidit. On voit ici les titres de 94,
mais plufieurs n'ont pas été imprimés.

60. *Confilium Regium, in quo à duo-*
decim Regibus & Imperatoribus Ca-
tholico Hifpaniarum Regi demonftra-
tur, quibus modis omnia bella felici-
ter profligare poffit. Ticini. 1619. *in-*
4°. PP. 53. Daté de *Milan* le 20. Janvier de cette année. Les exemples
font pris, en partie des Rois & des
Juges de l'ancien Teftament, &
en partie de quelques Empereurs.
A la fuite de cet Ouvrage, on trouve les deux fuivans, qui lui font
joints.

61. *Stemma Auguftæ Domûs Auf-*
triacæ, veram ejus, partim ab anti-
quiffimis Vindocinæ Comitibus, partim

*à Catholicis Gothorum & Hispanorum
Regibus originem locupletissimis monumentis testatam exhibens. Ibid* 1619 *in*-
4°. *pp*. 23. Ce n'est ici qu'une simple
généalogie, sans les preuves que le
titre promet, & qui ne parurent
qu'en 1651. après la mort de *Scioppius.*

62. *Classicum belli sacri, sive Heldus redivivus; hoc est, ad Carolum
V. Imper. suasoria de Christiani Casa-
ris erga Principes Ecclesiæ Rebelles officio, deque veris compescendorum Hæreticorum Ecclesiæque in pace collocan-
dæ rationibus. Ticini* 1619. *in* - 4°. *Scioppius* prétend ici representer le sentiment de *Matthias Heldus*, qui avoit
été autrefois Vice - Chancelier de
l'Empire, & le faire parler sur cette
matiere; mais son livre semblable
aux Loix de *Dracon* paroit être écrit
avec du sang au lieu d'encre. Car
il faudroit, à l'entendre, employer
le fer & le feu pour exterminer les
Protestans, sans épargner même les
enfans, de peur qu'ils ne suivissent
les traces de leurs peres, & sacrifier
sans miséricorde tous les Hetero-
doxes. On reconnoît là le génie im-

pétueux de *Scioppius*, qui ne ſçavoit
point garder de meſure. Ce qu'il y a
de ſingulier, c'eſt que dans ſon *Infamia Famiani* p. 158. il fait aux Jéſuites un crime des ſentimens qu'il
débite ici d'un air ſi triomphant.
On vit bientôt ſon livre attaqué par
les ſuivans.

*Tuba pacis occenta Scioppiano belli
ſacri Claſſico, Salpiſte Theodoſio Be-
renico, Norico, Hiſtoriarum & pa-
triæ ſtudioſo. Auguſtæ Trebocorum* 1621.
in 4o. pp. 372. Le véritable Auteur
de cet Ouvrage eſt *Matthias Berneg-
ger*, Profeſſeur en Hiſtoire à *Straſ-
bourg*.

*Juris Publici quæſtio capitalis : Sint-
nè Proteſtantes Jure Cæſareo Hæretici,
& ultimo ſupplicio afficiendi ? contra
ſanguinarium Gaſp. Scioppii claſſicum,
tractata à Juſto Meiero J. C. Academiæ Argentoratenſis Anteceſſore. Argentorati* 1621. *in* 4°. pp. 375.

Il a paru un extrait de l'Ouvrage
de *Scioppius*, ſous le titre de *Flores
Scioppiani, ex Gaſp. Scioppii Claſſico
belli ſacri*, à la ſuite de *Ludovici Ca-
merarii Cancellaria Hiſpanica, ſeu
conſiderationes & acta publica, ex qui-*

G. Sciop-
pius.

*bus proscriptionis in Electorem Palati-
num scopus apparet. Freistadii* 1622.
*in-*4°.

63. *Stemma Gonzagicum. Casali*
1619. *in-fol.* en quatre ou cinq feüilles, imprimées seulement d'un côté.

64. *Hæreticus elenchomenos, hoc
est, elenchi sive syllogismi, quibus
Catholicæ Romanæ Ecclesiæ fides aperi-
tur, & Hæreticorum ab ea dissidentium
conscientia evincitur. Coloniæ.* 1619.
*in-*8°.

65. *Fragmenta Pædagogiæ Regiæ,
sive manuductionis ad artem imperandi,
pro Regibus & Principibus Christianis.
Mediolani.* 1621. *in-*4°. pp. 27. L'E-
pître est datée de *Mantouë* le 15. Février 1621.

66. *Pædia politices, sive suppetiæ
Logicæ Scriptoribus latæ adversus
ἀπαιδευσίαν & accerbitatem plebeio-
rum quorumdam judiciorum. Romæ.*
1623. *in-*4°. pp. 42. It. *Mediolani.*
1624. *in-*12. pp. 70. It. Avec *Gabrie-
lis Naudæi Bibliographia politica,
necnon alia ejusdem argumenti; curâ
Hermanni Conringii. Helmstadii.* 1663.
*in-*4°. & *Francofurti* 1673. *in-*8°. It.
Dans le premier vol. du Recüeil de

Thomas Crenius, publié fous ce titre : G. Scior-
Variorum Autorum confilia & ftudio- pius.
rum methodi. Roterodami. 1692. *in-*4°.
Le but de *Scioppius* dans cet Ouvrage
eft de faire voir que l'on a tort de
cenfurer certains Ecrivains politiques, par ce qu'ils découvrent ce
qu'il y a de plus condamnable dans
le gouvernement des Etats. Le Pere
Henri Wangnereck, Jéfuite de *Mu-*
nick, y a répondu dans un livre intitulé : *Vindiciæ politicæ adverfus*
Pfeudopoliticos & Gafparem Scioppium
in Pædia politices ipfis fuppetias feren-
tem. Dilingæ. 1636. *in-*8°.

67. *Pafchafii Grofippi de Rhetorica-*
rum exercitationum generibus, præci-
puèque de recta Ciceronis imitatione,
deque orationis latinæ vitiis ac virtu-
tibus differtatio ; ex propædia ejus ad
Scholas Rethoricas excerpta. Acceffit
parandæ verborum copiæ exemplum.
Mediolani, 1628. *.in-*8°. pp. 62. It.
Dans les *Variorum Authorum confilia,*
& ftudiorum methodi de *Th. Crenius.*
Roterodami. 1692. *in-*4°. tom. 1. It.
A la fuite de Joan. *Ludovici Prafchii*
de Latinifmis & Barbarifmis Commen-
tariolus. Jenæ 1704. *in-*12.

G. Sciop-
pius.

68. *De Aragoniæ Regum origine, posteritate, & cum primariis Orbis Christiani familiis consanguinitate. Mediolani* 1628. *in-8°.* pp. 72. L'Epître dédicatoire est datée de *Naples* le 15. Janvier 1627.

69. *Grammatica philosophica, sive institutiones Grammaticæ Latinæ. Accessit præfatio de veteris ac novæ Grammaticæ Latinæ origine, dignitate & usu. Mediolani.* 1628. *in-8°.* pp. 206. L'Epître est datée de *Milan* le 1. Février 1628. On trouve à la fin *Friderici Sylburgii de vetere Romanorum scriptura tractatio.* It. *Amstelod.* 1659. *in-8°.* It. *Editio nova beneficio V. A. Petri Scavenii, plurimis in locis nunc demùm insigniter aucta è Schedis ipsius Autoris, a quo omnia, paulo ante mortem, accuratiùs recognita & emendata. Amstelod.* 1664. *in-8°.* Une partie de cet Ouvrage a paru sous ce titre : *Promulsis Grammaticæ Philosophicæ, raro in his terris visæ, conscriptæ jam olim à Paschasio Grosippo, pro Linguæ Latinæ Magistris, ipsius Autoris verbis proposita, ex annotationibus in syntaxim.* Ceci se trouve à la p. 67. du livre intitulé : *Hermes Grammaticus*

Grammaticus, *sive supplementa in* G. Sciop-
Grammaticam Lithocomocaucianam. Pius.
Opera Philippi Munckeri. Daventriæ.
1652. in-4°. Scioppius a donné à cette
Grammaire le surnom de Philoso-
phique, parce qu'il y recherche les
causes des manieres de parler.

70. *Pascasii Grosippi Paradoxa litteraria, in quibus multa de litteris
novè contra Ciceronis, Varronis, Quin-
tiliani, aliorumque Litteratorum Ho-
minum, tàm veterum, quàm recentio-
rum sententiam disputantur. Mediolani
1628. in-8°. pp. 103.* L'Epître est
datée de cette Ville le 14. May 1628.
It. *Amstelod. 1659. in-8°. pp. 94.*

71. *Pascasii Grosippi duo Auctaria
Logica; unum de vi & usu argumentorum ab auctoritate ductorum in rebus
ad Fidem Catholicam pertinentibus;
alterum de generibus modalium propo-
sitionum in rebus Fidei; deque Senten-
tiarum Catholicarum fundamentis sive
locis Theologicis. Mediolani, 1628. in-
8°. pp. 87.*

72. *Pascasii Grosippi Mercurius
Bilinguis, hoc est, nova facilisque ratio Latinæ vel Italicæ Linguæ intra ver-
tentem annum addiscenda. Accessit ejus-*

Tome XXXV. S

G. Sciop-*dem Grammatica Philosophica. Me-*
pius. *diolani.* 1628. *in*-8°. pp. 61. & 77.
Le *Mercurius Bilinguis* est un Recüeil
de douze Centuries de maximes en
Latin & en Italien. La *Grammatica*
Philosophica n'est qu'un abrégé de
celle dont j'ay parlé au n°. 66.

73. *Pascasii Grosippi Rudimenta*
Grammaticæ Philosophicæ, & ejusdem
Mercurius Bilinguis in usum tironum
paucis mensibus Linguam Latinam per-
discere aventium. Accessit Auctarium
Mariangeli à Fano Benedicti. Medio-
lani. 1629. *in*-8°. L'Epître est datée
de *Milan* le 1. Décembre 1628.
L'*Auctarium* n'est ici que dans le titre, mais on l'imprima l'année suivante.

74. *Mariangeli à Fano Benedicti*
Auctarium ad Grammaticam Philoso-
phicam ejusque Rudimenta; in quibus
præter illa, quæ de Litteris Latinis
novè disputantur, Grosippi sententia
de Lexicorum Latinorum virtutibus ac
vitiis, quæque ratio in conficiendo Lin-
guæ Latinæ thesauro tenenda sit dis-
tinctè exponitur. Access. in Grosippi
Grammaticam paradoxa, nominum &

verborum paradigmata, inque hoc ip- G. Scior
ſum Auctarium accuratiſſimus index. pius.
Mediolani. 1629. *in-*8°. pp. 96. It.
Amſtelod. 1659. *in-*8°. pp. 88. L'E-
pître eſt datée de *Milan* le 1. Juillet
1629.

75. *Symbola critica in Petronium.*
Dans l'Edition de cet Auteur faite à
Francfort en 1629. *in-*4°.

76. *Conſultatio de cauſis & modis
componendi in S. R. Imperio Religionis
diſſidiis. Auguſtæ Vindelicorum.* 1631.
*in-*8°.

77. *Doriarum Genuenſium genealo-
gia, & ex iis Imperatorum & Regum
origo, opera & ſtudio Gaſp. Scioppii.
Auguſta Vindel.* 1631. *in-*40. pp. 30.
Ce n'eſt qu'une ſimple génealogie,
ſans aucun diſcours.

78. *Actio perduellionis in Jeſuitas S.
Romani Imperii hoſtes. Auctore Philo-
xeno Melandro.* (en Allemand)
1632. *in-*40. *Scioppius*, qui avoit
commencé à déclamer vivement
dans ſes livres de Grammaire ſur la
maniere dont les Jéſuites inſtrui-
ſoient la jeuneſſe dans les Humanités, les attaque ici avec fureur, &
les déchire impitoyablement, de

S ij

G. Sciop-même que dans les Ouvrages sui-
pius. vans.

79. *Flagellum Jesuiticum, eodem
Autore.* (en Allemand) 1632. *in-*
4°. Le P. *Laurent Forer* a répondu à
ces deux Ouvrages satyriques dans
un livre Allemand, intitulé : *Anti-
melander. Monachii* 1633. *in-*4°.

80. *Colloquium inter Paulum V.
Papam , Philippum Hispaniæ Regem,
& Ferdinandum Archiducem Austriæ
ex Jesuitarum Monacensium & Ingols-
tadiensium Secretis Consiliis institutum.*
(en Allemand) 1632. Cet Ouvrage
est ainsi marqué avec les autres que
Scioppius a fait contre les Jésuites à
la p. 39. des *Vindiciæ generales Alberti de Albertis*, dont je parlerai plus
bas.

81. *Jesuita exenteratus.* (en Allemand) 1633.

82. *Mysteria Patrum Societatis Jesu.* (en Allemand) 1633. C'est apparemment la même chose que l'Ouvrage latin, qui suit.

83. *Mysteria Patrum Jesuitarum
ex eorum scriptis cum fide eruta ; in
quibus agitur de Ignatii Loyolæ ortu
& apotheosi, de Societatis dogmatibus*

circa obedientiam cœcam , circa Papæ G. Sciop-
poteftatem in Regum & Principum per- pius.
fonas & ftatus , fidem fervandam , fi-
gillum confeſſionis & æquivocationes ,
&c. Acceſſerunt huic Editioni auctiori
& emendatiori appendices duæ , in qui-
bus continentur narrationes de molitio-
nibus Jeſuitarum in partibus Orientis.
Jampropoli. Apud Robertum Liberum.
1633. *in-*12. pp. 354. C'eſt un Dialogue entre un Jéſuite Profez , & un
Novice , qui avoit paru en François
neuf ans auparavant , & que *Sciop-*
pius a traduit en Latin, en y joignant
les Appendices marquées dans le
titre. Il eſt intitulé en François :
Les myſteres des Peres Jéſuites par in-
terrogations & réponſes , extraites fidé-
lement des Ecrits par eux publiés. Villefranche , par *Eleuthere Philalethe.*
1624. *in-*8°. pp. 104.

84. *Sanctii Galindi , è Societate Je-*
ſu , Anatomia Societatis Jeſu , una
cum aliis Opuſculis ad ſalutem ejuſdem
Societatis , & ad excitandam Regum
ac Principum Catholicorum attentio-
nem utiliſſimis. Lugduni. Typis Geor-
gii Baumgartneri. Anno 1633. *in-*40.
pp. 103. On trouve ici quelques

G. Sciop-
pius.

morceaux de *Mariana*, & de quelques autres Auteurs. Tout le reste
est de *Scioppius*, qui en a inseré une
bonne partie dans ses *Arcana Societatis Jesu*, comme je le remarquerai
plus bas en détail. Le P. *Laurent
Forer*, Jésuite, a réfuté cet Ouvrage
dans son *Anatomia Anatomiæ Societatis Jesu, sive Ant-Anatomia infamis
libri, cui titulus est* : Anatomia Societatis Jesu. Oeniponte 1634. in-
4°.

85. *Casparis Scioppii Astrologia Ecclesiastica ; hoc est, disputatio de cla-
ritate ac multiplici virtute stellarum in
Ecclesiæ Firmamento fulgentium, id
est, Ordinum Monasticorum. Cui accessit Astrum inextinctum, id est, cau-
sæ dictio ex divino humanoque jure pro
veterum Ordinum honore ac patrimo-
niis adversus famosum volumen Pauli
Laimanni Jesuitæ, in Monachos edi-
tum. Ex Officina Sangeorgiana ; anno*
1634. in-4°. pp. 294. La seconde
piéce de ce volume n'est point de
Scioppius, comme quelques-uns l'ont
cru, mais de *Romain Hay*, Moine
Bénédictin, dont l'Ouvrage porte le
nom dans une autre Edition, & qui

en a publié quelques autres. Les Jéſuites, qui étoient principalement
attaqués dans tous les deux, y ont
fait trois réponſes. L'une eſt du P.
Paul Layman, qui y avoit donné
occaſion, & porte ce titre : *Aſtrolo-*
gia Eccleſiaſtica, & Aſtri inextincti
à Gaſpare Scioppio in lucem editi cen-
ſura. Dilingæ 1635. *in-4°.* La ſeconde eſt du P. *Laurent Forer,* qui ſe pro-
poſe en même tems de réfuter les
Arcana Societatis Jeſu, elle eſt intitulée : *Grammaticus Proteus, Arca-*
norum Societatis Jeſu Dædalus dedo-
latus, & genuino ſuo vultu repræſen-
tatus. Acceſſit Auctarium animadver-
ſionum in Gaſparis Scioppii Eccleſiaſ-
ticam Aſtrologiam. Ingolſtadii. 1636.
in-8°. La troiſiéme eſt du P. *Jean*
Cruſius, & a pour titre : *Aſtri inex-*
tincti à Gaſp. Scioppio, & F. Romano
Hay, Benedictino, in orbem evulgati
Eclipſis ſeu deliquium, propoſitis variis
quæſtionibus de Collegiis, eorumque ti-
tulis, juribus, de dominio, poſſeſſione,
ultimis voluntatibus, & circa eas Pon-
tificis poteſtate, donationibus, &c.
aperte & breviter demonſtratum à R.
P. Joanne Cruſio, Bremenſi, è Socie-

G. Sciop-
PIUS.

tate Jesu, *Coloniæ*, 1639. *in*-4°. pp.
229.

86. *Fr. Ludovici Soteli, Minorita,
Regii ad Apostolicam Sedem legati, &
Regni Oxensis Apostoli & designati
Martyris ad Urbanum VIII. P. M.
de Ecclesia Japonica statu relatio. Accessit Fr. Juniperi de Ancona, Minorita, consultatio de causis & modis re-
ligiosæ disciplinæ in Societate Jesu ins-
tauranda; ex italico latinè conversa.
Anno* 1634. *in*-4°. pp. 93. Quelques-
uns prétendent que la lettre de *So-
telo* est de la façon de *Scioppius*; mais
il est difficile de se le persuader,
lorsqu'on voit *Wadding* la mettre
sans difficulté au nombre des Ouvrages de ce Franciscain, & ajoûter
qu'elle a été imprimée à *Madrit*, avec
des retranchemens de certaines choses, qui pouvoient interesser l'honneur de quelque Religieux; c'est-
à-dire, des Jésuites. Pour l'autre
Ouvrage, il est sûr qu'il est de *Scioppius*, qui l'a composé en Latin, &
non point traduit de l'Italien. Il a
été inseré dans la *Bibliotheca Ponti-
ficia*, *edita à Joanne Scherzero. Lipsiæ* 1677. *in*-4°. *Laurent Forer* a pris
de

de nouveau la défenſe de ſon Ordre G. Sciop- contre ces Ecrits dans ſa *Mantiſſa* pius. *Ant-Anatomiæ Jeſuiticæ, oppoſita fa- moſis contra Societatem Jeſu libellis; quorum tituli ſunt:* 1. *Myſteria Patrum Societatis Jeſu.* 2. *Conſultatio Fr. Juniperi de Ancona, Minoritæ.* 3. *Fr. Ludovici Soteli, relatio de Eccle- ſiæ Japonicæ ſtatu. Oeniponte* 1635 *in-4°.*

87. *Arcana Societatis Jeſu, publico bono vulgata. Cum Appendicibus uti- liſſimis.* 1635. *in-8°.* pp. 341. Ce Recueil, qui eſt preſque entierement de *Scioppius*, qui s'y eſt caché ſous differens noms, renferme les piéces ſuivantes. I. *Inſtructio ſecreta pro Su- perioribus Societatis,* inſerée à la p. 49. de *Galindi Anatomia Societatis,* rapportée ci-deſſus au no. 81. II. *Fortunii Gallindi Cantabri, de cauſis publici erga Jeſuitas odii diſputatio.* Inſerée dans la *Tuba magna, mirum clangens ſonum per D. Liberium Can- didum. Argentinæ* 1715 *in-12* pp. 566. III. *Auguſtini Ardinghelli para- doxa Jeſuitica; hoc eſt, impia, ne- faria, & peſtifera Jeſuitarum Germa- nicorumſententiæ adverſus omnes Reli-*

Tome XXXV. T

G. Scior-
pius.

*giosos Ordines IV. Bernardini Giral-
di, Patavini, pro Senatu Veneto Apologia, sive de justitia decreti, quo Se-
natus Venetus adolescentes ditioni suæ
subditos ad Jesuitarum scholas accedere
interdixit, deque conditionibus, quibus Jesuitæ reditum ad Venetos vi-
dentur impetrare posse. V. Ill. Cardinalis & Archiepiscopi Pragensis judicium & censura Bullæ à Patribus
Societatis Cæsari oblatæ, pro erectione
Carolo-Ferdinandeæ Academiæ.* Inserée à la p. 587. de la *Tuba Magna.*
VI. *Joannis Marianæ Soc. Jesu, libri
de regimine Societatis, caput 6. de
studiis.* Inseré dans l'*Anatomia Soc.
Jesu.* VII. *Danielis Hospitalii ad Reges Principesque Catholicos consultatio,
de causis & modis conservanda &
amplificanda Societatis Jesu, ut perpe-
tuò durare, deque Ecclesia Dei &
Regnis, ac Rep. Christianis præclarè
semper mereri possit.* Inserée à la p.
533. de la *Tuba Magna.* VIII. *De-
liciarum Jesuiticarum specimina.* Inserés
dans l'*Anatomia Soc. Jesu.* IX. *Testimonia de Societatis antiquitate, Ignatii Loyolæ sanctitate, Patrum Societatis œconomia, &c.* Toutes ces piéces

ſont de vrayes ſatyres, & *Scioppius* s'y eſt livré ſans réſerve à ſon génie mordant & emporté. Les noms de *Fortunius Gallindus* , d'*Auguſtinus Ardinghellus* , de *Bernardinus Giraldus* & de *Daniel Hoſpitalius* , ne ſont que des maſques, ſous leſquels il s'eſt caché.

88. *Alphonſi de Vargas , Toletani , relatio ad Reges & Principes Chriſtianos de ſtratagematis & ſophiſmatis politicis Societatis Jeſu , ad Monarchiam Orbis terrarum ſibi conficiendam ; in qua Jeſuitarum erga Reges ac Populos optime de ipſis meritos infidelitas , ergaque ipſum Pontificem perfidia, contumelia , & in Fidei rebus novandi libido illuſtribus documentis comprobatur.* 1636. in 40. pp. 111. It. ſous le même titre: *Anno* 1642. in-12. pp. 444. It. Avec ce titre abrégé: *Stratagemata & ſophiſmata Jeſuitarum. Coloniæ.* 1648. in-12. Cette Edition eſt la même que la précédente, de l'an 1642. il n'y a que le titre de changé. On trouve à la fin de l'Ouvrage une piéce intitulée : *Sedis Apoſtolicæ cenſura.* 1. *Adverſus novam, falſam, impiam & hæreticam Societa-*

G. SCIOP-
PIUS.

T ij

tis Jesu doctrinam nuper in Hispania publicatam. 2. *Adversus novam & pestiferam sectam mulierum Jesuissarum Friburgi Helvetiorum nuper introductam. Cui accessit actio hæresis in Societatem Jesu ad Summi Pontificis & Sacræ Inquisitionis Tribunal.* Cette derniere piéce a pour titre particulier : *Societatis Jesu novum Fidei Symbolum , in Hispania promulgatum. Ejusdem notio censoria in Symbolum Apostolorum.* Ce sont deux piéces faites à plaisir dans un dessein bien different ; la premiere par *Scioppius* pour décrier les Jésuites , & la seconde par *Theophile Raynaud,* pour faire voir qu'on peut condamner les propositions les plus innocentes & les plus vrayes , en y attribuant des sens condamnables. Le P. *Laurent Forer* a encore répondu à cet Ouvrage satyrique par un *Appendix ad Grammaticum Proteum ; quid de relatione Alphonsi de Vargas sit sentiendum ? Ingolstadii* 1636. *in-8°.* Outre les Editions de l'Ouvrage de *Scioppius* que j'ai marquées ci-dessus , il y en a d'autres dans lesquelles on lui a joint *Lucii Cornelii Monarchia Se-*

lipſorum. Telles ſont celles d'*Helmſ-* G. Sᴄᴏᴘ
ſtadt 1665. *in-*4º. & de 1673. auſſi ᴘɪᴜs,
in 4º. Quelques-uns ont cru que ce
dernier Ouvrage étoit de *Scioppius*,
mais on ſçait qu'il eſt de *Jules-Clement Scoti.*

89. *Colomiés* a inſeré dans ſes *Ob-
ſervationes Sacra* p. 6. une lettre Italienne de *Scioppius* au P. *Fulgence*,
Théologien de la République de
Veniſe, datée de *Padoüe*, le 9. Juin
1636. Il y paroît qu'il n'étoit pas
alors content de la Cour de *Rome*,
puiſqu'il dit, que quoiqu'il eût écrit
fortement en faveur de l'Autorité
Eccleſiaſtique des Papes, il ſe re-
garderoit comme un Hérétique plus
pernicieux que *Luther* & *Calvin*, s'il
écrivoit pour la puiſſance du Pape
ſur le temporel des Rois, ſuivant
les principes de *Baronius*, dont il
aſſure que les Annales ſont pleines
de menſonges. Il parloit un langage
bien different en 1611. lorſqu'il publia ſon *Eccleſiaſticus.* On peut conclure de-là, 1º. Que ſes paſſions
particulieres étoient la régle de ſes
ſentimens, dont il changeoit à meſure que ſes paſſions changeoient.

G. Sciop-
pius,

20. Qu'il n'étoit pas auſſi déſintéreſſé qu'il a voulu nous le faire croire dans l'Ouvrage dont je parlerai plus bas au n_o. 88.

90. *Gaſp. Scioppii, Comitis à Claravalle, conſultationes de ſcholarum & ſtudiorum ratione, deque prudentia & eloquentia parandæ modis. Patavii* 1636. *in* 12. pp. 117. L'Epître eſt du 1. Juin de cette année. Les quatre conſultations qu'on voit ici, ont été compoſées en differens temps, mais elles n'ont été imprimées pour la premiere fois que cette année. It. Dans un Recueil intitulé : *H. Grotii & aliorum diſſertationes de ſtudiis inſtituendis. Amſtelod.* 1645. *in* 12. It. Dans *Variorum Autorum conſilia & methodi, collecta à Thoma Crenio. Roterod.* 1692. *in*-4°. tom. 1. Le P. *Melchior Inchofer*, Jéſuite, a compoſé contre cet Ouvrage, ſous le nom d'*Eugenius Lavanda*, un livre intitulé : *Grammaticus Palephatius, ſive nugivendus ; hoc eſt, in conſultationes Gaſp. Scioppii de ratione ſtudiorum ſcholia & notationes. Autore Eugenio Lavanda.* 1639. *in*-12.

91. *De Pædia humanarum ac divi-*

narum Litterarum. Patavii 1636. *in-* G. Sciop-
12. pp. 59. A la suite de l'Ouvrage pius.
précédent. *Scioppius* a composé ceci
uniquement pour celebrer ses loüan-
ges, & se donner de l'encens. On y
voit les Brefs des Papes, les Lettres
de recommandation de differens
Princes, qui lui avoient été données en plusieurs occasions, les differens genres de litterature & de scien-
ces, ausquels il s'étoit appliqué, &
les Ouvrages qu'il avoit composés
en chacun; enfin, les graces qu'il
prétendoit avoir reçuës du Seigneur.
Ce qu'il dit sur ce dernier article est
intitulé:*Talenta Christi Gaspari Sciop-*
pio ad negotiandum credita. C'est un
chef-d'œuvre de vanité & de pré-
somption. Il s'y loüe sans aucun
ménagement, & finit le long détail
qu'il fait de ses merites, par les témoignages avantageux, que les Jésuites, & même le P. *Forer*, lui ont
rendus, malgré tout le mal qu'il a
dit d'eux. Témoignages dont il prétend être redevable à la seule verité,
& dont par conséquent il assure avec
un air de mépris, tout-à-fait original, qu'il ne doit pas leur tenir

grand compte. Car voici ses derniè-
res paroles sur cet article.

*De Foreri ejusque similium confessio-
ne Scioppii judicium.*

*Non accipio à Diabolo testimonium,
sed confessionem. Invitus dixit Diabo-
lus, sed exactus & tortus; ait S. Am-
brosius. Serm.* 91.

Le P. *Melchior Inchoffer* a encore
attaqué cet Ouvrage par celui qu'il
a intitulé : *Grammaticus pædicus, sive
puerilis ; hoc est, in Pædiam Divinarum, Humanarumque Litteraram
Gasp.Scioppii Scholia & notationes. Autore Eugenio Lavanda.* 1638. *in-*12.

92. *Mercurius quadrilinguis, id est,
Linguarum ac nominatim Latinæ, Ger-
manicæ, Græcæ & Hebreæ nova &
compendiaria discendi ratio. Basileæ*
1637. *in-*8º. pp. 271. Ce sont douze
centuries de sentences en quatre Langues, rangées en quatre colonnes.
L'Ouvrage est daté de l'an 1630.

93. *Diatriba de compendiosa & fa-
cili Linguam Hebræam & Chaldæam
condiscendi ratione.* pp. 28. A la suite
du livre précédent. It. Parmi *H.
Grotii & aliorum dissertationes de studiis instituendis. Amstelod.* 1645. *in-*

12. It. Dans le Recueil de *Crenius* G. Sciop-
dont j'ai déja parlé. *Roterodami* 1692. PIUS.
in-4°.

94. *Renati Verdæi ftatera*, quâ pon-
deratur *Mantiffæ Laurentii Foreri*,
Jefuitæ Oenipontani, fectio prima,
quam emifit adverfus libellum, cui titulus eft : Myfteria Patrum Jefuita-
rum. *Lugduni. Apud Gelafium No-
mimelcum* 1637. *in-16.* Quoiqu'on
attribuë communément cet Ouvrage
à *André Rivet*, parce que fon nom
eft renfermé dans celui de *Renatus
Verdæus*; il eft cependant très-pro-
bable qu'il eft de *Scioppius*, comme
le P. *Alberti*, Jéfuite, le fait voir
clairement à la p. 79. de la défenfe
génerale de fon Ordre, qu'il a publiée contre *Scioppius* fous ce titre :
*Generales vindiciæ adverfus famofos
Gafparis Scioppii libellos, Societati
Jefu, ab Alberto de Albertis, ex eadem Societate Tridentino, datæ. Monachii* 1649. *in-16.* pp. 571.

95. *In Viri Cl. Gerardi Johannis
Voffii libros de vitiis fermonis animadverfiones. Ravennæ.* 1647. *in-12.* pp.
35. It. *Venetiis.* 1647. *in-12.* It. *Amf-
telod.* 1666. *in-8°.* Cet Ouvrage eft

G. Sciop-
pius.

daté de *Padouë* le 2. Octobre 1646.

96. *Gaſparis Scioppii de Auguſtæ Domûs Auſtriæ origine diſceptatio, cum F. Seifrido, Abbate Zuethalenſi; opus à morte Autoris typis vulgatum. Conſtantiæ.* 1651. *in* 12. pp. 45. Cet Ouvrage, qui contient les preuves de la généalogie de la Maiſon d'Autriche, qu'il avoit donnée en 1619. & que j'ai marquée ci-deſſus no. 58. eſt mépriſé par tous les Généalogiſtes Allemands, qui aſſurent qu'il n'y a rien de ſolide & de bien fondé. Celui qu'il a prétendu combattre, eſt intitulé : *Arbor Aniciana, Auctore Joanne Seifrido. Viennæ Auſtriæ.* 1613. *in-fol.*

97. *Paſcaſii Groſippi Tabulæ Nummariæ rei antiquæ, ad veriorem ſententiam correctæ.* Avec *Joannis Frederici Gronovii de ſeſterciis libri IV. Amſtelod.* 1656. *in-*8o.

98. *Infamia Famiani. Cui adjunctum eſt ejuſdem Scioppii de ſtili hiſtorici virtutibus ac vitiis judicium, ejuſdemque de natura hiſtoriæ & hiſtorici officio diatriba. Cura Joh. Fabri, Eloquentiæ Profeſſoris P. Soræ.* 1658. *in-*12. It. *Amſtelodami* 1663. *in-*12. pp. 196. & 224.

99. *Franciſci Sanctii Minerva, ſive* de cauſis Latinæ Linguæ Commenta- G. SCIOP-rius: cui accedunt animadverſiones & PIUS. notæ Gaſperis Scioppii. Amſtelod. 1664. *in-8°.*

100. *Epiſtolæ ad Gerardum J. Voſſium.* Parmi les Lettres de ce Sça-vant, imprimées à *Londres* en 1690. *in-fol.*

101. Dans les *Monumenta pietatis & Litteraria. Francof.* 1701. *in-4°.* on a inſéré p. 411. & ſuiv. de la 2ᵉ. partie, cinq lettres de *Scioppius* à *Daniel Touſſain*, & une à *Jean-Henri Waſer.* Celle qui eſt écrite à ce der-nier, contient un long morceau d'un Ouvrage qu'il avoit fait contre les Jéſuites; il contient des choſes horribles, & cependant il finit par ces mots : *Gaſp. Scioppius jam ſenex & maturo propior funeri hæc omnia eâ ſcripſi conſcientia, quâ propediem ad Chriſti Tribunal de me rationem reddi-turum me probe memini.* C'étoit le 27. Août 1539. qu'il parloit ainſi. Dans les lettres à *Touſſain*, il lui pro-poſe de faire imprimer à *Geneve* quel-ques-uns de ſes Ouvrages, qu'il ne pouvoit faire imprimer en Italie.

G. SCIOP-
PIUS.

parce qu'il y attaquoit les Princes ou les Jésuites. Il témoigne
qu'il en avoit tout prêt, un qui
étoit intitulé : *Carolus Crassus Im-*
perator, sive speculum otiosa & iner-
tis Regum & Principum innocentia.
On voit par la deuxiéme, qui est
du 25. Octobre 1636. qu'il étoit, par
rapport au Pape dans des sentimens
bien differens de ceux qu'il avoit
débités dans son *Ecclesiasticus. Tres*
sunt, dit-il, *cum sua Monarchia cu-*
piditate, fundi Christiani calamitas,
Papa, Hispanus, & Jesuitarum Pa-
triarcha, quorum ambitioni intercedere
ac fibulam imponere, hoc est de Eccle-
sia ac Republica Christiana præclaris-
simè mereri. Les deux dernieres qui
sont de 1640. & 1644. renferment
ses Visions Apocalyptiques. On
trouve à la p. 424. du même Recueil:
Indiculus librorum quos Gasp. Sciop-
pius editioni paratos habet : Il y en a
106. dont les 36. derniers ne sont
désignés qu'en gros par le titre d'*An-*
tipharisaica; c'est-à-dire qu'il y attaquoit de nouveau les Jésuites. Cela
est suivi de *Cygna cautio, sive prolo-*
gus Galeatus omnibus Antipharisaico-

rum tomis conveniens CeCatalogue eft G. Sciop-
daté *Patavii à Sacrofanctæ Euchariſ*-PIUS.
tia communione domum reverſus die
27. *Decembris anno à Chriſto nato*
1639. *ætatis annum agens* 63. *menſem*
septimum. Cette date nous fait connoître celle de ſa naiſſance.

102. *Collatio duorum manuſcripto-*
rum Codicum Auli Gellii. Dans l'E-
dition faite à *Leyde* en 1706. *in-*
4°.

103. *Gaſp. Scioppii ſententia de ſe-*
ditioſa doctrina & ſanguinariis conſi-
liis, quorum Jeſuitæ paſſim inſimulan-
tur, ex ipſius libro adverſus Angliæ
Regis Apologiam excerpta. Ingolſtadii
*in-*8°. ſans date.

104. *Burcard Gotthelff Struve* a
inſeré quelques-unes de ſes lettres
anecdotes dans ſes *Acta litteraria ex*
manuſcriptis eruta, imprimés à *Jene*
en 1706. & les années ſuivantes *in-*
8°. On en trouve à la p. 64. de la cinquiéme partie du premier tome une
fort curieuſe adreſſée à *Conrad Rit-*
tershuſius, & datée de *Rome* le 17.
Février 1600. ſur le ſupplice de *Jor-*
danus Brunus. Dans la cinquiéme
partie du deuxiéme tome, on en voit

G. Sciop-
pius.

neuf, adressées au même *Ritters-huſius*, & une à *Melchior Kochius*.

V. *Amphotides Scioppianæ.* On y trouve beaucoup de particularités de la vie de Scioppius. *Hercules tuam fidem ſive Munſterus Hypoboli-mæus ; id eſt, Satyra Menippea, de vita, origine & moribus Gaſparis Scioppii. Lugd. Bat. 1608. in-8o. Vita & parentes Gaſp. Schoppii, à Germano quodam contubernali ejus conſcripta.* Avec l'Ouvrage précedent. *Cave canem, de vita, moribus, rebus geſtis, divinitate Gaſperis Scioppii, Apoſtatæ, Satyricon. Auctore Tarræo Hebio, Nobili à Sperga, Germano. Hanoviæ. 1612. in-12.* Cet Ouvrage eſt de *Gaſpar Barthius*, de même que le ſuivant *Tarræi Hebii, Nobilis à Sperga, Scioppius excellens. In laudem ejus & Sociorum pro Joſepho Scaligero & omnibus probis Epigrammatum libri tres, ex triginta totis hinc inde collecti. Hanoviæ. 1612. in-12.* Toutes ces piéces ſont extrêmement ſatyriques ; ainſi il n'y faut pas faire grand fond. *Bayle, Dictionnaire.* Les Ouvrages même de *Scioppius* nous fourniſſent plus de faits & de particularités.

PIERRE DORTIGUE
DE VAUMORIERE.

PIerre Dortigue, fieur de *Vaumo-riere*, étoit natif d'*Apt* en Pro-vence, & fortoit d'une Famille Noble.

Etant venu s'établir à *Paris*, il donna dans le goût qui régnoit alors & compofa plufieurs Romans & di-vers autres Ouvrages, qui lui firent honneur, & lui acquirent de la ré-putation.

Il eut par-là entrée dans l'Aca-démie de l'Abbé *d'Aubignac*, qui étoit compofée de perfonnes de mé-rite & d'érudition, & il en devint même Sous-Directeur.

On ignore les particularités de fa vie. *Richelet* nous apprend feule-ment, qu'il étoit broüillé avec la fortune, & qu'il avoit été prifon-nier au Châtelet pendant trois fe-maines; mais il n'en dit point le fujet.

Il mourut vieux en 1693. appa-remment dans le mois de Septembre,

P. DE
VAUMO-
RIERE.

puiſque ſa mort fut annoncée dans le
Mercure du mois d'Octobre de la
même année.

Mademoiſelle de *Scudery*, qui a
donné ſon éloge, n'y a rien dit de
ſa naiſſance, ni de ſa mort, ni de ſa
fortune ; elle s'eſt bornée aux bonnes qualités de ſon eſprit & de ſon
cœur. En voici les principaux traits.

» M. *de Vaumoriere* étoit un Gen-
» tilhomme, illuſtre par ſa naiſſance,
» & diſtingué par un grand nombre
» d'Ouvrages eſtimés. Sa moindre
» qualité étoit ſon bel eſprit. Il bril-
» loit par tout ; mais il étoit encore
» plus honnête homme, qu'il n'étoit
» homme de Lettres. Il avoit l'eſprit
» vif, les ſentimens naturels & no-
» bles, les idées juſtes & diſtinctes,
» les expreſſions gayes & hardies,
» les manieres douces & engageantes,
» le cœur au-deſſus de ſon pouvoir
» & de ſon état. Génereux, em-
» preſſé, noble, prévenant, ne con-
» noiſſant d'autre interêt que celui
» de ſes amis, & d'autre plaiſir que
» celui d'en faire, il n'avoit rien à
» lui, tous ceux qui le connoiſſoient,
» étoient plus maîtres de ſon bien

que

que lui-même. Il difoit toujours « P. DE
que l'argent & le cœur ne font bons « VAUMO-
que lorfqu'on les donne : à quoi il « RIERE
ajoûtoit que c'étoit un moindre «
mal d'être duppe, que de craindre «
toûjours d'être duppé. Dans un «
âge fort avancé, il confervoit tout «
le feu d'une belle jeuneffe ; il étoit «
enjoüé & galant dans les ruelles , «
modefte avec les gens d'efprit, ré- «
joüiffant & folide avec les jeunes «
gens : toujours doux , toujours «
poli ; toujours agréable en toutes «
fortes de focietés. Il portoit la joye «
& le plaifir avec lui. Sa feule pré- «
fence avoit l'art de réveiller une «
converfation affoupie. Il avoit & «
des idées & des termes que per- «
fonne ne pouvoit prévoir , & c'é- «
toit toujours chofe nouvelle. Les «
graces ornoient tous fes difcours , «
& la douceur de fon naturel fe ré- «
pandoit fur fes paroles. Il parloit «
bien ; il écoutoit encore mieux ; «
& fa complaifance déterroit dans «
les gens certain mérite & certain «
tour d'efprit qu'ils ne connoiffoient «
pas eux-mêmes. Le don de conver- «
fation n'a jamais été prodigué «

Tome XXXV. V

P. DE
VAUMO-
RIERE.

» avec plus d'avantage par la nature.
» Sa facilité étoit soûtenuë d'un fond
» qu'on ne trouve gueres. Il avoit
» une connoissance parfaite de l'anti-
» quité. Il n'y a pas un nom connu
» dans l'Histoire, sur lequel il ne sçût
» un détail curieux & peu connu. Il
» sçavoit mettre entre l'Histoire &
» la Fable un rapport vrai-sembla-
» ble, qui persuadoit agréablement.
» Il étoit vif & précis dans ses nar-
» rations, surprenant dans ses pein-
» tures, sçavant dans ses remarques,
» ennemi des parentheses; enjoüé,
» naturel, éloquent, & suivi par
» tout.

Il est à présumer qu'il y a un peu
d'exageration dans tout cela, & que
l'amitié de Melle. *de Scudery* pour
Vaumoriere le lui a fait représenter
avec les mêmes couleurs qui lui
servoient à peindre les Héros de ses
Romans.

Catalogue de ses Ouvrages.

1. *Le grand Scipion. Paris* 1658.
*in-*8°. Quatre volumes. On étoit alors
dans le goût des grands Romans, &
Vaumoriere crut ne pouvoir mieux
se produire dans le monde, qu'en

compofant quelque chofe en ce genre. Ce goût ayant changé quelque
tems après, il ne donna plus que
de petites nouvelles.

2. Il a continué *Faramond*, Roman de *la Calprenede*, qui en avoit
donné fept volumes, & y en a ajouté cinq autres, dont le premier parut en 1665. *in-8°*. M. *de Salo* parla
fort avantageufement de cette continuation dans le *Journal des Sçavans*
du 23. Février 1665. » Il y a lieu «
d'efperer, dit-il, par ce qui paroît «
du 8e. volume, que l'on ne re- «
grettera pas long-tems la mort de «
celui dont il fuit les traces. Il eft «
parfaitement bien entré dans l'ef- «
prit de cet Auteur. Il conferve aux «
Héros & aux Héroïnes les mêmes «
fentimens & les mêmes caracteres «
qu'il leur avoit donnés; & dans «
fon ftile il a pris cet air grand & «
magnifique qui lui étoit propre. «
On peut même dire que le difcours «
de M. *de Vaumoriere* eft plus uni «
& plus châtié que le fien, & qu'il «
a mieux fçu retenir les emporte- «
mens du grand ftile. » M. *Gueret*
ne parle pas avec la même indulgen-

P. DE ce de ce premier tome de la conti-
VAUMO- nuation de *Faramond* , quoiqu'il
RIERE. donne assez d'encens à l'Auteur,»Je
» ne suis pas mal satisfait du travail
» de ce Continuateur , fait-il dire à
» *Faramond* dans son *Parnasse réformé*,
» je voudrois bien seulement qu'il
» n'eût pas fait un volume entier de
» l'Histoire de *Constantin* : elle lan-
» guit un peu trop , & sans la beau-
» té de son langage , qui réveille le
» Lecteur , elle seroit ennuyeuse. Il
» l'a bien apperçu lui-même , car
» il s'en est corrigé aux tomes sui-
» vans.

3. *Histoire de la galanterie des An-*
ciens. Paris. 1671. *in-12.* Deux
vol.

4. *Diane de France. Nouvelle his-*
torique. Paris. 1674. *in-12.*

5. *Mademoiselle de Tournon.* Paris.
1679. *in-12.* On a mis mal-à-propos
cette Nouvelle parmi les Oeuvres
de Madame *de Villedieu* , dans quelques Editions.

6. *Mademoiselle d'Alençon.* Autre
Nouvelle , dont j'ignore la date , &
qu'on a mise aussi sans raison parmi les Oeuvres de Me. *de Villedieu.*

7. *Adelaide de Champagne.* Paris. P. DE
1680. *in-*12. Quatre volumes. C'est VAUMO-
un Roman. RIERE.

8. *Agiatis Reine de Sparte, ou les
guerres civiles des Lacedemoniens sous
les Rois Agis & Leonidas.* Paris 1685.
*in-*12. Deux volum. Autre Roman.

9. *L'art de plaire dans la conversation.* Paris. 1688. *in-*12. Cet Ouvrage
partagé en 20. Dialogues, renferme-
ment de fort bons préceptes, qui
méritent d'être lûs.

10. *Harangues sur toutes sortes de
sujets, avec l'art de les composer.*
Paris. 1688. *in-*4°. It. 2ᵉ. *Edition
augmentée.* Paris. 1693. *in-*4°. It.
3ᵉ. *Edition augmentée depuis la mort
de l'Auteur, d'une dissertation sur les
Oraisons funèbres par M. l'Abbé du
Jarry, & d'un grand nombre de nouvelles Harangues.* Paris. 1713. *in-*4°.
Vaumoriere n'est pas l'Auteur de toutes les Harangues qu'on voit ici,
comme quelques uns l'ont dit sans
fondement; il y en a quelques-unes
de lui, mais il a tiré la plûpart de
differens Auteurs. M. *Gibert* a fait
la critique du traité préliminaire dans

le 3e. tome de ses *Jugemens des Sçavans sur les Maîtres de l'éloquence.*
p. 222.

11. *Lettres sur toutes sortes de sujets. Avec des avis sur la maniere de
les écrire. Paris.* 1689. *in-*12. Deux
vol. Ir. 2e. *Edition. Ibid.* 1695. *in-*12.
Deux vol. & quelques autres fois
depuis.

12. On voit quelques vers de sa
façon, imprimés à la tête de la *Ma-
carise de l'Abbé d'Aubignac. Paris.*
1664. *in* 80.

V. *Son Eloge par* Me. *de Scudery*
à la tête de la 2e. *Edition de ses Lettres*, & *de la* 3e. *de ses Harangues.
Mercure d'Octobre* 1693. *Bayle, Dictionnaire.*

CLAUDE LANCELOT.

Claude Lancelot nâquit à *Paris*
vers l'an 1615. Une note ajou-
tée au Catalogue de la Bibliothéque
du Roi nous apprend, qu'il étoit
fils d'un Tonnelier.

Il fut élevé en partie dans la Com-
munauté de S. *Nicolas du Char-*

donnet, où il fut mis dès l'âge de C. LAN-
douze ans ; c'eſt-à-dire en 1627. Il y CELOT.
donna de grandes marques de la vivacité & de la ſolidité de ſon eſprit,
& toutes ſes actions étoient accom-
pagnées d'une candeur & d'une pieté
qui le faiſoient aimer & reſpecter
même de tous ceux qui le voyoient.

Après avoir paſſé pluſieurs années
dans cette maiſon, fort appliqué à
l'Etude & aux Exercices qui y ſont
en uſage ; il fit connoiſſance avec
M. *du Verger de Hauranne*, Abbé
de *S. Cyran*. Cet Abbé lui ayant
trouvé un eſprit capable de grandes
choſes, réſolut de le cultiver, & le
mit pour cela avec Meſſieurs *le Mai-
tre*, *de Sericourt*, *Singlin*, & autres
retirés au déhors de *Port Royal* de
Paris.

Ils vivoient là dans des apparte-
mens ſéparés, comme des Chartreux, & n'étoient occupés que de
la priere, de la Méditation de l'E-
criture Sainte, & de la pratique de
la pénitence.

L'empriſonnement de M. de *Saint
Cyran*, qui fut mis au Château de
Vincennes en 1637, les diſperſa bien

C. LAN-
CELOT.

tôt sans les défunir. Mais au bout de
deux ans environ, *Lancelot* retourna
dans sa premiere folitude.

Quelque temps après les Solitaires
du *Port Royal*, zelés pour l'éducation de la Jeunesse, réfolurent de
continuer le plan que M. de *Saint-
Cyran* leur avoit tracé, & qu'il avoit
lui - même fuivi pendant quelque
temps. Ils établirent des Ecoles dans
une maifon proche de *Port Royal* de
Paris, dans le cul de fac de la rue
d'Enfer, & ils y reçurent en qualité
de Penfionnaires plufieurs enfans de
famille, qui promettoient beaucoup
du côté de la pieté & des fciences.

M. *Nicole* étoit un des Régens,
il y enfeignoit la Philofophie & les
Humanités. *Lancelot* étoit pour la
Langue Grecque & les Mathémati-
ques. Ils étoient foûtenus par plu-
fieurs autres perfonnes fçavantes. M.
Walon de Beaupuis, Bachelier en
Théologie, en étoit Directeur. Ces
Ecoles furent établies en 1645. mais
elles durerent peu.

Les Maîtres obligés de fe difper-
fer, fe retirerent, les uns aux *Troux*,
chez M. *Dugué de Bagnols*, les autres

tres au *Chenai* près de *Verfailles* chez
M. *de Bernieres* , d'autres enfin aux
Granges , près de *Port Royal* des
Champs.

C. LAN-
CELOT.

Lancelot continua dans ce dernier
endroit de rendre fervice aux jeunes
gens, qui y furent envoyés ; mais
ces établiffemens furent détruits en
1660.

La capacité de *Lancelot* , & le talent qu'il avoit de bien inftruire la
jeuneffe , le firent alors rechercher
par differentes perfonnes de confideration. Il fut d'abord chargé de l'é-
ducation de M. le Duc de *Chevreufe*,
& enfuite M. *de Saci* le plaça auprès
des enfans de M. le Prince de *Conti* ,
de l'éducation defquels Me. la Princeffe *de Conti* voulut prendre foin
après la mort du Prince, fon mari ,
arrivée en 1666.

Les deux jeunes Princes, c'eft-à-
dire , M. *de Conti* & M. *de la Roche-
fur-Yon* , profiterent beaucoup fous
cet habile Maître ; mais la mort de
la Princeffe *de Conti*, arrivée en 1672.
dérangea tous les projets qu'elle
avoit formés pour l'éducation de fa
famille.

Tome XXXV. X

C. LAN-
CELOT.

Lancelot profitant alors de la liberté que cette mort lui laissoit, s'en
servit pour exécuter le dessein qu'il
avoit conçu depuis long-tems de se
consacrer entierement à Dieu, en
embrassant la vie religieuse.

Il choisit pour cela l'Abbaye de
S. *Cyran*, au Diocèse de *Bourges*,
dont M. *de Barcos*, son ami particulier, & neveu de M. *du Verger
de Hauranne* étoit Abbé & Réformateur.

Il y fit profession après son année
d'épreuve; mais il se contenta toûjours du degré de Soudiacre, & quelques instances qu'on lui ait faites
pour monter plus haut, on ne put
jamais l'y résoudre. Il n'en fut pas
moins d'un grand secours à M. *de
Barcos*, qu'il aida par ses exemples,
sa piété, & sa ferveur à établir dans
cette Maison la pratique de la regle
de S. *Benoît*, qu'on y suivoit à la
lettre.

Quelques troubles s'étant élevés
en 1680. dans l'Abbaye de S. *Cyran*, *Lancelot* fut exilé à *Quimperlé*,
en Basse Bretagne, où M. *Char-
rier*, Abbé Commandataire de Sain-

te Croix de cette Ville, fournit gé-
néreufement à tous fes befoins. Il y
continua le même genre de vie qu'il
menoit à *Saint Cyran*. Il fe levoit
régulierement tous les jours à deux
heures après minuit, pour réciter
l'Office de la nuit, & ne fe recou-
choit point. Il obfervoit très-exac-
tement l'abftinence, & les autres
pratiques dont il avoit fait profef-
fion. Pendant les huit ou neuf dernieres années de fa vie, il prolongea
les jeûnes du Carême jufqu'à quatre
heures après midi. L'auftérité de fa
pénitence, & fes fréquentes infirmités ayant confiderablement altéré
fa fanté, il falut que fon Directeur
employât toute fon autorité pour
l'engager à changer l'heure de fes
repas, & à prendre quelques foula-
gemens.

Il mourut le 15. Avril 1695. âgé
de 79. ans, & fut enterré dans la
nef de l'Eglife Abbatiale de *Sainte
Croix* de *Quimperlé*.

Catalogue de fes Ouvrages.

1. *Nouvelle Méthode pour apprendre facilement la Langue Grecque.
Paris* 1655. in-8°. Cette premiere

X ij

C. LAN-
CELOT.
Edition a été suivie de quelques autres, dans plusieurs desquelles l'Auteur a fait des augmentations, qui
rendent les dernieres préferables à
celle-ci. Il y en a une de 1673. *in-*
8º. une autre faite chez *Denis Thier-*
ry 1682. *in-* 8º. La neuviéme est de
» 1696. » On n'a encore eu rien de
» plus achevé en ce genre, que cet
» Ouvrage. L'ordre y est très-clair
» & très-abrégé. On y trouve un
» grand nombre de remarques très-
» solides & très-nécessaires pour la
» connoissance parfaite de la Langue
» Grecque, & pour l'intelligence
» des Auteurs. Les principaux d'en-
» tre les Grammairiens modernes,
» que l'Auteur a suivis, sont, *Ca-*
» *ninius*, *Sylburge*, *Sanctius* & *Vos-*
» *sius*; mais l'œconomie qu'il y garde
» est toute nouvelle. Au reste, quel-
» ques applaudissemens qu'ait reçu
» la nouvelle Méthode Latine, il se
» trouve des critiques qui donnent
» le prix à la Grecque, & qui pré-
» tendent même, que c'est le plus
» considérable de tant d'excellens
» Ouvrages, qui sont sortis des mains
» de ce célébre Auteur. (*Baillet,*
» *Jugemens des Sçavans.*)

2. *Abrégé de la nouvelle Méthode* C. LAN-
pour apprendre la Langue Grecque. CELOT.
Paris. 1655. *in-*12. Lancelot a fait
cet abrégé pour les Commençans,
& pour ceux qui n'ont pas le temps
d'approfondir ce qu'il a renfermé de
ſçavant & de curieux dans la grande
Méthode.

3. *Nouvelle Méthode pour appren-*
dre facilement la Langue Latine. Paris.
1656. *in-*8º. Pluſieurs Editions ont
ſuivi cette premiere. Comme l'Auteur y a fait ſouvent des augmentations, les dernieres l'emportent ſur
les précédentes. Lancelot a mis ici,
comme dans la Méthode Grecque,
les regles en vers François, & y a
joint un grand nombre de remarques
très-ſolides & très utiles. Il a ajoûté
à la fin un traité curieux de la Poëſie
Latine, & une inſtruction aſſez
courte ſur la Poëſie Françoiſe. L'Ouvrage en lui-même eſt compoſé de
tout ce qu'il y a de meilleur dans
Sanctius, Scioppius, Voſſius, & dans
tous ceux qui ont travaillé ſur ce ſujet avec le plus de ſoin & de lumiere.
L'Auteur y a ſuppléé le reſte avec
beaucoup d'habileté & de jugement.

C. LAN-
CELOT.

4. *Abrégé de la nouvelle Méthode pour apprendre la Langue Latine. Paris 1656. in-12.* Réimprimé plusieurs fois depuis.

5. *Le jardin des racines Grecques, mises en François. Paris. 1657. in-12.* C'est la premiere Edition, qui a été suivie d'un grand nombre d'autres. » On n'a point encore vû rien » paroître en ce genre qui soit plus » méthodique, ni qui soit peut-être » plus utile que ce Recueil. L'Au- » teur met de la distinction entre » les plus nécessaires d'entre les ra- » cines, & celles qui le sont moins. » Il renferme les premieres dans de » petits Vers François divisés par » stances, qui nous enseignent en » même tems plusieurs significations » differentes d'un même mot. Et » afin de ne laisser rien à désirer pour » la perfection de ce Recueil, il a » eu soin de mettre au-dessous de » chaque stance des additions & des » explications courtes & faciles. Il » a fait un petit corps de racines » moins importantes, qu'il n'a pas » jugé à propos de mettre en Vers » comme les autres ; en quoi il n'a

pas été approuvé de tout le mon- « C. LAN-
de, parce que c'eſt expoſer ces ra- « GELOT.
cines du ſecond ordre au mépris «
& à l'oubli des enfans, en les diſ- «
tinguant ſi fort des premieres. La «
troiſiéme partie du livre com- «
prend les Particules indéclinables; «
& la quatriéme eſt un Recueil de «
mots François, qui ont quelque «
rapport avec ceux de la Langue «
Grecque, ou comme à leur origine, «
ou par quelque alluſion, ou même «
par quelque reſſemblance. Tout «
n'y eſt pas également juſte, mais «
il ne dit rien de lui même, & il «
ne ſe rend pas toujours garant de «
ce que diſent les autres. D'ailleurs «
ſon principal deſſein étoit de faire «
une eſpèce de jeu de ces mots, «
afin qu'ils puſſent ſervir à en rete- «
nir d'autres. » (*Baillet, Jugemens*
des Sçavans.) Ainſi cette partie a
ſon utilité, & ne méritoit point le
mal qu'en a dit le P. *Labbe* dans un
Ouvrage, où cependant il n'a preſque fait que le copier, & qu'il a
intitulé : *Les Etymologies de la Lan-*
gue Françoiſe, contre les abus de la
ſecte des nouveaux Helleniſtes de Port-

C. LAN-
CELOT.

Royal. Paris. 1661. *in*-12. Il faut
remarquer ici , que les Vers François , qui accompagnent les Racines
Grecques , ne font point de *Lance-*
lot , mais de M. *de Saci.*

6. *Grammaire générale & raison-*
née , contenant les fondemens de l'art
de parler , expliquée d'une manière
claire & naturelle ; les raisons de ce
qui eſt commun à toutes les Langues ,
& des principales différences qui s'y
rencontrent , & pluſieurs remarques
nouvelles ſur la Langue Françoiſe. Paris 1660. *in*-8°. It. 2ᵉ. *Edition revûë*
& augmentée. Ibid. 1664. *in*-8°. Le
fond de cet Ouvrage eſt de M. *Ar-*
nault & de M. *Nicole* ; *Lancelot* n'a
fait que recueillir leurs penſées ſur
ce ſujet , & les mettre en ordre.

7. *Nouvelle Méthode pour appren-*
dre facilement & en peu de temps la
Langue Eſpagnolle. Paris 1660. *in*-
8°. It. *Seconde Edition , revûë & cor-*
rigée. Ibid. 1665. *in*-12. *in*-8°. Cette
Méthode eſt très eſtimée, auſſi bien
que l'Italienne. *Lancelot* les a données l'une & l'autre , de même que
la *Grammaire générale* , ſous le nom
du ſieur de *Trigny.*

8. *Nouvelle Méthode pour appren-* C. LAN-
dre facilement & en peu de temps la CELOT.
Langue Italienne. Paris 1660. *in-8°.*
It. *Seconde Edition, revûë & corrigée.*
Ibid. 1665. *in-8o.*

9. *Chronologia Sacra, in qua certæ*
quædam annorum numerandorum formæ
explicantur, mundi ætates demonstrantur,
Christi Mors ac Nativitas examinantur,
& antiqua historia ab Orbe condito ad
eversam Jerusalem deducitur. Appendix
ad Chronologiam Sacram, brevem ac cer-
tam sæculorum seriem exhibens, una
cùm synopsi Scriptorum Veteris ac Novi
Testamenti. Cui addita sunt Tabellæ de
Monetis & Mensuris Antiquorum. in-
fol. pp. 88. Inſerée pour la premiere
fois à la fin de la grande Bible de
Vitré, imprimée à *Paris* en 1662.
in fol. à l'Edition de laquelle *Lan-*
celot a beaucoup travaillé. Sa Chronologie Sacrée eſt courte & exacte,
& elle contient un abrégé très-clair
de l'Hiſtoire Sainte. Il l'a tirée pour
la plus grande partie des Annales
d'*Uſſerius.* Elle ſe trouve auſſi à la
fin des Bibles Latines & Françoiſes
imprimées à *Liege in-fol.* en pluſieurs
volumes.

C. LAN-
GELOT.

10. *Tabulæ Chronologicæ Sacræ.* Dans l'Edition de la Bible de *Vitré*, faite à *Paris in*-4°. en 1666. Ces Tables, qui sont extraites de la Chronologie Sacrée, dont je viens de parler, ont été traduites en François, & se trouvent en cette Langue à la fin de quelques Bibles Françoises, & des Figures de la Bible, publiées sous le nom du sieur *de Royaumont.*

11. *Nouvelle disposition de l'Ecriture Sainte, mise dans un ordre perpétuel, pour la lire toute entiere chaque année. Paris.* 1670. *in*-8°.

12. *Dissertation sur l'hemine de vin, & sur la livre de pain de S. Benoît, & des autres anciens Religieux; où l'on fait voir que cette hémine n'étoit que le demi-setier, & que cette livre n'étoit que de douze onces. Paris* 1667. *in*-12. It. *Seconde Edition, revûë, corrigée, & augmentée. Avec la réponse aux nouvelles difficultés qui avoient été faites sur ce sujet, & une disquisition de l'année, du jour & de l'heure, où est mort le glorieux Patriarche S. Benoît. Paris.* 1688. *in*-8°. Lancelot composa cet Ouvrage, pour appaiser quelques Religieux, qui se plai-

gnoient de ce que l'Abbé *le Roy* C. LAN-
avoit traduit dans un de ses Ouvra- CELOT.
ges le mot d'*hemina* par celui
de demi-setier, & pour justifier sa
traduction. Il ne satisfit pas cependant tout le monde ; l'Abbé de
Foucarmont, de l'Ordre de *Citeaux*,
& D. *Jacques le Clerc*, de la Congrégation de S. *Maur*, proposerent
leurs difficultés contre l'opinion de
Lancelot, dans deux Ecrits différens,
qui n'ont point été imprimés. Il n'y
eut que le P. *Mabillon* qui publia
quelques objections contre son sentiment, dans la premiere Préface
de son 4e Siécle Bénédictin; mais sans
prétendre décider la question, qu'il
croyoit trop embarrassée pour être
pleinement éclaircie. *Lancelot* pour
répondre à toutes les objections
qu'on faisoit contre ce qu'il avoit
avancé, retoucha sa dissertation, la
corrigea en quelques endroits, & y
fit de grandes augmentations. Il y
changea de sentiment sur le contenu
de l'hemine de vin, & au lieu de dix
onces qu'il lui avoit donné d'abord,
il se relâcha d'abord à dire qu'elle
pouvoit en contenir douze. Ce n'é-

C. LAN-
GELOT.

toit pas encore atteindre au point du
P. *Mabillon*, qui croyoit qu'elle en
contenoit dix-huit. Il corrigea auſſi
ce qu'il avoit dit dans la premiere
Edition touchant la *Sainte Commu-*
nion du Lecteur. Il l'avoit d'abord
priſe dans le ſens naturel qui ſe pré-
ſente à l'eſprit; c'eſt-à-dire, pour la
Communion de l'Euchariſtie; mais
il veut ici, qu'il n'y ſoit queſtion,
que de la Communion de la charité
& des prieres. Ce qui le fit changer
ſur ce dernier article, fut un entretien qu'il eut avec M. *de Barcos*,
ſon Abbé. Mais ſes raiſons ne con-
vainquirent point le P. *Mabillon*,
qui entreprit de faire voir qu'il
avoit été trop facile à perſuader:
il ſupprima cependant ſon Ecrit par
reſpect pour le mérite de celui qu'il
combattoit : Mais D. *Claude de*
Vert ayant donné dans ce temps-là
une traduction Françoiſe de la Regle
de S. *Benoît*, & y ayant joint un
Avertiſſement, dans lequel il y
avoit quelques nouvelles preuves
pour appuyer le ſentiment de
Lancelot, le P. *Mabillon* crut
devoir faire paroître ſon Ouvrage,

qu'il intitula : *Traité, où l'on réfute* C. LAN-
la nouvelle explication que quelques CELOT.
*Auteurs donnent aux mots de Meffe
& de Communion dans la Regle de
S. Benoît. Paris. in-*12. 1689. M.
le Pelletier a publié depuis une nouvelle *Differtation fur l'hémine & la
livre de S. Benoît. Roüen* 1700. in-
12. Il prétend y réfuter *Lancelot*, &
montrer que tous les Bénédictins
font dans l'erreur fur ce point de
leur Régle. Au refte, bien des perfonnes trouveront, que cette queftion fo▆ inutile d'elle-même, ne
méritoit pas que tant de Sçavans
employaffent leur érudition à la dif-
cuter.

13. *Nouvelle Méthode pour apprendre parfaitement le Plein-Chant
en fort peu de temps. Paris.* 1668. in-
8°.

14. *Lancelot* avoit fait en 1667.
un voyage à *Alet,* pour s'entretenir
avec M. *Pavillon,* qui en étoit
Evêque ; & il fit une relation de ce
voyage, qui a été imprimée en 1733.
in-12. Il l'adreffa à la Mére *Angelique de S. Jean,* Religieufe de *Port-
Royal.* Ce n'eft proprement qu'un

C. LAN-récit de la conduite & des vertus de
CELOT. M. *Pavillon.*

15. Dans les rélations des Religieuses de *Port-Royal*, on trouve
ce qui se passa entre *Lancelot* & M.
de Perefixe, Archevêque de *Paris*,
dans un entretien qu'ils eurent ensemble en 1664. au sujet de la signa-
ture du Formulaire d'Alexandre
VII.

Lancelot avoit travaillé en 1663.
à composer des *Mémoires pour servir
à la vie de feu M. du Verger de Hauranne, Abbé de S. Cyran*; & dans la
suite il en fit une seconde partie
sous le titre de *l'Esprit de M. de Saint
Cyran*. Ces deux parties sont encore
manuscrites.

V. *Les Mélanges de Vigneul-Mar-
ville*, tom. 1. p. 132. *Le Nécrologe de
Port-Royal. Le Supplément de Morery de l'an* 1735.

JEAN FREIND.

Ean Freind nâquit en 1675. à J.Freind. Croton, Ville du Comté de *Northampton*, où son pere étoit Ministre.

Il commença ses Etudes au Collége Royal de *Westminster*, & alla en 1694. les continuer à *Oxford.* Après s'y être donné suffisamment aux Belles Lettres, il s'appliqua quelque temps aux Mathématiques, qu'il crut utiles à la Profession de la Medecine, à laquelle il s'étoit destiné dès sa premiere jeunesse.

Lorsqu'il eut appris les connoissances qu'il croyoit lui suffire, il se hâta de passer à la Médecine. Il lut avec soin les Medecins anciens & modernes, & joignit à cette lecture l'étude de l'Anatomie de la Chirurgie.

Avec ces secours il se donna avec succès à la pratique, & fut en état dès l'an 1703. lorsqu'il n'étoit encore que Bachelier en Medecine, de publier son Emmenologie, qui fut fort bien reçue.

J. FREIND   L'année suivante 1704. il fut nommé Professeur en Chymie à *Oxford*, & ses leçons furent fort fréquentées, tant à cause de la netteté avec laquelle il s'exprimoit, que pour les nouveautés qu'il y enseignoit.

En 1705. le Comte de *Peterborow* l'emmena avec lui, pour être Medecin des Troupes qui alloient en Espagne, & il fut deux ans absent de sa Patrie. Avant que de retourner en Angleterre, il voulut voir l'Italie, & alla à *Rome*, où il fit connoissance avec les plus fameux Medecins de cette Ville, entre autres *Baglivi & Lancisi*.

La Societé Royale de *Londres* le reçut au nombre de ses Membres en 1712. & la même année il alla en Flandres avec le Duc d'*Ormond*, Général des Troupes Angloises; voyage dont il revint dans l'année.

Il fut Membre du Parlement assemblé en 1722. comme il l'avoit été du précédent; & il assista à toutes ses Séances. Ayant été mis au commencement de l'année suivante 1723. à la Tour de *Londres*, on ne sçait pour quel sujet, il y travailla

à

à divers Ouvrages, & y commença J. FREIND ſon hiſtoire de la Médecine.

Le Roi *George* étant monté ſur le Thrône d'Angleterre en 1727. la Reine ſon Epouſe choiſit *Freind* pour ſon premier Medecin, & lui aſſigna des appointemens conſiderables ; mais il ne joüit pas long-temps de ces avantages. Sa ſanté s'affoiblit peu de temps après, & il mourut au mois de Juillet de l'année ſuivante 1728. âgé de 52. ans, laiſſant ſeulement un fils.

Catalogue de ſes Ouvrages.

1. *Æſchinis contra Cteſiphontem, & Demoſthenis de corona orationes. Interpretationem Latinam, & vocum difficiliorum explicationem adjecerunt* P. Foulkes & J. Freind, *Ædis Chriſti Alumni.* Oxoniæ 1696. *in*-8º. It. Oxonia 1715. *in*-8º.

2. *Ovidii Metamorphoſeon libri* XV. *cum Interpretatione Danielis Criſpini in uſum Delphini,* à Joan. Freind *recenſiti.* Oxoniæ 1696. *in*-8º.

3. La conduite du Comte de Peterborow en Eſpagne, ſur tout depuis la levée du Siége de Barcelonne en 1706. avec la Campagne de Valence, tra-

Tome XXXV. Y

J. FREIND duite de l'*Anglois* de *Jean Freind*. *Londres* 1708. *in*-8°. L'Original Anglois a dû paroître peu de temps auparavant. L'Auteur de la vie de *Freind* nous apprend qu'il composa cet Ouvrage à son retour d'Espagne.

4. *Emmenologia, in quâ fluxus muliebris menstrui Phænomena, Periodi, Vitia, cum medendi Methodo, ad rationes mechanicas exiguntur. Oxoniæ* 1703. *in*-4°. L'Auteur en donna à *Londres* une seconde édition, dans laquelle il avoit dessein d'ajouter quelque chose pour répondre à différentes objections qu'on lui avoit faites ; mais la multitude de ses occupations ne le lui permit point. It. *Roterodami* 1711. *in*-12 It. Avec les *Prælectiones Chymicæ, Paris* 1727. *in*-12. It. En François: *Emmenologie, ou Traité de l'évacuation ordinaire aux Femmes ; où l'on explique les phenomènes, les retours, les vices, & la méthode curative qui la concernent, selon les loix de la Méchanique,* traduite du Latin de M. *Freind,* par J. *Devaux. Paris.* 1730. *in*-12. Je me suis trompé, en disant dans l'article

de ce dernier Auteur , Tom. 12. de J. FREIND
ces Mémoires p. 231. que *Devaux*
avoit traduit cet Ouvrage de l'Anglois , puifqu'il ne fçavoit point cette langue , & que *Freind* ne l'a écrit
qu'en Latin.

Le fentiment de *Freind* fur cette
matiére a été critiqué par quelques
Auteurs. Le premier qui s'éleva contre lui , fut *Henri Snellen* , Docteur
en Médecine, dans un livre intitulé :
*Theoriæ Mechanicæ Phyfico - Medicæ
delineatio , in qua damnofa ejus præ-
cepta ad rationis & experientiæ lancem
revocantur ac practice emendantur.
Lugd. Bat.* 1705. in-8° Des deux
parties de cet ouvrage , la 1e eft contre le livre de *Baglivi de Fibra motri-
ce* , & la 2e contre celui de *Freind*
dont il s'agit ici. *Pierre Frefart*, Médecin de *Liége* , l'attaqua auffi dans
fon *Emmenologia , in qua fluxus men-
ftrui Phœnomena ad rationes Medico-
Phyficas exiguntur*, imprimée en 1712.
fon fentiment a été auffi combattu
après fa mort par *Thomas Simfon* ,
Profeffeur en Médecine dans l'Univerfité de *S. André* ; & dans l'ouvrage intitulé : *Réfléxions critiques fur*

J.FREIND *l'Emmenologie de M. de Freind, par M. le Tellier, fils, Médecin de Peronne. Paris 1730. in 8°. p. 94.*

5. *Prælectiones Chymicæ, in quibus omnes fere Operationes Chymicæ ad vera principia & ipsius naturæ leges rediguntur, anno 1704. Oxonii in Museo Ashmoleano habita. Amstelodami 1710. in 8°. p. 93.* Cet ouvrage avoit été imprimé l'année précédente en Angleterre. L'Auteur y explique les opérations de la Chymie suivant les principes de M. *Newton*, & les loix de l'attraction, qui sont d'un si grand usage aux Philosophes Anglois. Les Journalistes de *Leipsic* l'ayant critiqué dans l'extrait qu'ils en donnèrent au mois de Septembre 1710. p. 411. *Freind* leur répondit par l'Ecrit suivant.

6. *Prælectionum Chymicarum Vindiciæ, in quibus objectiones in Actis Lipsiensibus, anno 1701. Mense Septembri, contra vim materiæ adtractricem adlata deluuntur.* Dans les Transactions Philosophiques des mois de Juillet, Aoust & Septembre 1711.

7. *Hippocratis de Morbis popularibus liber primus & tertius Græco-Latè*

nus. His accommodavit, novem de Fe- J.FREIND.
bribus Commentarios Joannes Freind,
M. Doctor, Coll. Med. Londinenſis.
Londini. 1717. in-4º.

8. *De Purgantibus, in ſecunda*
Variolarum confluentium febre, adhi-
bendis Epiſtola. Londini. 1719. in-4º.
pp. 147. Cette Lettre, qui eſt adreſſée au Médecin *Richard Mead*, tend
à refuſer ce que le Docteur *Jean*
Woodward avoit écrit d'une maniére
vive & inſultante, contre la pratique de ces deux Médecins, de pur-
ger dans la petite vérole, dans un livre Anglois intitulé : *L'état de la*
Médecine & des Maladies. Londres
1718. in-8o. Il n'y eſt pas cependant
nommé, non plus que ſon livre;
on y parle ſeulement de certaines
gens, qui font les Philoſophes, qui
ſe piquent de ſyſtêmes, & qu'une
connoiſſance ſuperficielle a ſi fort en-
flés, qu'ils ſe donnent pour des Medecins du premier ordre. L'Auteur
de la vie de *Freind*, fait entendre
qu'il avoit compoſé auparavant contre *Woodward*, ſous le nom d'un
Empirique, un Ecrit, où il ne l'attaquoit que par des railleries. Je ne ſçai
ce que c'eſt.

J. FREIND   9. *Joannis Freind ad Ricardum Mead M. D. de quibusdam Variolarum generibus Epistola.* Cette Lettre est datée du 30 Mars 1723. Il étoit alors enfermé dans la Tour de *Londres*, où il l'écrivit. Je ne sçai si elle a été imprimée à part, & ailleurs que dans le Recueil de ses Oeuvres.

10. *Oratio Anniversaria in Theatro Collegii Regalis Medicorum Londinensium habita ex Harvæi instituto, in eorum commemorationem, qui suâ in hoc Collegium beneficentiâ claruerunt, die 18. Octobris, anno 1720. Londini. 1720. in-4º. pp. 16.*

11. *Histoire de la Medecine depuis le temps de Galien, jusqu'au commencement du 16. siécle, sur tout par rapport à la pratique; écrite en forme de Lettre à M. Mead.* (en Anglois) 1e partie, qui traite de tous les Ecrivains Grecs. Londres 1725. in-8º. Il y a eu trois éditions de cette partie avec quelques changemens. 2e partie, contenant les Auteurs Arabes. Londres. 1726. in-8º. 3e partie, contenant les Auteurs Latins & Modernes. Londres. 1727. in-8º. It. *Traduite de l'Anglois en François par Etienne Cou-*

lët. *Leyde.* 1727. *in-4°. & in-12.* J FREIND
trois parties. *Jean Wigand* a traduit
cette histoire en Latin, & a inséré sa
traduction dans le recueil qu'il a
donné des Oeuvres de *Freind.* Un
Anonyme a attaqué le livre de *Freind*
dans un ouvrage Anglois intitulé :
*Observations sur l'histoire de la Méde-
cine du Docteur Freind, ou l'on découvre les fausses idées qu'il donne des Médecins anciens & mordernes. Londres.*
1726. *in-8o.* Jean le Clerc s'est aussi
plaint dans sa *Bibliotheque ancienne &
moderne, Tom.* 26. p. 428. de la maniére désobligeante dont il avoit parlé du Plan que *Daniel le Clerc* son frere, avoit donné de la continuation
de son Histoire de la Médecine.
Freind s'est proposé de donner cette
continuation, & il l'a fait avec
beaucoup d'érudition.

12. *Joannis Freind Opera omnia
Medica. Londini* 1733. *in-fol.* Jean
Wigand, Docteur en Médecine, qui
a recueilli ces Oeuvres, dont je viens
de parler depuis le n°. 3. a mis à la tête une vie fort étenduë de *Freind,* &
une Epître dédicatoire à la Reine
d'Angleterre, sous le nom de *Robert*

J. FREIND *Freind*, frere de l'Auteur. It. *Editio altera Londinensi multo correctior & accuratior.* Paris. 1735. in-40.

Se trouve chez Brias-son.

13. *Lettre touchant une espece de Convulsion fort extraordinaire.* Insérée dans les *Transactions Philosophiques* de Mars & Avril. 1701. & dans les *Mémoires de Trévoux* de Novembre & Décembre 1701. p. 261.

V. *Sa vie par Wigand* à la tête du *Recueil de ses Oeuvres.*

GUILLAUME AUBERT.

G. AU-BERT.

Guillaume Aubert naquit à *Poitiers* vers l'an 1534.

S'étant tourné du côté de la Jurisprudence, il se fit recevoir Avocat au Parlement de *Paris* en 1553. & exerça cette Profession pendant plusieurs années avec beaucoup de réputation. *Antoine Loisel* dans son *Dialogue des Avocats*, dit qu'il ne plaidoit pas mal, mais qu'il se trompoit assez souvent en ses causes, & que ce fut pour ce sujet, qu'il quitta le Parlement pour passer à la Cour des Aydes.

Il se fit recevoir Avocat General G. A u en cette Cour en 1580. & il ne paroît B E R T, point qu'il se soit jamais defait de cette charge.

En 1591. les malheurs des temps, & la disette où il se trouva, avec dix enfans qu'il avoit, l'obligerent à reprendre la profession d'Avocat au Parlement, afin d'y gagner de quoy subsister. On trouva à redire dans la Cour des Aydes, qu'étant Avocat General du Roy, il s'abaissât à redevenir celui des particuliers ; & il composa à cette occasion un ouvrage dont je parlerai plus bas.

On ne sçait le temps precis de sa mort; il étoit encore vivant en 1595. puisqu'il publia cette annnée des Ouvrages de sa façon, mais il ne l'étoit plus en 1602. lors qu'*Antoine Loisel* composa son *Dialogue des Avocats.*

Il prend dans ses *Retranchemens*, publiés en 1585. la qualité de sieur de *Massovignes.*

Catalogue de ses Ouvrages.

1. *Oraison de la paix & les moyens de l'entretenir, & qu'il n'y a aucune raison suffisante pour faire prendre les Armes aux Princes Chrétiens les uns*

G. Au-
BERT.

contre les autres ; par G. Aubert de Poitiers, Avocat au Parlement. Paris. 1559. *in-4°.* Feuill. 22. Le Privilege est du 10. May de cette année. Ainsi *Du Verdier* s'est trompé en mettant cette Edition en 1549. It. en Latin. *Oratio de pace, deque eam rationibus retinendi ; item quod nulla sufficiens causa sit cur nominis Christiani Principes arma adversus se mutuo sumant ; in ultima belli transactione Gallicè conscripta & habita à G. Auberto, in Latinum vero idioma nuper à Martino Helfingo tralata. Paris.* 1560. *in-4°.* p. 52.

2. *L'Histoire des Guerres faites par les Chretiens contre les Turcs sous la conduite de Godefroy de Bouillon, Duc de Lorraine, pour le recouvrement de la Terre Sainte. Paris.* 1559. *in-4°.* Feuill. 74 » Il avoit entrepris, » dit *la Croix du Maine*, de recueil-» lir en un beau corps d'histoire, » tout ce que les Rois, Princes & » Peuples de France avoient jamais » fait de memorable, en temps de » guerre, & en temps de paix, tant » par mer que par terre, soit en leur » pays, ou ès contrées étranges, &

G. A v 3
B E R T.

» fit entendre cette sienne delibera-
» tion au feu Roy de France *Henry*
» *II.* du nom , & à plusieurs au-
» tres Princes & grands Seigneurs de
» sa Cour , dont cette Histoire sus-
» dite est comme un essay ; mais son
» offre ne fut pas acceptée. Il avoit
» aussi deliberé de poursuivre l'His-
» toire de France , suivant , & à l'i-
» mitation de ce qu'il a mis en lu-
» miere de l'Histoire de la Terre-
Sainte. L'Histoire dont il s'agit ici ,
est bornée au premier Livre, & *Aubert*
n'a pas été plus loin. *Du Verdier* marque une Edition de 1562. Elle pourroit bien être la même que celle que
j'ai rapportée.

3. *Le douziéme Livre d'Amadis de
Gaule , contenant quelle fin prinrent les
loyales amours d'Agesilan de Colchos ,
& de la Princesse Diane , & par quels
moyens la Royne Sidonie se rappaisa
après avoir longuement pourchassée la
mort de Dom Florisel de Niquée : avec
plusieurs estranges advantures ; traduit
d'Espagnol par Guill. Aubert. Paris
1560. & plusieurs autres fois depuis.*

4. *Elegie sur le trépas de feu Joa-
chim du Bellay, Angevin. Paris, Fed.*

Z ij

G. Au-
BERT.

Morel 1560. in-4°. pp. 10.

5. *Vers de G. Aubert à M. le Chan-*
celier de l'Hôpital, avec la traduction
Latine de Scevole de Sainte-Marthe,
in 8°. pp. 21. non chiffrées, sans
date; mais imprimées, lorsque ce
Chancelier reçut les Sceaux, & faite à cette occasion; c'est-à-dire, en
1560.

6. *Vers funebres sur le trépas du*
Comte de Brissac, par G. Aubert;
avec la traduction Latine de Scevole de
Sainte - Marthe. Paris 1569. *in-8°*.
pp. 7.

7. *Hymne sur la venue du Roy*
(Henry I I I.) in-8°. pp. 12. En Caracteres d'Ecriture. *Du Verdier* ne la
croyoit pas imprimée, & en a infe-
ré un long morceau dans sa *Biblio-*
theque Françoise; mais il pouvoit s'é-
pargner cette peine, la Poësie d'*Au-*
bert n'ayant rien qui merite de l'attention.

8. *Les Retranchemens de G. Aubert,*
Sieur de Massovignes, Conseiller du
Roy, & son Avocat General en sa Cour
des Aydes. in-8°. L'Avertissement est
daté de *Paris* pendant la guerre, au
mois de Decembre 1585. L'Auteur

a appellé ceci fes Retranchemens,
parce qu'il a retranché de fes occupations pour le compofer. On y voit
les trois piéces fuivantes.

*A M. Chriftophe de Thou, Premier
Préfident du Parlement de Paris,
Hymne de G. Aubert* 1569. C'eft une
Piéce de quatre cens Vers, à côté de
laquelle eft la traduction en Vers La-
tins par *Scevole de Sainte-Marthe.*

De la connoiffance de foi-même. En
Profe.

*Confolation que prend l'homme fage,
prévoyant les mauvaifes rencontres,
qui lui peuvent arriver.* 1559.

9. *La Bienfeance. A Meffieurs de
la Cour des Aydes.* in-8°. pp. 40. fans
date. Plufieurs particularités qu'il
rapporte ici, font voir que cet Ouvrage eft de l'an 1591. Il prétend y
prouver, que quoiqu'il foit Avocat
General de la Cour des Aydes, la
bienfeance ne l'empêche pas, eu
égard aux triftes circonftances où il
fe trouve, de plaider au Parlement
pour des Particuliers.

10. *Les Occafions. Par G. Aubert.*
1595. *in-*8°. pp. 64. non chiffrées.
Ce font quatre difcours Politiques,

Z iij

G. Au-
BERT.

composes en differentes occasions, & ausquels *Aubert* a donné ces noms bizarres. *Les Remueurs. Les Chevaux. Le Bien Public. Les Vents.*

V. *Les Bibliotheques Françoises de Du Verdier, & de la Croix du Maine. Son traité de la Bienseance renferme quelques dates de sa vie.*

PIERRE AUBERT.

P. Au-
BERT.

Pierre *Aubert* naquit à *Lyon* le 9. Février 1642.

Ses premieres études de Grammaire & de Rhetorique developperent peu à peu le goût & les dispositions qu'il avoit pour les Belles Lettres. La Poësie l'amusa pendant quelque temps ; il donna même dans les Romans ; mais ces sortes de choses ne l'occuperent que dans sa premiere jeunesse, & firent bien-tôt place à de plus sérieuses.

A l'âge de seize à dix-sept ans, il vit par hasard un Roman intitulé : *Le Voyage de l'Isle d'Amour*, qui lui fit concevoir l'idée d'un autre, dont le sujet fut le *Retour de l'Isle d'Amour.*

Son deffein n'étoit pas de rendre P. A u-
cette Piéce publique, mais de la BERT.
communiquer feulement à fes amis.
Mais fes intentions ne furent point
fuivies; car ayant, après le cours de
fes études, quitté la Province pour
quelque temps, & étant venu à
Paris pour s'y former dans l'ufage
du Monde, & pour y prendre le
goût de la belle Litterature, fon
Pere profita de fon abfence pour
faire imprimer ce petit Ouvrage.

De retour à *Lyon*, il donna toute
fon application à l'étude du Droit,
& prit enfuite le parti du Barreau.
Le fuccès des prémiéres caufes qu'il
plaida fembloit l'inviter à continuer;
mais fes frequentes infirmités, & la
foibleffe de fon temperament l'obligerent de s'arrêter au milieu de fa
courfe, & de fe borner aux Confult-
tations.

Il fit pendant plufieurs années la
fonction de Procureur du Roy dans
la Jurifdiction de la Confervation
des Privileges des Foires de *Lyon.* En
1700. la Ville de *Lyon* le choifit pour
un de fes Echevins. Il fut nommé
quelque temps après Procureur du

Z iiij

P. Au-
BERT.

Roy de la Police de la même Ville ;
Charge qu'il a exercée jusqu'à sa
mort, de même que celle de Juge
de l'Archevêché & Comté de *Lyon*.

Tous ces emplois ne l'empêcherent point de cultiver toûjours les
Belles-Lettres. Il amassa une Bibliotheque nombreuse & bien choisie,
qu'il donna de son vivant, c'est-à-
dire en 1731. à la Ville de *Lyon*, à
condition qu'elle seroit publique.
Sur cela la Ville lui en laissa la joüis-
sance pendant sa vie, & lui assigna
deux mille livres de pension viagere,
& cinq-cens Ecus de rente après sa
mort à M. *Duchel* son Neveu. M.
Claude Brossette, Avocat de *Lyon*,
connu par son Commentaire sur
Boileau, en fut fait Bibliothecaire,
lorsque la Ville de *Lyon* s'en fut mise en possession.

Il mourut le 18. Février 1733.
âgé de 91. ans.

Il a été du nombre de ceux, qui
commencerent à faire à *Lyon* des Assemblées Académiques, qui furent
en 1724. établies en forme d'Academie reglée, par des Lettres-Patentes
du Roy, sous le Titre d'*Académie*

Catalogue de fes Ouvrages. BERT.

1. *Retour de l'Isle d'Amour.* Je ne
fçai en quelle année ce petit Roman
a été imprimé.

2. *Recueil de Factums & Memoi-*
res fur plufieurs Queftions importantes
du droit Civil, de Coutumes, & de
Difcipline Eccléfiaftique. Lyon 1710.
in 4°. Deux Tom. *Aubert,* qui a
donné ce Recueil, promettoit d'en
donner la fuite, mais il n'a point
exécuté cette promeffe. Une chofe
qu'il falloit s'obferver, étoit de joindre les Factums ou Mémoires contraires avec l'Arrêt ; ce que l'Editeur
n'a pas toujours obfervé. C'eft peut-
être là la caufe du peu de fuccès de
fon entreprife, qui étoit fort loüa-
ble en elle-même.

3. *Dictionnaire de la Langue Fran-*
çoife Ancienne & Moderne de Pierre
Richelet ; augmenté de plufieurs Addi-
tions d'Histoire, de Grammaire, de
Critique, de Jurifprudence, & d'un
nouvel Abrégé de la vie des Auteurs
citez dans tout l'Ouvrage. Lyon 1728.
in-Fol. Trois Vol. It. *Amfterdam*
1732. *in-*4°. Deux Vol. *Aubert* eft

P. Au-
BERT.

Auteur des *Additions* qui vont à
un tiers de l'Ouvrage ; mais l'Abrégé de la Vie des Auteurs est de M.
l'Abbé *le Clerc.*

4. On trouve dans les *Nouvelles
Littéraires* de *La Haye* Tom. 3. p.
324. l'Abrégé d'une *Dissertation sur
les Pleureuses à gage*, que les *Anciens*
mettoient dans les *Convois Funebres* ;
laquelle *Aubert* avoit lûe dans l'A-
cadémie de *Lyon* le 16 Mars 1716.

5. *Discours* lû dans la *Seance publique* de l'Académie de *Lyon* du 8.
Mars 1729. à la reception de M. *Au-
las*, *Avocat Général de la Cour des
Monnoyes*. Inseré dans les *Mémoires
de Littérature & d'Histoire* du P. *Des-
molets*. Tom. 10. p. 295.

6. *Dissertation sur l'usage des
Etriers*. Inserée dans la *Bibliotheque
Françoise*. Tom. 18. p. 316. Il avoit
lû cette dissertation dans l'Académie
de *Lyon* le 17. Juin 1732.

V. *Voyez son Eloge dans le Mercure
de May* 1733. *La Bibliotheque du
Richelet par l'Abbé le Clerc. L'Histoire Litteraire de Lyon du P. Colonia*
Tom. 2. p. 823. Rien n'est plus mai-
gre que l'Article qu'il en donne.

JEAN-JOSEPH ORSI.

IEan-Joſeph *Orſi* naquit à *Bou-* J.-J. O R-
logne le 19. Juin 1652. de *Mario.* S I.
Orſi, Patrice de cette Ville, & de
Girolama Caſtiglioni, de *Mantouë.*

Ayant eu le malheur de perdre dans ſon enfance ſon Pere
qui l'aimoit paſſionnément, & dont
il étoit fils unique, il trouva dans
ſa Mere de quoi ſuppléer à ſon défaut, & fut élevé avec beaucoup de
ſoin par des Maîtres particuliers, qui
lui apprirent les Elemens des Humanités & de la Rhétorique.

Il étudia enſuite la Philoſophie
Ancienne ſous *Magnani*, fameux
Profeſſeur de *Boulogne*, & la Juriſ-
prudence ſous *Cavazzi.*

La délicateſſe de ſon tempérament lui fit interrompre ſes Etudes
reglées, & il trouva pendant ce
temps-là occaſion de lier un commerce particulier avec *Geminiano
Montanari*, Modenois, qui étoit
alors Profeſſeur en Mathématique à
Boulogne, & qui le fut depuis à *Padouë.*

J-J. Or-
si.

Ce Sçavant l'introduisit dans les mysteres de la Physique & des Mathématiques nouvelles ; mais lorsqu'il eut quitté *Boulogne*, pour passer à *Padouë*, *Orsi* se livra à un travail d'un autre goût, qui avoit du cours alors. Il se mit à composer & à reciter des Comédies dans des Cercles, où les Cavaliers & les Dames s'assembloient, & se faisoient un plaisir singulier de cet amusement.

Il le quitta cependant bien-tôt, pour établir dans sa Maison une espéce d'Académie, où se trouvoient plusieurs Gens de Lettres, qui imitoient les Anciens Dypnosophistes, en terminant leurs exercices sérieux par un repas assaisonné de science & de gayeté.

Devenu veuf en 1686. il passa en France avec son Medecin, *Grégoire Malizardi*, qui ne le quittoit jamais, & il fit dans le cours de ce Voyage beaucoup de connoissances parmi les Sçavans des lieux où il passa.

S'étant ensuite remarié, il retourna sur la fin de l'année 1690. à *Boulogne*, où il demeura jusqu'à ce que le Cardinal d'*Est* devenu Duc de

Modene, l'appella à sa Cour. Il y fit
quelque séjour, mais ses affaires &
ses amusemens littéraires l'ayant rappellé chez lui, il rassembla les différens membres de son Académie,
ausquels il en aioûta de nouveaux.
Sa principale vûë étoit d'examiner
& de confronter la Morale de *Platon*,
& d'*Aristote* avec celle des Ecrivains
Catholiques ; car la Morale étoit principalement de son goût, & il trouvoit que cette science, un peu trop
négligée, méritoit l'attention de
tous les honnêtes Gens.

Ces occupations Académiques
l'occuperent constamment jusqu'à
l'an 1712. qu'il se détermina à s'aller établir à *Modene*. Il n'y rassembla pas moins d'Académiciens, qu'il
avoit fait à *Boulogne*. L'occupation
qu'il leur prescrivit, fut d'étudier les
anciens Auteurs Grecs & Latins,
Historiens & Poëtes, sans en excep-
ter même les Saints Peres, pour en
rendre compte aux Assemblées. Il
prenoit lui-même beaucoup de plaisir à cette étude, & comme il lisoit
beaucoup, il avoit soin de ramasser
sous certains chefs les passages dignes

J.-J. O R-
S I.

de remarquer, qui regardoient ou la Philosophie Morale, ou l'Eloquence, ou quelqu'autre des Sujets qu'il aimoit le plus, afin de les éclaircir, & de les mettre par ordre dans ses Cahiers, dont il a laissé un nombre considerable.

Outre le temps qu'il donnoit à ces Assemblées, il trouvoit encore du loisir, pour satisfaire le goût qu'il avoit pour la Poësie. Il entendoit surtout l'Art inimitable des beaux Sonnets Italiens; & l'on voit dans les siens une netteté, une légereté, un tour, une liaison de phrases, qui les font distinguer par les connoisseurs.

Il mourut le 20. Decembre 1733. âgé de 81. ans dans la même maison, où *Charles Sigonius* étoit mort 149. ans auparavant.

Il étoit d'un temperament vif & bilieux, mais il avoit appris par l'étude qu'il avoit fait de la Morale, & par une pieté véritablement Chrétienne à moderer sa promptitude naturelle.

Catalogue de ses Ouvrages.

1. *Egloghe de' Pastori Arcadi della Colonia del Reno, nell'essaltatione de Clemente X I, raccolte da Gio. Giusep-*

pe *Orſi. In Bologna* 1701. *in-*4°. *Orſi* J-J. O Rₛ
étoit de l'Académie des Arcadiens ₛ 1.
de *Rome*, & de la Colonie de *Bou-*
logne, appellée *Del Reno* & y portoit le nom d'*Alarco*. Des dix Piéces
de Vers qu'on voit dans ce Recueil,
la premiére eſt de lui, & les autres
ſont de différens Académiciens.

2. *Conſiderazioni ſopra il famoſo*
Libro Franzeſe, intitolato; La manière de bien penſer dans les Ouvrages
d'eſprit ; *cioè la maniera di ben pen-*
ſare ne' componimenti, diviſe in ſette
Dialoghi ; ne' quali s'agitano alcune
quiſtioni Rettoriche e Poetiche, & ſi
defendono molti paſſi de Poeti, & de
Paſtori Italiani condannati dall' Auto-
re Franzeſe. In Bologna. 1703. *in-*8°.
pp. 832. On ſçait que la *Maniére de*
bien penſer, &c. eſt un Ouvrage du
P. *Bouhours* Jéſuite ; comme il y
avoit parlé fort librement des Auteurs Italiens, & qu'il les avoit même fort maltraité, *Orſi* a cru devoir
prendre leur défenſe ; ce qu'il a fait
ici d'une maniére fort ingénieuſe &
fort polie. Mais ces raiſons n'ont
point convaincu tout le monde ; &
les Journaliſtes de *Trévoux* ont juſti-

J.-J. O R-
S I.

fié les Penſées & les Jugemens du
P. *Bouhours* , qu'il avoit attaqué ,
dans les Journaux des Mois de Février, Mars , Avril , & May de l'année 1705. *Orſi* ne s'eſt pas rendu
pour cela , il leur a oppoſé auſſi-
tôt l'Ouvrage ſuivant.

3. *Prima , Secunda , Terza , &
Quarta Lettera indirizzata alla dottiſ-
ſima e chiariſſima Dama Franzeſe.*
Madame Anne le Févre Dacier , *dal
Marcheſe Giovan Gioſeffo Orſi , in propoſito del ſuo Libro intitolato :* Conſiderazioni ſopra la maniéra di ben
penſare. *In Bologna* 1705. *in-8°*. La
premiére Lettre eſt du 17 Juin de
cette année. La ſeconde du 22. Juillet. La Troiſiéme du 5. Août. La
Quatriéme du 26. du même mois.
Ces Lettres ont été jointes depuis
avec celles de quelques autres Sçavans Italiens ſur le même ſujet , ſous
ce titre général. *Lettere di diverſi
Autori in propoſito delle conſiderazioni
del Marcheſe d'Orſi. In Bologna.*
1707. *in-8°*.

4. *Tre Lettere del Dottor Pier
Franceſco Bottazzoni, Bologneſe, all'
Excell. Sign. Bernardo Treviſano ,*
Nobile

Nobile Veneto, alle quali ha data oc-
casione una scrittura critica divulgatasi
ultimamente col titolo di Lettera toccante le considerazioni, &c. *In Pa-*
doua 1707. *in-*8o. Des Trois Lettres
que contient ce Volume, & qui pa-
roissent sous le nom de *Bottazzoni*,
il y en a deux d'*Orsi.* Elles sont em-
ployées à répondre à la critique que
François Montani avoit fait de l'Ouvrage d'*Orsi* dans sa *Lettera toccante*
le considerazioni sopra la maniera di
ben pensare, scritta da in Academi-
co, l'anno 1705. *In Venetia.* 1709.
*in-*8o.

5. *Lettera contra una Novella Tre-*
volziana. Dans le 21. Tome du Journal de *Venize.* p. 482. Il y refute une
fausseté, qu'on avoit avancée sur lui
dans les Mémoires de Trévoux du
mois de Septembre 1713. p. 1664.

9. *La Vita del Conte Luigi di Sales*
scritta in Francese dal Padre Buffier,
Gesuita, e traddota in Italiano. In Bo-
logna 1712. *in-*8o. It. *in Padoua* 1720.
*in-*8o. *Orsi* est l'Auteur de cette traduction.

7. *De Moralibus Critica Regulis*
compendiosa Monita, ad quorum nor-

J-J. Or-
§ I.

mam veluti obiter exiguntur, tum con-
troverfia prius agitata inter celeberri-
mos viros Marc. Malpighium, & Joan.
Hieron. Sbaraleam, tum quædam Epif-
tolæ nuper à quibufdam illius Affeclis
adverfus hunc evulgatæ. Coloniæ 1706.
*in-*4°. Cet Ouvrage eft d'*Orfi*, qui
n'y mit point fon nom. On peut
voir dans l'Article de *Sbaraglia*. p.
230. du 14ᵉ. Tome de ces Mémoires, ce qui a donné occafion à cet
Ouvrage. Quoiqu'il femble vouloir
y calmer les difputes de *Malpi-
ghi* & de *Sbaraglia*, on voit cependant fans peine, qu'il prend le parti de ce dernier, qui étoit fon ami.

8. *Rifpofta alle oppofizioni fatte da
Teofilo Aletino. In Bologna* 1711.
in-40. J'ai attribué cet Ouvrage à
Sbaraglia, fur la foi d'*Orlandi*. Mais
on nous apprend dans l'Eloge d'*Orfi*, qu'il eft de ce dernier, qui le publia fous le nom de *Grégoire Malizardi*, fon Médecin, en faveur de
Sbaraglia.

9. Il a mis un Difcours fort étendu & fort fçavant à la tête de la
troifiéme Edition de *La Mérope,
Tragedia del Marchefe Scipione Maf-*

fei. In Modena 1714. *in.* 4°.　J-J. O R=

10. On trouve à la tête des *Poë*-s 1.
fie Sacre di Filippo Marcheſelli, Rimi-
neſe. In Veneta 1711. *in-*80. une
Lettre d'*Orſi*, ſur les Poëſies de cet
Auteur.

11. Il donna en 1724. ſans y met-
tre ſon nom, un Diſcours ſur le
Traité de *Ciceron de Seneƈtute*, à
Padoue.

12. On trouve quelques-uns de
ſes Sonnets Italiens dans la 2ᵉ. Partie de la *Perfetta Poeſia* de M. *Mura-*
tori, & dans les Recueils des Poëtes Italiens donnés par *Gobbi*, &
Creſcimbeni, & dans ceux qui ont
été publiés a *Lucques*, à *Ravenne*,
& à *Forli.*

13. Il a paru à Milan une Réponſe à la *Scienza Cavallereſca* de M.
Maffei, qui a été réimprimée à *Bou-*
logne en 1727. Quoiqu'elle porte le
nom du Comte *Joſeph Caſtiglioni*,
noble Milanois ; on aſſure qu'elle eſt
d'*Orſi*, qui cependant s'en eſt toûjours défendu.

V. *Son Eloge dans les Mémoires de*
Trévoux du mois de Juin 1734. p.
1102.

ARTUS DESIRE'.

ARTUS
DESIRE.

Rtus *Desiré* n'est connu que par un grand nombre de mauvais Ouvrages, qui ne font recherchés des curieux qu'à caufe de leur rareté, & que par une action qui méritoit la corde.

On ignore de quel Pays il étoit, & l'on ne fçait le temps ni de fa naiffance, ni de fa mort. Il eft fûr feulement qu'il étoit Prêtre, & qu'il témoignoit beaucoup de zele contre la Nouvelle Religion. Tous fes Ouvrages tendent à la combattre; mais comme la fcience & la capacité lui manquoient, il tâchoit d'y fuppléer par des bouffonneries & des plaifanteries.

Il paroît au refte, que la néceffité lui mettoit fouvent la Plume à la main, & qu'il y cherchoit une reffource pour les befoins de la vie. S'il s'étoit borné à cela, on fe contenteroit de le traiter de mauvais Ecrivain; mais il s'engagea dans des complots contraires au bien de l'Etat. On sçut qu'il étoit chargé par quelques A r t u s gens mal intentionnés, d'une Re- Desire'. quête adressée au Roi d'Espagne *Philippe II.* pour le prier de venir soutenir la Religion Catholique, qu'on supposoit être prête à périr en France, & l'on donna de si bons ordres, que le Prevôt des Maréchaux d'*Orleans* l'arrêta au commencement du mois de Mars 1561. comme il étoit sur la Loire pour aller plus loin. On envoya en Cour le pacquet dont il étoit chargé, & on l'amena prisonnier à *Paris.*

La crainte du supplice qu'il meritoit, lui fit adresser deux Requêtes, l'une au Roi, & l'autre à la Reine Mere, pour demander comme une grace, qu'on eût pitié de lui, & qu'on se contentât de le condamner à une prison perpétuelle, ou aux Galeres pour le reste de sa vie, afin qu'il pût faire pénitence. Il dit dans celle à la Reine, que le Roi *Henry II.* son Mari l'avoit envoyé pendant son vivant faire une Neuvaine à Notre-Dame de Lorette.

Le Parlement le traita plus favorablement qu'il n'auroit pû l'esperer.

ARTUS
DESIRE'.

On le condamna seulement à faire amande honorable au Parquet de la Cour, tête & pieds nuds, & ensuite à être conduit au Couvent des Chartreux, pour y faire pénitence pendant cinq ans. Cet Arrêt fut exécuté quant à l'amende honorable le 14. Juillet de la même année, après quoi *Desiré* fut mené aux Chartreux. Mais il en sortit secrettemeut peu de temps après, & l'on n'entendit plus parler de lui jusqu'à l'an 1568. qu'il recommença à publier à *Paris* differens Ouvrages, comme il faisoit auparavant.

Le dernier que nous ayons de sa façon est de l'an 1578. Ainsi comme il en avoit donné dès 1545. Il est à présumer qu'il ne passa pas de beaucoup cette première année.

Catalogue de ses Ouvrages.

1. *Le Grand Chemin Celeste de la Maison de Dieu pour tous vrais Pelerins celestes, traversans les Deserts de ce Monde ; & des choses requises pour parvenir au port de salut. Paris. Thibaut Bessaut. in-8°.* Sans date. Cet Ouvrage est en Vers, comme la plûpart de ceux de *Desiré.* ; mais sa Poë-

fie n'eft proprement qu'une Profe ARTUS
rimée. DESIRE'.

2. *Lamentation de Notre Mere Sain-*
te Eglife , fur les contradictions des
Hérétiques , fuivant l'erreur des faux
défectueux. Paris. Veuve Pierre Vi-
doux. 1545. *in-*8°. En Vers.

3. *La Loyauté confciencieufe des*
Taverniers. Paris Buffet 1550. Cet
Ouvrage eft rapporté ainfi par la
Croix du Maine ; fur quoi M. *de la*
Monnoye ajoute dans fes Notes Mff.
» L'Ouvrage eft en dizains , & cha-
» que dizain y eft fuivi d'un quatrain
» en Vers de cinq fyllables. L'exem-
» plaire que j'en ai vû *in-*16. de 37.
» feüillets , lettre italique , fans
» nom d'Auteur , & fans marque
du lieu ni d'année, avoit pour titre :
La Loyauté confciencieufe des Taver-
nieres , & non point des Taverniers.

4. *Le combat du fidele Papifte ,*
Pelerin Romain , contre l'Apoftat an-
tipapifte. Enfemble la defcription de la
Cité de Dieu affiegée des Hérétiques.
Roüen 1552. Rapporté par *la Croix*
du Maine ; qui ne nous apprend
point , fi cet Ouvrage eft en Profe ,
ou en Vers.

'ARTUS 5. *Hymnes Ecclesiastiques traduits*
DESIRÉ. *en Ryme Françoise sur les mêmes chants
de l'Eglise. Rouën, Robert & Jean du
Gort.* 1553. *in-16.*

6. *Le Miroir des Francs Taulpins,
autrement dits Antichristiens Lute-
riens ; ou le défensoire de la Foy Chrétienne. Angers. sans date, & Paris
Jean Ruelle* 1554. *in-8°.* C'est ainsi
que *du Verdier* rapporte cet Ouvrage. J'en ai vû une autre édition qui
a ce titre : *Le Deffensaire de la Foy
Chrétienne avec le Miroer des Francs
Taupins, autrement nommés Luthériens. Nouvellement composé par A.
D. (Artus Desiré) Paris. Jean Ruelle* 1567. *in-24.* Ce changement de
Titre, & ces mots ajoûtés, *nouvellement composé*, peuvent être regar-
dés comme une adresse de Libraire
pour donner un air de nouveauté à
l'Ouvrage. Il est en Vers & partagé
en 27. Chapitres, dont chacun
est precedé d'une figure en bois. Il
n'y a pas beaucoup d'ordre ni de
raisonnement, non plus que dans les
autres Ouvrages de *Desiré*, qui paroît par tout un grand diseur de rien.

7. *L'Exemplaire & probation du
jeûne*

jeûne & abſtinence de la chair. Avec
la mort & paſſion des Saints Macha-
bées. Paris. *Magdeleine Bourſette.*
1556. *in-16.* En Proſe.

A R T U S
DESIRE'.

8. *Les Batailles & Victoires du
Chevalier Celeſte contre le Chevalier
Terreſtre, l'un tirant à la Maiſon de
Dieu, l'autre tirant à la Maiſon du
Prince du Monde, chef de l'Egliſe
maligne. Avec le terrible aſſaut donné
contre la Sainte Cité de Hieruſalem,
figurée à notre Sainte Mere Egliſe,
environnée des ennemis de la Foy.*
Paris. 1557. *in-16.* En Vers. Je ne
ſçai ſi cet Ouvrage a quelque reſſemblance avec celui que j'ai rapporté
au N°. 4.

9. Il doit avoir fait vers ce temps-
là les *grandes Chroniques & Annales
de Paſſe-par-tout*, comme il paroît
par la réponſe qui porte ce titre :
*Réponſe au Livre d'Artus deſiré, inti-
tulé :* Les grandes Chroniques & Annales de Paſſe-par-tout ; *faite par
Jacques Bienvenu, Citoyen de Geneve.*
Geneve 1558. *in-16.* pp. 28. Cette
réponſe, qui eſt en Vers, eſt datée
du 1. Juillet de cette Année.

ARTUS
DESIRE'.

10. *Articles du Traité de la Paix entre Dieu & les Hommes. Paris. Pierre Gaultier.* 1558 Rapportez par *la Croix du Maine.*

11. *Contrepoison des* 52. *Chansons de Clement Marot*, *faussement intitulées par lui Psalmes de David*, *fait & composé de plusieurs bonnes doctrines & Sentences préservatives d'Hérésie*, *par Artus Desiré. Rouën. Jean Oreval* 1560. *in-16. It. Paris. Pierre Gaultier* 1561 & 1562. *in-8°.* Desiré voyant le succès que les Pseaumes de *Marot* eurent d'abord, leur opposa des chansons pieuses, où il ne s'embarrassa pas de rendre ponctuellement le sens des Pseaumes, mais songea seulement à contrecarrer la Traduction de *Marot.* L'approbation des Docteurs est du 20. May 1560.

12. *Plaisans & harmonieux Cantiques de Devotions*, *qui sont un second contrepoison aux* 52 *Chansons de Clement Marot. Paris. Pierre Gaultier* 1561. *in-8°.*

13. *La Grande Source & Fontaine de tous maux*, *procedante de la bouche*

des Blafphemateurs du Saint Nom de ARTUS
Dieu. Avec l'ingratitude des mau- DESIRE'.
vais riches envers les pauvres ; & de
la perdition des enfans par l'incorrec-
tion des peres & meres. Paris. Pierre
Gaultier 1561. *in-8°.* En vers.

14. Ce fut lui qui dreffa la Requête au Roy d'*Efpagne*, avec laquelle il fut arrêté près d'*Orleans* en
1561. comme il paroît par l'Arrêt
prononcé contre lui. Elle fe trouve
dans le 5e. Livre de l'*Hiftoire Ecclefiaftique* de *Theodore de Beze* p. 731.
du premier vol. de l'Edition *in-8*6.
de 1580.

15. *Requêtes au Roy & à la Reine.*
Ces deux piéces qui font fort courtes, fe trouvent à la fuite de la
Requête du Roy d'Efpagne p. 736.
du même Livre.

16. *Difpute de Guillot le Porcher,
& de la Bergere de faint Denys en
France contre Jean Calvin. Paris.
Jean Ruelle* 1568. *in-*16.- En Vers.

17. *L'Origine & fource de tous les
maux de ce monde par l'incorrection
des peres & meres envers leurs enfans,
& de l'inobédience d'iceux, enfemble
de la trop grande familiarité & liberté*

ARTUS DESIRÉ. *donnée aux Servants & Servantes.*
Avec un petit Discours de la Visitation
de Dieu envers son Peuple Chrétien,
par afflictions de guerre, peste & fa-
mine. Par M. Artus Desiré. Paris.
Jean Dallier 1571. in-8°. Feuill. 50.
En Prose.

18. *Les Grands Jours du Parlement*
de Dieu, publiez par S. Matthieu, où
tous Chrétiens sont adjournez à com-
paroître en personne sur les Blasphê-
mes, Tromperies, & Deceptions du
regne qui court. Paris 1754. in-16 En
Vers.

19. *La Singerie des Huguenots,*
Marmots, & Guenons de la nouvelle
dérision Théodobezzienne ; contenant
leur Arrêt & Sentence par Jugement
de raison naturelle. Composé par M.
Artus Desiré. Paris. Guill. Julien.
1574. in-8°. Feuill. 40. Cet Ouvrage, où il prétend combattre les
Calvinistes, est en Prose mêlée de
Vers.

20. *Le moyen de voyager surement*
par les champs, sans être détroussez
des Larrons & Voleurs, & le chemin
que doivent tenir les Voyageurs, Pele-
rins & Marchands ; & commence par

le Chapeau du Pelerin Celeſte contre la
concupiſcence charnelle. *Paris. Antoi-*
ne Hoüic. 1575. *in-8°.* En Vers.

ARTÜS
DESIRÉ.

21. *Le deſordre & ſcandale de*
France par les états maſquez & cor-
rompus, contenant l'éternité des peines
düës pour les péchez, & de la rétribu-
tion des Elus & des Prédeſtinez de
Dieu. Paris. Guillaume Julien. 1577.
*in-*8°. En Vers.

22. *Le ravage & déluge des Che-*
vaux de loüage, contenant la fin &
conſumation de leur miſérable vie.
Avec le retour de Guillot le Porcher
ſur les miſeres & calamitez de ce Regne
préſent. Paris. Guill. Julien 1578.
*in-*8°. Feuillets 55. Dans le premier
Ouvrage, qui eſt en Proſe, *Deſiré*
après avoir repréſenté en peu de
mots la miſere des Chevaux de
loüage, déclare qu'il entend ici par
ces Chevaux *ces malheureux Diables*
déchaînez, Reiſtres & Souldarts de
notre Pays de France, qui précedent
toute nation en malice & cruauté. L'ouvrage finit par une piéce de Vers
contre eux. *Le Retour de Guillot* eſt
en Vers : c'eſt un Dialogue entre
Guillot, qui repreſente *Deſiré,* & la

B b iij

Bergere. On y voit que *Desiré* étoit
alors vieux & grison.

V. *Les Bibliotheques Françoises de*
du Verdier & de la Croix du Maine.
Ce dernier en dit peu de chose.
L'Histoire Ecclesiastique de Beze Li-
vre 5e. *sur l'année* 1561. *L'Histoire*
de M. de Thou sur la même année.

JEAN-ERNEST GRABE.

J. E.
GRABE.

Jean-Ernest *Grabe* naquit à *Ko-*
nigsberg en Prusse le 10 Juillet
1666. de *Martin-Sylvestre Grabe*
Professeur en Théologie & en Histoire dans l'Université de cette Ville,
mort à *Stutgard* en 1686.

Il fit ses études dans sa Patrie, &
y reçut le degré de Maître-ès-Arts.

Quoiqu'il fût né dans la Religion
Luthérienne, & qu'il la professât,
il prit cependant du goût pour la
lecture des Peres de l'Eglise ; & à
force de les lire, il parvint à se persuader de ce principe, qu'il étoit
nécessaire, qu'il y eût dans l'Eglise
une succession non interrompuë du
Ministere Ecclesiastique.

Il n'eut pas de peine après cela à
fe convaincre de la verité de la Religion Catholique , & à fe détermi-
ner à l'embraffer. Dans ce deffein il
préfenta en 1695. au confiftoire Electoral de *Sambie* en Pruffe un Memoire contenant les doutes qu'il avoit
fur la Religion Lutherienne.

L'Electeur de *Brandebourg* donna
auffi-tôt ordre à trois Théologiens
Lutheriens , *Philippes-Jacques Spe-*
ner , *Bernard Von Sanden* , & *Jean-*
Guillaume Baier , de répondre à fes
doutes. Ils le firent , chacun en particulier ; & les Ouvrages qu'ils
compoferent , furent envoyés à *Gra-*
be , qui avoit déja quitté *Konisberg* ,
& pris le chemin d'*Erford* , pour aller faire fon abjuration en quelque
Ville Catholique.

Grabe ayant lû ces Ouvrages , fut
un peu ébranlé , & écrivit à *Spener*,
qu'il retourneroit à *Berlin* , pour
conferer avec lui , s'il pouvoit obtenir par fon moyen un fauf-conduit.
Ce fauf-conduit fut expedié ; & il
fe rendit dans cette Ville. Il y vit
Spener , & confera avec lui : mais
comme il ne vouloit point fe défif-

J. E. ter de la necessité de la succession
G R A B E. Apostolique dans le Ministere, *Spe-*
ner lui conseilla d'aller en Angleterre, en l'assurant qu'il y trouveroit
cette succession exterieure qu'il de-
mandoit.

Grabe oubliant alors ses premiers
desseins, se laissa séduire, & se rendit en Angleterre, où il fut reçu à
bras ouverts. Il y passa le reste de
sa vie, & y reçut même l'Ordre de
Prêtrise, suivant le Rit de l'Eglise
Anglicane. Il avoit pourtant des sentimens particuliers sur l'Eucharistie,
& sur la consecration, qu'il prétendoit se faire par l'invocation du S.
Esprit. C'est pour cela qu'il avoit
dressé une Liturgie particuliere pour
son usage, & qu'il s'en servoit en
particulier, sans jamais communier
en public. On ne laissa pas de l'estimer dans ce Pays-là, & la Reine
Anne lui donna même une pension.

Ceux qui ont prétendu, qu'il
étoit mort Catholique, se sont
trompés : il a laissé parmi ses manuscrits quelques Ouvrages contre
l'Eglise Catholique, & en faveur de
l'Eglise Anglicane, qui sont des

preuves de fon attachement pour cette derniere.

Il mourut à *Londres* le 13. Novembre 1711. âgé feulement de 45. ans.

C'étoit, dit *Styan Thirleby*, dans fon Edition de *Saint Juftin*, un honnête homme, qui ne manquoit pas de fçavoir, & qui étoit bien verfé dans les Ecrits des Peres; mais il n'étoit point critique, ni ne le pouvoit être, parce qu'il n'avoit ni affez de génie, ni affez de jugement, ni même affez de fçavoir pour cela. *Jean le Clerc*, qui rapporte ce jugement dans fa *Bibliotheque Ancienne & Moderne*. Tom. 23. p. 11. convient de fa vérité, & ajoute que fes Livres lui ont moins acquis la réputation d'un grand critique, que celle d'un homme laborieux.

Catalogue de fes Ouvrages.

1. *Doutes préfentés au Confiftoire Electoral de Saml.* (en Allemand). A la fuite des Réponfes faites par *Spener*, & par *Von Sanden*. Les trois réponfes faites, par ordre de l'Electeur de *Brandebourg*, à ces doutes de *Grabe*, font aufli en Allemand &

J. E. font intitulées : *Défense de l'Eglise*
GRABE. *Evangelique contre l'accusation de*
Schifme & de communion avec les an-
ciens Heretiques, qui lui est fausse-
ment intentée ; pour servir de réponse
aux doutes de Jean Ernest Grabe. Par
Philippe-Jacques Spener Conseiller
Ecclesiastique de l'Electeur de Brande-
bourg, & premier Ministre de Berlin.
Francfort sur le Mein. 1695 in-4°. De-
monstration solide du peu de fondement,
qu'il y a d'accuser Luther & ses Dis-
ciples de Schisme & d'Heresie ; oppo-
sée aux doutes présentés au Consistoire
de Sambie. Par Jean-Guill. Baier.
Jene 1695. in-8°. Réponse aux dou-
tes de Jean-Ernest Grabe ; par Bernard
Von Sanden, premier Professeur de
Konigsberg. Konigsberg 1695. in-4°.

2. *Spicilegium SS. Patrum & Hare-*
ticorum Saeculi post Christum natum I.
II. & III. Quorum vel integra monu-
menta, vel fragmenta, partim ex alio-
rum Patrum libris jam impressis col-
legit, & cum codicibus Manuscriptis
contulit, partim ex MSS. nunc pri-
mum edidit ac singula tam praefatione,
quam notis subjunctis illustravit Joan-
nes Ernestus Grabius. Tomus I. Sive

Sæculum I. Oxoniæ 1698. *in-*8°*. Sæ-* J. E;
culi II. Tom. I. Ibid. 1699. *in-*8°. Ces GRABE.
deux Volumes ont reparu à *Oxford*
1700. *in-*8°. (*Il se trouvent à Paris*
chez Briasson.) Ce Recueil est en
Grec & en Latin , & *Grabe* y a re-
présenté les piéces , qu'il y a insé-
rées , dans la langue en laquelle
elles ont été écrites, avec une version
Latine. Les Ouvrages , dont je vais
parler , en sont proprement la suite.

3. S. *Justini , Philosophi & Mar-*
tyris Apologia prima pro Christianis
ad Antoninum Pium ; *cum Latina*
Joannis Langi versione , quam pluri-
mis in locis correcta , subjunctis emen-
dationibus & notis Roberti ac Henrici
Stephanorum , Perionii , Billii , Syl-
burgii , Scaligeri , Halloixii , Casau-
boni , Montacutii , Grotii , Salmasii ,
Valesii , Cotelerii , pluribusque novis
additis : adnexis insuper ad calcem ad-
notationibus Langi &, Kortholti ; *præ-*
vero Langi Præfatione , quâ summam
ejus Apologiæ enarravit. Edita à Joanne
Ernesto Grabe. Oxoniæ. 1700. *in-*8°.
Jean le Clerc a fait une critique de la
version de *Langus* , & des notes, qui
accompagnent cette édition dans le

J. E. 2e. Volume de sa *Bibliotheque choisie*

G R A B E. p. 328. H. *Hutchin* a fait reimpri-
mer tout ce qu'on voit ici , avec
quelques autres Ouvrages de S. *Juftin* à *Oxford* en 1703. *in-8o.*

    4. S. *Irenæi , Epifcopi Lugdunen-
fis , contra omnes hærefes Libri quinque. Textus Græci partem haud exi-
guam reftituit ; Latinam Verfionem è
quatuor Mff. Codicibus emendavit ;
fragmenta aliorum Tractatuum deper-
ditorum fubjunxit ; omnia notis Variorum & fuis illuftravit Joannes Ernef-
tus Grabe. Oxoniæ* 1702. *in-fol.* pp.
575. Cette Edition plus belle & plus
parfaite que les précedentes , a été
effacée par celle que le P. *René Maffuet* , Benédictin , a donnée à *Paris*
en 1710. *in fol.* Ce nouvel Editeur
reproche à *Grabe* cinq chofes. 1o.
D'avoir ôté du Texte diverfes maniéres
res de lire , qui étoient les meilleures, pour les renvoyer à la marge ,
& mis les moindres dans le Texte.
2°. D'avoir trop penfé à tirer dans
fes notes S. *Irenée* du côté de l'Eglife Anglicane , à laquelle il s'étoit
joint ; ce qui a rendu fes remarques
trop longues, & les a remplies d'ex-

plications forcées. 3". De n'avoir rien
dit fur certains endroits, fe conten-
tant d'y mettre des remarques d'au-
truy, fans choix, & fans confiderer,
fi elles fervoient à l'intelligence de
S. Irenée, ou non. 40. D'avoir ôté,
tronqué, ou mal difpofé les titres
des Chapitres. 5°. de n'avoir pas
bien placé les fragmens du Texte
Grec, puifqu'on a fouvent de la peine à voir à quoi ils fe rapportent. Le
P. Remy Ceillier nous apprend fur
cela dans le 2e. Tome de fon *Hiftoire des Auteurs Ecclefiaftiques* p. 196.
une particularité que je n'ai point
trouvée ailleurs. » *Grabe*, dit-il, fup-
» portant impatiemment que D.
» *Maffuet* eût mieux réuffi que lui
» dans fon travail, écrivit contre
» fon édition pour démontrer que
» le fçavant Bénédictin avoit altéré
» en quantité d'endroits le Texte &
» la Doctrine de *S. Irenée*. Cet Ou-
» vrage de *Grabe* eft intitulé : *Ire-
» næus ad novam editionem inftructus,
» ac ad defenfionem contra Maffuetum
» paratus* : mais la mort l'a empêché
» de le publier. On dit même qu'il
» avoit deffein de faire réimprimer

J.   E.   » les Œuvres de *S. Irenée* avec ces
GRABE.   remarques.

    5. *Gregorii Bulli , S. Theologiæ Professoris , & Presbyteri Anglicani , Opera omnia. Cum præfatione & annotatis Joannis Ernesti Grabe.* Londini 1703. *in-fol.*

    6. Il a eu part à la publication de l'Ouvrage intitulé : *Testamentum Novum , Græce , cum Scholiis Græcis. Opera ac Studio Joannis Gregorii.* Oxonii 1703. *in-fol.* Il a revû les Scholies que *Gregory* , qui étoit mort alors , avoit tirées de differens Auteurs , & a eu soin de marquer les endroits d'où elles avoient été prises.

    7. *Joan. Ernesti Grabii Epistola ad D. Joannem Millium ; quâ ostenditur Libri Judicum genuinam LXX. Interpretum versionem eam esse , quam Ms. Codex Alexandrinus exhibet ; Romanam autem editionem , quod ad dictum librum , ab illa prorsus diversam , atque eandem cum Hesychiana esse. Subnexa sunt tria τῶν ò editionis specimina cum variis Annotationibus. Oxoniæ.* 1705. *in-*4°. pp. 94. C'est un espece de projet & d'essai de l'édition des Septante , qu'il préparoit.

8. *Caroli Daubuz, Presbyteri &* **J. E.**
M. pro testimonio Flavii Josephi de **GRABE.**
Jesu Christo libri duo ; cum Præfatione
Joannis Ern. Grabe. Londini 1706.
in-8°. Grabe étoit persuadé comme
Daubuz de la verité du passage de
Joseph, dont il s'agit ici.

9. *Vetus Testamentum juxta septua-*
ginta Interpretes. Tomus I. Continens
Octateuchum ; quem ex antiquissimo
Codice Alexandrino accurate descrip-
tum, & ope aliorum exemplarium, ac
scriptorum veterum, præfertim vero
Hexaplaris editionis Origenianæ emen-
datum & suppletum, additis sæpissime
obeliscorum & asteriscorum signis edidit
J. Ern. Grabe. Oxonii 1707. *in-fol.*
& in-8°.

Tomus II. continens Veteris Testa-
menti Libros Historicos omnes, five
Canonicos, five Apocryphos. Oxonii
1719 *in-fol. & in-8°.* Ce Volume & le
suivant n'ont été imprimés que long-
temps après sa mort, par les soins de
differentes personnes sçavantes.

Tomus III. Continens Libros Pro-
pheticos omnes. Oxonii 1720. *in-fol.*
& in-8°.

Tomus ultimus, continens Psalmo-

J. E. *rum*, *Jobi ac tres Salomonis Libros,*
GRABE. *cum Apocrypha ejusdem nec non Siraci-*
dæ sapientia. Oxonii 1709. *in-fol. &*
*in-*8°. Il avoit jugé à propos de publier ce dernier Volume avant les
deux précédens. Le P. *Le Long* a mal
marqué dans sa *Bibliothéque Sacrée*
les éditions de ces différens Volumes.

Cette Edition est fort belle, &
doit avoir couté un travail infini à
l'Editeur. *Jean-Jacques Breitinger* l'a
copié dans celle qu'il a donné de
la Bible des Septante sous ce titre:
Vetus Testamentum ex versione Septua-
ginta Interpretum, olim ad fidem Co-
dicis Alexandrini summo studio & in-
credibili diligentia expressum, emenda-
tum ac suppletum a J. Ern. Grabe.
Nunc vero exemplaris Vaticani alio-
rumque MSS. Codicum Lectionibus va-
riis, nec non Criticis dissertationibus il-
lustratum, insigniterque locupletatum
summa cura edidit Joannes Jacobus
Breitingerus. Tiguri. 1730. 1731.
1732. *in-*4°. Quatre Tomes. On
trouve une critique fort vive de cette nouvelle Edition dans le II. Tome de la *Bibliotheque Raisonnée* p. 222.

Lt

La preference que *Grabe* a donnée   J. E.
au Manufcrit de la verfion des Sep- G R A B E.
tante, appellé Alexandrin, parce que
Cyrille Lucar, qui avoit été Patriarche d'*Alexandrie*, l'avoit trouvé à
Alexandrie, & en avoit fait préfent
à *Charles I.* Roi d'Angleterre, a dé-
plu à quelques perfonnes, qui ont
prétendu qu'il étoit inférieur à celui
du Vatican. On peut voir leurs raifons dans une *Lettre de Th. de Sal.*
à M. l'Abbé B. inferée dans le *Sup-*
plement du Journal des Sçavans du
mois de Décembre de l'année 1709.

10. *Jo. Ern. Grabii Differtatio de*
variis vitiis LXX. Interpretum Ver-
fioni ante B. Origenis ævum illatis.
Oxonii 1710. *in*-40.

11. *Effay fur deux Manufcrits Ara-*
bes de la Bibliotheque Bodleienne ; où
l'on découvre les erreurs de Guill.
Whifton à leur fujet (en Anglois.)
Oxford 1711. *in*-8°.

12. *Exemples des fautes & des*
omiffions, que Guill. Whifton a com-
mifes dans le Recueil des témoignages
de l'Ecriture & des Peres contre la
Divinité du Fils & du S. Efprit, avec
une Differtation préliminaire de Geor-

Tome XXXV.   C c

J. E. *ge Hickes* (En Anglois) *Londres*
GRABE. 1718. *in-8°.*

13. *Liturgia Græca Joan. Ern. Grabii.* Cette Liturgie Grecque, que *Grabe* avoit faite pour son usage particulier, a été publiée par *Christophe Matthieu Pfaff* à la suite des S. *Irenæi Fragmenta anecdota. Hagæ comit.* 1715. *in-8°.* Cet Editeur y a joint une version Latine & des notes de sa façon.

14. *De forma Consecrationis Eucharistiæ ; hoc est, defensio Ecclesiæ Græcæ contra Romanam in articulo de Consecratione elementorum Eucharisticorum, Latine scripta ; Autore D. Joanne Ernesto Grabio, & nunc primum publicata, una cum versione in usum lectoris Anglicani. Accedunt, ex ejusdem Autoris Mss. annotata quædam de oblatione Corporis & Sanguinis Christi, forma & effectu Consecrationis Eucharisticæ, & duo fragmenta Præfationis, destinata novæ editioni primæ Liturgiæ Regis Eduardi VI. Cum Præfatione Editoris ; quâ ostenditur quænam Sententia sit Ecclesiæ Anglicanæ de usu Patrum, & maximorum ejus membrorum de rebus, quas Autor*

hujus Libri defendit. Londini 1721.   J. E.
*in-*8°.   G R A B E.

V. *Le Dictionnaire Allemand de Mencken. Christophori Matthæi Pfaff Nota in Liturgiam Græcam Grabii. Historia Bibliothecæ Fabricianæ to.* 6. *p.* 167.

FRANÇOIS FLORENT.

F Rançois Florent naquit sur la fin   F. F L O-
du seiziéme Siécle à *Arnay le*   R E N T.
Duc en Bourgogne, de *Jean Florent*,
Avocat au Parlement de *Dijon* , &
de *Renée Ardillon*.

Après avoir fait ses études d'*Humanitez* dans son pays, il alla à *Toulouse* en 1615. pour y étudier en Droit. Il y passa plusieurs années , pendant lesquelles il acquit par son application & son assiduité au travail de grandes connoissances dans les matiéres de la Jurisprudence.

De retour en Bourgogne , il se fit recevoir Avocat au Parlement de *Dijon* , & fréquenta le Barreau pendant quelques années.

Etant ensuite venu à Paris , il se

F. FLO-
RENT.

fit connoître à *Henry de Mesmes*, qui étoit alors Prevôt des Marchands, & qui fut depuis Président à Mortier. Ce Magistrat le prit chez lui, & cela fournit à *Florent* une occasion favorable pour connoître tout ce qu'il y avoit de Sçavans à *Paris*.

Une Chaire de Professeur en droit à *Orleans* vaquoit alors depuis quelque temps, à cause du grand nombre des Prétendans; *Florent* s'étant mis sur les rangs, l'obtint bien-tôt, après s'être fait recevoir Docteur, & elle lui fut adjugée au mois de May de l'an 1630. Il la remplit pendant quatorze années, pendant lesquelles il venoit à *Paris* dans le temps des vacances, pour revoir ses amis.

Alexandre Hainaut de Beauregard, Antecesseur de la Faculté de Droit de *Paris*, étant mort en 1644. *Florent* fut choisi au mois de Juin de cette année pour lui succéder, & il commença le même mois à faire ses premières leçons, dans cette Université. Ce qu'il continua avec beaucoup de réputation & de succès jusqu'à

l'an 1650. qu'étant allé à *Orleans* F. F. o:
pendant les Vacances , pour y re— R.E.N.T.
voir ses anciens Collegues , & mettre ordre à ses affaires domestiques ,
il y tomba malade , & y mourut à la
fin d'Octobre de cette année.

Il fut enterré dans le grand Cimetiere d'*Orleans* , avec cette Epitaphe.

*Francifcus Florens ad Arnæum Du-
cis , nobile apud Hæduos oppidum, ho-
nestis parentibus & probis natus , post
navatam per aliquot annos apud Tecto-
fages Jurifprudentiæ operam , primum
Divioni in Senatu Caufarum Patronus,
deinde Lutetiam profectus , Acroama-
ticus in Foro dicere cœpit ; mox in Au-
relianenfi Civitate Anteceffor , Jus ibi
Civile & Canonicum docuit ; & plu-
ribus editis operibus , palam fecit in
Jure Canonico neminem ante fe aut plus
vidiffe aut potuiffe. Aureliæ fatali morbo
interceptus, hic fitus IV. Kal. No-
vembris anno 1650. refurrectionem
expectat.*

Il avoit épousé au mois de Juillet
1638. *Elizabeth Bordeauffe,* fille d'un
Marchand d'*Orleans* , dont il a eu
trois filles.

Catalogue de ses Ouvrages.

Francisci Florentis Opera Juridica; studio J. Doujatii Collecta, atque in duas partes divisa. Quarum prima complectitur Tractatus vivo Autore variis temporibus editos, qui nunc ex ipsius autographo emendati & aucti prodeunt. Secunda vero continet opera inedita sive posthuma. Paris. 1679. in-4°. Deux Tom.

Le premier contient les Ouvrages suivans.

1. *Dissertatio de origine, arte atque autoritate Juris Canonici.* Imprimée dans les *Dissertationes Selectæ Juris Canonici Fr. Florentis.* Paris. 1632. in-8°. It. Dans la *Nova Scriptorum variorum Conlectio.* Halæ. 1716. in-8°. p. 209.

2 *Præfatio de Methodo & auctoritate collectionis Gratiani & aliarum Collectionum.* Imprimée à la tête des *Tractatus Novem in IX. priores Titulos libri* 1. *Decretalium.* Paris. 1641. in-4°. It. Dans la *Nova variorum scriptorum collectio.* p. 299.

3. *Oratio in aperiendis Scholis Juris, habita 6. Non. Octobris anno* 1632. *De recta Juris Canonici dicendi ratio*

ne. Parif. 1634. *in-*8º. It. à la fuite F. FLO-
des *Tractatus Novem* , *&c. Paris.* RENT,
1641. *in-*4º. It. Dans la *Nova Scrip-*
torum Variorum Conlectio. p. 338.

4º. *Tractatus Novem in IX. prio-*
res titulos Libri primi Decretalium
Gregorii IX. Parif. 1641. *in-*4º.

5. *Differtatio in Cap. Auditis de Præf-*
criptionibus & ftrictim ad cap. Au-
ditis de Reftitutionibus , & ad Cap. 17.
de Privilegiis. Imprimée dans les
Differtationes Selectæ. Parif. 1632.
in 8º. & auparavant fous ce titre ,
qui contient ceux des cinq chapitres,
qui la compofent. *Differtationes de*
Lege Diœcefana ; de exemptionibus
Religioforum ; de Præfcriptionibus ; de
interruptione præfcriptionum ; de anti-
quo ftatu Religioforum in Gallia 1630.
in 8º. pp 112.

6. *Ad Libri Tertii Decretalium Ti-*
tulum 1. *De vita & honeftate Clerico-*
rum Tractatus. Imprimé dans les
Differtationes Selectæ. Parif. 1632.
*in-*8º.

7. *De difpenfationibus Ecclefiafticis*
Præfatio in aperiendis Juris fcholis pu-
blice habita a Fr. Florente in publico
Juris Anditorio. Parif. 1648. *in-*4º.

F. FLO-
RENT.

pp. 34. Ce discours fut prononcé cette même année.

8. *Disputatio de Nuptiis Consobrinarum prohibitis aut permissis.* Parif. 1636. *in* 8°. pp. 43.

Ce sont là tous les Ouvrages de *Florent* qui remplissent le premier Volume : on y a mis à leur suite les deux Piéces suivantes.

Archidiaconus , seu de ipsius Jure & officio liber. Autore Nicolao Januario , Presbytero , Juris Pontificii Doctore , in Carnutensi Ecclesia Dunensi Archidiacono. Ce Livre avoit été imprimé en 1625.

Tractatus de absolutione ad Cautelam. Autore J. Tournet , Advocato Parisiensi. Imprimé en 1629.

Le second Volume contient ce qui suit.

9. *Ad Gratiani causa XI. Questionem* 1. *Tractatus de Jurisdictione Ecclesiastica.*

10. *Ad Gratiani causas XVI. XVII. XVIII. XIX. & XX. Tractatus de Statu Regularium.*

11. *Ad causa XVI. Canones aliquot & nonnulla Decreti loca Tractatus de antiquo Jure Patronatus.*

12. *Ad Gratiani Caufas XXVII.* F. FLO-
& sequentes ad XXXVI. Tractatus de RENT.
Sponsalibus & Matrimoniis.

13. *Ad libri I. Decretalium titulos
tres, XXIX. De officio & potestate De-
legati ; XXX. De Officio Legati ; &
XXXI. De officio Judicis Ordinarii.*

14. *Ad Libri III. Decretalium titulum V. de Præbendis & dignitatibus
Tractatus.*

15. *Ad Libri III. Decretalium titulum XXXVIII. De Jure Patronatus
Tractatus.*

16. *Notæ ad Alexandri Chaffanæi
Parifini in Gregorii IX. Decretalium
V. libros Paratitla.*

17. *Ad Titulum de Solutionibus &
Liberationibus , Digefti & Codicis ,
Tractatus.*

Il faut ajouter à ce Catalogue des
Ouvrages de *Florent* le titre d'un
Recueil de quelques uns , que j'ai
cité plus haut. *Differtationum Selec-
tarum Juris Canonici libri duo : quibus fubjicitur Commentarius ad Tit.
de vita & honeftate Clericorum. Parif.*
1632. *in* 80.

V. Sa vie par *Jean Doujat* à la tête du Recueil de fes Oeuvres ; & à la

Tome XXXV. Dd

p. 217. des *Vitæ Clariſſimorum Jure Conſultorum ex recenſione & cum no-tis Chriſtiani Gottliel Buderi. Jenæ. 1722. in-8o.*

JEAN MAGNUS.

J. MAG-NUS. Ean *Magnus*, appellé en Suédois *Store*, naquit le 19. Mars 1488. à *Lincopen* en Suede, de *Magnus Store*, d'une ancienne famille du Pays, & de *Chriſtine Cuſon*.

Il fit voir dès ſa premiere jeuneſſe une grande vivacité d'eſprit, & beaucoup de diſpoſition pour les ſciences ; & les eſpérances qu'on conçut de lui, lui procurerent à l'âge de dix-huit ans, un Canonicat de *Lincopen* & de *Scare*.

Ce bénéfice le mit en état d'aller continuer ſes études dans les Pays étrangers ; il fit quelque ſéjour à *Louvain*, & parcourut pluſieurs Univerſités d'Allemagne & d'Italie.

Il alla enſuite à *Rome* pour y prendre ſoin des affaires de *Stenon Stur* le jeune, Roy de Suede, qui l'enchargea.

'Après la mort de ce Prince arrivée en 1520. il alla prendre le Bonnet de Docteur en Théologie à *Brin-
des* , suivant *Jean Meffenius* , ou à
Peroufe , felon *André Buræus* , qui
ajoute qu'il fut auffi Profeffeur dans
cette derniere Ville.

Adrien VI. ayant fuccedé à *Leon
X.* dans le Pontificat en 1522.
Magnus qui avoit étudié fous lui
à *Louvain* , obtint aifément de lui
d'être envoyé en Suede , pour ap-
porter quelques remédes aux troubles , qui y regnoient alors.

Chriftiern II. furnommé *le Tyran*
s'étoit emparé de la Suéde , après
la mort de *Stenon Stur* ; & avoit fait
mourir plufieurs Grands du Royaume , & plufieurs Prélats , qui n'é-
toient point dans fes intcrêts. Ses
cruautés fouleverent contre lui tous
les Etats du Royaume , qui le chaf-
ferent , & élurent *Guftave* pour
leur Roy.

Ce nouveau Roy reçut fort bien
Magnus , & le nomma , lorfqu'il
fe préparoit à retourner à *Rome* ,
Archevêque d'*Upfal.* Comme fon
deffein étoit de le retenir en Suéde ,

ce Prince envoya *Olaus Magnus*,
son frere, *à Rome*, tant pour demander au Pape sa confirmation, que
pour lui rendre compte de ce que
son Nonce avoit fait en Suede.

En attendant son retour, *Jean
Magnus* alla par ordre du Roy à
Lubec, pour détourner les Princes
d'Allemagne des desseins qu'ils vou-
loient former pour le rétablissement
de *Christiern* ; & il conduisit ses né-
gociations avec tant d'adresse, qu'il
y réussit.

L'opposition qu'il témoigna pour
la Religion Luthérienne, que *Gustave* vouloit introduire en Suede,
lui fit perdre les bonnes graces de
ce Prince : c'est ce qui lui fit prendre la résolution de s'éloigner de ce
Royaume. Ainsi le Roy l'ayant envoyé en Pologne en 1527.
pour y négocier un mariage entre lui & la Princesse *Hedvige*,
fille de *Sigismond I.* Il ne retourna
plus en Suede, mais alla à *Rome*, où il fut sacré Archevêque le
28. Juillet 1533.

Il se rendit l'année suivante à
Dantzic, pour être plus à portée de

donner à ſon peuple les ſecours J. M A G.
dont il pourroit avoir beſoin , & N U S.
demeura en cette Ville , juſqu'en
1537. que le Pape l'invita à aſſiſter
au Concile qu'il vouloit tenir à *Vi-*
cence. Il ſe rendit alors en Italie ,
mais comme differens obſtacles re-
tardoient ce Concile , il demeura
pendant neuf mois chez *Jerome*
Quirini , Patriarche de *Veniſe* , & y
mit à profit ſon loiſir , en compo-
ſant ſon Hiſtoire de Suéde , qui fut
imprimée après ſa mort.

Paul III. l'appella à *Rome* en 1541.
& il vécut dans cette Ville , d'une
penſion fort modique , que le Pape & les Cardinaux lui faiſoient.

Il mourut le 22. Mars 1544.
âgé de 56. ans.

Catalogue de ſes Ouvrages.

1. *Hiſtoria Gothorum Suecorum-*
que libris XXIV. Romæ 1554. *in-*
fol. Cette hiſtoire a été donnée au
Public par les ſoins d'*Olaus Mag-*
nus , frere de l'Auteur. It. *Baſileæ,*
1558. & 1617. *in-*8º. It. *Argentorati.*
1607. *in-*8º. Il y a une traduction
Suédoiſe de cette Hiſtoire , faite par
Eric Schroder , & imprimée à *Stoc-*

J. MAG- holm l'an 1620. *in-fol.* L'Ouvrage
NUS. est fort bon pour les derniers temps,
mais il est fautif pour les temps un
peu reculés, l'Auteur ayant donné
dans les fables d'*Annius de Viterbe*.
Les Danois, à qui il n'est pas favorable, n'ont rien oublié pour le décrier. *Pierre Parvus*, Professeur en
Eloquence à *Copenhague*, l'a même
attaqué par un Ouvrage fait exprès,
*Refutatio Calumniarum Johannis
Magni Gothi, quibus in Historia sua
ac Famosa Oratione Danicam Gentem
incessit. Hafniæ* 1560. *in-4°. Jean
Messenius* se chargea de défendre
Jean Magnus, & publia pour cela
sous le nom de *Janus Minor Sve-
mensis*, un écrit qu'il intitula : *Re-
torsio imposturarum, quibus inclytam
Suecorum Gothorumque nationem Petrus
Parvus, Rosæfontanus, insectatur.
Holmiæ* 1611. *in-8°.* Au reste on
prétend que *Jean Magnus* en sor-
tant de Suéde avoit emporté des
Chartes & des Diplomes de la Couronne & de l'Eglise d'*Upsal*, qui
lui avoient servi à composer ses
Histoires. Cependant *Job Ludolf*
ayant en 1649. fait, par ordre de

Christine, Reine de Suede, de grandes perquisitions à *Rome*, pour découvrir ce que ces Piéces étoient devenuës, il ne put ni les trouver, ni en apprendre aucune nouvelle.

2. *Historia Metropolitana, seu Episcoporum & Archiepiscoporum Upsaliensium, à Joanne Magno Collecta, & ab Olao Magno, fratre, edita. Romæ* 1557. *&* 1560. *in-fol.*

V. *Joan. Schefferi Suecia Litterata, & ad eam Joh. Molleri Hypomnemata. Joannis Messenii Chronicon Episcoporum per Sueciam.*

J. MAG: NUS.

OLAUS MAGNUS.

Olaus *Magnus*, en Suédois *Store*, frere de *Jean*, dont je viens de parler, naquit à *Lincopen* en Suéde.

Il étoit Prevôt de l'Eglise de *Sirengnes*, lorsque le Roy *Gustave I.* l'envoya à *Rome*, pour demander au Pape la confirmation de *Jean Magnus*, son frere, qu'il avoit nommé à l'Archevêche d'*Upsal.*

Je ne sçai s'il retourna en Suede ;

O. MAGNUS.

ce qu'il y a de fûr, c'est que son frere s'étant retiré à *Rome* en 1527. il demeura toujours depuis auprès de lui, & lui servit de Secretaire

Jean Magnus étant mort le 22. Mars 1544. le Pape *Paul III.* nomma le 16. Octobre suivant *Olaus* Archevêque titulaire d'*Upsal* à sa place.

Nous apprenons d'un Ouvrage de *Jacques Lobbetius* Jésuite, intitulé: *Gloria Ecclesiæ Leodiensis*, qu'*Olaus* fut Chanoine de *S. Lambert* à *Liége*.

Le Pape *Paul III.* l'envoya en 1546. au Concile de Trente. C'est là tout ce qu'on sçait de lui.

On ignore le temps de sa mort, qui arriva à *Rome* après l'an 1555.

Catalogue de ses Ouvrages.

1. C'est lui qui a donné au Public les deux Ouvrages que l'on a de *Jean Magnus*, son frere, après y avoir fait quelques additions.

2. *Tabula Terrarum Septentrionalium*, & *rerum mirabilium tum in ipsis, tum in circumjacente Oceano contentarum, cum variis Animalium figuris. Venetiis* 1539. On y a joint un petit livre Allemand, qui explique

tout ce qui eſt contenu dans cette
Carte.

3. *Hiſtoria de Gentibus Septentrio-
nalibus, earumque moribus, ritibus,
ſuperſtitionibus, diſciplinis, exerci-
tiis, bellis, rebus mirabilibus ac naturalibus, cum fig. Romæ* 1555. *in-fol.*
It. *Antuerpiæ* 1558. *in-*8°. It. *Baſileæ*
1567 *in-fol.* It. *Francofurti* 1618.
*in-*8°. Il y en a deux traductions Al-
lemandes, l'une d'*Iſraël Achatius*,
imprimée à *Strasbourg* l'an 1567.
*in-*8°. & l'autre de *Jean-Bap. Fickler*,
qui l'a été à *Baſle* la même année
1567. *in-fol.* On en a auſſi une traduction Flamande imprimée à *Amſterdam* en 1665. *in-*8°. une Angloi-
ſe, qui l'a été à *Londres* en 1658. &
même une Italienne, faite par *René
de Florence*, & imprimée à *Veniſe*
en 1561. *in-*8o. & en 1565. *in-fol.* It.
*In Epitomen contracta per Cornelium
Scribonium Grapheum. Antuerpiæ*
1562. *in-*8°. It. *Ibid.* 1586, *in-*16.
It. *Ambergæ* 1599. *in-*8°. It. *Lugd.
Bat.* 1645. & 1652. *in-*12. Il y a
bien des fables dans cet Ouvrage,
ou l'Auteur a raſſemblé tout ce qu'il
a pû trouver de merveilleux, ſans

O. Mag- s'embarrasser s'il étoit véritable.

nus.   4 *Epitome Revelationum S. Birgit-*
tæ bina. Cet Ouvrage a été imprimé
à Rome aux frais de l'Auteur, comme nous l'apprenons de Meſſenius,
mais j'en ignore la date.

V. *Joannis Schefferi Suecia littera-*
ta, & ad eam Joannis Molleri Hy-
pomnemata. Joannis Meſſenii Chroni-
con Epiſcoporum per ſueciam.

MELCHIOR INCHOFER.

M. In-   **M**Elchior *Inchofer*, né à *Vienne*
chofer.   en Autriche, ſe fit Jéſuite en
1607. dans la 23e. année de ſon âge.
Il étoit alors à *Rome*, où il avoit paſſé
quelques années dans les études, &
s'étoit appliqué avec ſuccès à la Ju-
riſprudence.

Après les deux Années de Novi-
ciat, & les autres épreuves, il fut
envoyé à *Meſſine*, où il profeſſa
long-temps la Philoſophie, les Mathematiques, & la Theologie, ſoit
Morale, ſoit Scholaſtique. On voit
par une de ſes Lettres, qu'en 1629.
Il rempliſſoit en même temps une
des Chaires de Theologie, & celle

des Mathématiques. Il y remarque que depuis *François Maurolico*, ce- lebre Mathématicien mort en 1575. perfonne n'avoit parlé de Mathéma- tiques dans *Meffine*, & ajoute qu'il travailloit à des Tables Aftronomi- ques, & qu'il examinoit les Syftê- mes des differens Aftronomes an- ciens & modernes.

M. IN- CHOFER.

Ces occupations ne l'empêcherent pas de donner à la piété des Meffi- nois un ouvraga affez étendu fur la lettre prétenduë écrite à leurs ancê- tres par la Sainte Vierge, & fur l'ar- rivée & la prédication de *S. Paul* à *Meffine*. L'Ouvrage publié en 1630. fut auffi deferé à la Congrégation de *l'Index* & l'Auteur cité à comparoî- tre.

Inchofer fe rendit auffi-tôt à *Rome*, fe préfenta à la Congrégation, & fe concilia l'eftime & la bienveillance de fes Juges par la maniére dont il fe défendit. Le Livre demeura ce- pendant fupprimé; mais on lui per- mit d'en faire une nouvelle édition, qui auroit cours, moyennant quel- ques changemens dans le titre & dans le corps de l'Ouvrage.

M. In-   La nouvelle Edition faite, il re-
CHOFER.   tourna en Sicile fur la fin de l'an
1634. Deux ans après il fut rappellé
à *Rome*. Ses Supérieurs voulurent lui
donner le temps & les facilités de
pourfuivre un grand deffein qu'il
avoit formé pour l'éclairciffement
du Martyrologe, & que plufieurs
anciens Manufcrits qu'il avoit vûs à
Meffine dans l'Abbaye de *S. Sauveur*
lui avoient infpiré. Il ne put cependant s'y donner alors tout entier.
Géorge Jacofith, Evêque de *Vefprim*,
& depuis d'*Agria* lui propofa d'écrire l'Hiftoire Ecclefiaftique de Hongrie, & il travailla à ce nouvel ouvrage.

Le premier Volume étoit fait &
approuvé dès le mois de Decembre
1641. Cependant il ne parut qu'en
1644. Le délay, dit *Inchofer*, vint
de ceux qui font dans *Rome* à la tête
de la Librairie. C'étoit fans ceffe
nouvelle révifion. Les examinateurs
fe relayoient les uns les autres. Ces
tracafferies dégouterent *Inchofer* du
féjour de *Rome*.

Deux raifons y contribuerent encore. *Zacharie Pafqualigo* avoit tâché

dans fes *décifions Morales*, imprimées **M. In-**
en 1641 de juftifier l'ufage fort com-**chofer.**
mun en Italie, & fur tout à Rome,
d'avoir des Muficiens à voix de femme. (*Caftrati*) *Inchofer* le réfuta par
une differtation fort vive, qui cou-
rut dans *Rome.* Par là il choqua
tous les partifans de *Pafqualigo*, qui
étoient en grand nombre, les Muficiens, & les amateurs de la Mufi-
que; & l'on n'aime point à paroî-
tré dans un lieu où l'on eft vû de
mauvais œil.

De plus il avoit été mis des Con-
grégations de l'*Index*, & du S. Office. Les occupations que lui donnoient ces places, lui étoient def-
agréables, parce qu'elles lui em-
portoient beaucoup de temps, qu'il
falloit donner à la révifion des Ouvrages d'autrui, & qu'il auroit mieux
aimé employer à l'achevement des
fiens.

Ainfi après avoir ramaffé à *Rome*
les Materiaux, dont il avoit befoin
pour fon *Hiftoire du Martyrologe*; il
demanda un College où il pût travailler fans diftractions, & on lui
donna *Macerata.* Il étoit encore à

M. IN-
CHOFER.

Rome au mois de Decembre de l'an
1646.

Pendant qu'il travailloit dans sa
retraite de *Macerata* , il apprit qu'à
Milan , parmi les Manuscrits de la
Bibliotheque Ambrosienne , il y
avoit des Vies de differens Saints ,
& des Menées Greques. Il crut qu'il
y trouveroit de grands secours , &
souhaita d'aller à *Milan*.

On l'y envoya : mais la continuité
de son travail lui causa bientôt une
fievre , qui l'emporta le 28 Septembre 1648. Il étoit alors âgé d'environ
64 ans.

On trouve dans ses Ouvrages assez de science & d'érudition , mais
beaucoup de crédulité , & peu de
choix & de critique. *Leon Allatius* ,
qui disoit plus volontiers du mal
que du bien , parle souvent d'*Inchofer* , & toujours avec de grands élo-
ges.

Catalogue de ses Ouvrages.

1. *Epistola ad Leonem Allatium.*
Cette Lettre datée de *Messine* le 1.
Juillet 1629. se trouve dans les *Apes
Urbana* d'*Allatius* p. 27.

2 *Epistola B. Mariæ V. ad Messa-*

*nenses Veritas vindicata , ac plurimis
gravissimorum scriptorum testimoniis &
rationibus erudite illustrata. Messanæ,
Petr. Brea* 1629. *in-fol.* Les exemplaires de cette édition sont très rares ; parce qu'elle fut d'abord sup-
primée. On trouva mauvais à *Rome,*
que l'Auteur eût parlé si affirmative-
ment d'un fait douteux. Dans le
Naudæana on lit au sujet de cet Ouvrage d'Inchofer un petit conte , fort
propre à confirmer ce que l'on a dit
dans l'article de *Gabriel Naudé ,* que
le *Naudæana* n'est qu'une rapsodie
de bévûës & de faussetés. On y fait
dire à *Inchofer* que *tout ce qu'il avoit
dit dans son Livre n'avoit été que pour
plaire & obeïr à ses Supérieurs qui le
lui avoient commandé.* L'Auteur écri-
vant à son ami *Allatius ,* ne parle pas
de même. Voici ce qu'il dit du motif , qui lui avoit fait entreprendre
ce livre : *Volumen bene magnum , quod
pietati Messanensium dedi.* En lisant
l'Ouvrage , on ne s'apperçoit en rien
qu'il ait écrit à contre-cœur.

3. *De Epistola B. Virginis Mariæ
ad Messanenses conjectatio , plurimis
rationibus & verisimilitudinibus locu-*

M. In-
CHOFER.
-ples. *Viterbii*, *Lud. Grignani.* 1632.
in-fol. L'impreſſion a été faite à Rome , & l'on trouve des exemplaires,
quoiqu'en très-petit nombre , qui
portent *Romæ*. Mais comme la Congrégation de l'*Index* ne jugea pas à
propos de donner une approbation,
& une permiſſion par écrit ; & qu'on
ne voulut pas qu'un Livre, qui ne
préſentoit ni approbation, ni permiſſion , parût avoir été imprimé à *Romæ* , on fit mettre *Viterbii.*

4. *Tractatus Syllepticus , in quo
quid de Terra Soliſque motu vel ſtatio-
ne , ſecundùm Sacram Scripturam &
SS. Patres ſentiendum , quâve certi-
tudine alterutra ſententia tenenda ſit ,
oſtenditur. Romæ, Lud. Grignani.* 1633.
in 4°. La queſtion du mouvement de
la terre , & de l'immobilité du Só-
leil étoit alors fort en vogue à *Rome,*
où l'Inquiſition examinoit le Dialogue de *Galileo Galilei , ſopra e ui
maſſimi ſiſtemi del Mundo , Tolemaico
e Copernicano. Inchofer* combat ici
fortement *Copernic.* Voici une A-
necdote ſur *Galilei* , tirée d'une Lettre manuſcrite de Luc *Holſtenius* à
M. *de Peireſc. Galilæus Florentia evo-
catus*

catus mediâ hieme ad Urbem venit, **M. IN-**
ut se sacræ Inquisitionis Officio sisteret ,**CHOFER.**
ubi nunc in vinculis detinetur . . . Om-
nis hæc tempeſtas ex odio particulari
unius Monachi orta creditur , quem
Galilæus pro Mathematicorum prin-
cipe agnoscere noluit. Is nunc eſt S.
Officii Commiſſarius. Sa Lettre eſt
datée de *Rome* le 7. May 1633. Elle
ſe trouve dans un Recueil Manufcrit de quelques Lettres de *Luc Hols-*
tenius , conſervé à *Dijon* dans la riche & curieuſe Bibliotheque de M.
le Preſident *Bouhier* de l'Academie
Françoiſe , ſi connu & ſi eſtimé des
Sçavans & des honnêtes gens.

5. *Hiſtoria Sacræ Latinitatis, hoc eſt,*
de variis linguæ Latinæ Myſteriis , ex
origine , progreſſu , fine , cæteraque inſ-
tituti sui ratione , ad Evangelii præ-
dicationem , Latinæ Eccleſiæ exaltatio-
nem , Romaníque imperii Majeſtatem
ſpectantibus libri ſex. Meſſanæ. Pla-
cid. Reyn. 1635. *in-*4°. *It. Monachii.*
1638. *in* 8°. *Daniel George Morhof*
loue cet ouvrage , comme plein de
recherches curieuſes ſur l'origine ,
le progrès , la converſation , & la
corruption de la langue Latine. Mais

Tome XXXV. Ee

M. IN-
CHOFER.

il n'approuve pas ce que l'Auteur trop prevenu pour elle, avance que dans le Ciel les Bienheureux s'entretiendront quelquefois en Latin.

5. *Epistola ad Leonem Allatium de Epistola B. Virginis ad Messanenses.* Cette Lettre datée de *Messine* le 1. May 1636. est une réponse à *L. Allatius*, qui avoit interrogé son ami sur le physique de la Lettre prétendue de la Sainte Vierge aux Messinois, de la verité de laquelle *Allatius* ne doutoit point. Cette réponse est inferée dans les *Animadversiones Leonis Allatii in Antiquitatum Etruscarum fragmenta. Paris. Seb. Cramoisy.* in-4°. pp. 94. & *Roma Mascardi.* 1642. in-12. p. 116.

7. *Grammaticus Pædicus, sive Puerilis*; hoc est, *in Pædiam divinarum humanarumque Litterarum Gasparis Scioppii, Patavii editam, scholia & notationes. Autore Eugenio Lavanda.* 1638. in-12.

8. *Grammaticus Palæphatius, sive Nugivendus*; hoc est, *in tres Consultationes Gasparis Scioppii de ratione studiorum Scholia & notationes. Auctore Eugenio Lavanda.* 1639. in-12.

Cet *Eugenius Lavanda* n'eſt autre M. Inque *Melchior Inchofer.* On ne doit CHOFER.
pas être ſurpris de voir un Jeſuite, & un Jeſuite Allemand écrire
contre *Scioppius* , & le faire ſous un
maſque. Scioppius les avoit attaqués maſqué ; & ils ſe maſquoient
pour lui répondre. Il n'avoit jamais
aimé des Jeſuites ; mais depuis l'année 1630. il ſe dechaîna avec une
violence extraordinaire contre ceux
d'Allemagne. Cette année là il avoit
préſenté une ſupplique à la Diete de
Ratisbone , pour demander une penſion , en vûë des ſervices par lui rendus à l'Empire. N'ayant rien obte-
nu , il s'imagina que les Jeſuites
avoient empêché qu'on n'eût égard
à ſa demande. De là tant d'invecti-
ves de toutes les ſortes.

9. *Tres Magi Evangelici. Romæ.*
Ludov. Grignani 1639. *in 4°.* Quoique le volume ne ſoit pas épais ,
l'ouvrage ne laiſſe pas d'être long.

10. *Oratio funebris R. P. F. Ni-*
colao Richardio Ordinis Prædicatorum
S. P. A. Magiſtro. Romæ , Lug. Gri-
gnani. 1639. *in-4°.* Le P. *Nicolas*
Riccardi , Maître du ſacré Palais ,

M. IN
CHOFER.

mourut le 30. May de cette année 1639. Cette oraison funebre est loüée dans la Bibliotheque des Dominicains tom. 2. p. 503. *In ejus exequiis & funere peroravit elegantissimè Melchior Inchofer S. J. vir apud eruditos nominatissimus.*

11. *Eugenii Lavandæ Ninevensis, Nota Astrum inextinctum F. Romani Hay suis radiis interstinguentes. Coloniæ, Kalckoven (Amstelod. Joan. Blaeu) 1641. in-8°. Dans *Ninevensis* on trouve la patrie de l'Auteur, *Viennensis.* L'*Astrum inextinctum* a été fort loué par *Scioppius*, & défendu à sa maniere.

12. *Annales Ecclesiastici Regni Hungariæ. Tomus I. Romæ Lud. Grignani. 1644. in fol.* Ce premier volume, qui n'a point eu de suite finit avec l'an 1059. de *Jesus-Christ.* La relation de M. *Bourgeois*, dont je parlerai plus bas, porte, p. 89. que *Melchior Inchofer* a enrichi l'Histoire de l'Eglise de deux volumes in folio, qui portent pour titre : *Historia Ecclesiastica Hungarica.* C'est un manque d'exactitude.

13. *Epistola ad Leonem Allatium,*

circa quæstionem è Galliis allatam, de
æquali primatu, & individua aucto-
ritate Apostolorum Petri & Pauli.
Cette Lettre se trouve à la Colonne
136. 152. de l'Ouvrage d'*Allatius*:
De Ecclesiæ Orientalis & Occidenta-
lis perpetua consensione. Coloniæ. Jodoc.
Kalca. (*Amsterdam Blaeu*) 1648.
*in-*4°. Dans le temps que l'on examinoit à *Rome* la fameuse proposition des deux chefs de l'Eglise, qui
n'en font qu'un, *Allatius* ayant
demandé à *Inchofer* ce qu'il en pen-
soit, celui-ci écrivit cette longue
Lettre, qui ne confirme pas ce qui
est dit de lui à la p. 91. de la *Rela-*
tion de M. Bourgeois. Car après avoir
discuté la proposition, & une déclaration que ses défenseurs croyoient
très-propre à la sauver de la cen-
sure, il conclut que la proposition
est heretique; quant à la déclaration il dit : *illam declarationem plus-*
quam fatuam judico. Si l'endroit de
la *Relation de M. Bourgeois,* que je
viens de citer, n'est pas un Roman,
il faut que le Docteur François se
soit laissé amuser par le Jesuite Allemand.

M. IN-
CHOFER.

M. IN-
CHOFER.
14. *Epistola ad Leonem Allatium de Templorum denudatione, sive quibus de causis Ecclesiæ res erogare liceat.* Cette Lettre est imprimée pag. 206. 215. de *Georgius Acropolita* de L. *Allatius.* L'Auteur dit que c'est la suite d'un traité *de immunitate rerum Sacrarum,* qu'il avoit composé, & qu'Allatius avoit approuvé. Le Traité n'a pas été imprimé.

15. *De Eunuchismo Dissertatio ad Leonem Allatium.* Cette dissertation s'est conservée dans les *Symmicta* d'*Allatius* lib. 2. p. 397. 413. C'est dans cette Dissertation que *Pasqualigo* est refuté. La Maniere dont elle fut reçue, effraya *Theophile Raynaud,* qui étoit alors à *Rome,* & qui avoit fait sur le même sujet son livre intitulé : *Eunuchi nati, &c.* Tout hardi qu'il étoit, il n'osa le produire à *Rome,* ni ailleurs sous son nom.

16. *Examen Thematum Cælestium variorum Astronomorum usque ad Tyconem.*

17. *Ratio supputandi Eclipses.*

18. *Theorica Planetarum.* Sotwel, qui a publié son Catalogue des Ecri-

vains Jeſuites, près de trente ans M. IN-
après la mort d'*Inchofer*, a mis ces CHOFER.
trois ouvrages dans la liſte de ceux
que ſon Confrere avoit laiſſés Manuſcrits. Mais *Riccioli* aſſûre qu'ils
avoient été imprimés du vivant de
l'Auteur, ſa phraſe conduit à penſer
que ce fut en 1633. *Edidit anno 1633.*
Tractatum Syllepticum . . . Examen
Thematum Cæleſtium . . . . Rationem
ſupputandi Eclipſes, Theoricam Pla-
netarum. Sed hæc tria ſub alieno no-
mine Academici Vertumnii. On ſçait
qu'en Italie tout Academicien prend
un nom d'Academie, & qu'il n'eſt
nullement extraordinaire de voir à
la tête d'un livre le nom Academi-
que de l'Auteur, ou celui de l'Academie, dont il eſt membre.

19. *Poëma in laudem Medicinæ &*
contra malos Medicos. Alegambe
qui avoit vécu à Rome avec *Mel-*
chior Inchofer, dit en parlant de ce
Poëme : *ſub nomine Academici Ver-*
tumnii, adjectum Prælectionibus Joan-
nis-Baptiſtæ Corteſii. Cependant dans
la liſte que *Van der Linden* a donnée
dans ſon livre *de ſcriptis Medicis*
des Ouvrages de ce *Corteſius*, on

M. IN-
CHOFER.

n'en voit aucun qui ait pour titre *Prælectiones.* Elles font peut-être dans le *Miscellanæorum Medicinalium Decades denæ*, imprimées à Meffine en 1625. *in-fol.*

M. *Lenglet* dans fon Catalogue des Hiftoriens croit que l'Ouvrage fuivant eft d'*Allatius*, ou d'*Inchofer* fon ami. *Bennonis Dürkhundürkhi Slavi examen in Spenti Academici fepulti Epiftolam pro antiquitatibus Etrufcis Inghiramii adverfus Leonis Allatii contra eafdem animadverfiones. Coloniæ Georg. Genfelin (Amfterdam, Jean Blaeu. 1642., in-12.* Le Catalogue de la Bibliotheque du Cardinal *Imperiali* dreffé par le fçavant M. *Fontanini* donne ce livre à *L. Allatius*; & il vaut mieux l'en croire. En 1642. *Inchofer* étoit occupé ailleurs.

Il laiffa en mourant plufieurs autres Ouvrages, ou achevés, & prêts à paroître, ou feulement ébauchés. On en peut voir la lifte dans les *Apes Urbanæ d'Allatius*, & dans la Bibliotheque des Ecrivains Jefuites. Mais tous ces Ouvrages ont moins contribué à le faire connoître, qu'un petit *in-12.* de 144.

144. pages, qui n'eſt pas de lui, & qu'on s'obſtine à lui attribuer ſans aucun fondement. Ce livre a pour titre : *Lucii Cornelii Europæi Monarchia Solipſorum ad Virum Clariſſimum Leonem Allatium. Venetiis. 1645. Superiorum permiſſu.* Sans nom d'Imprimeur , & par conſéquent ſans permiſſion.

Le vrai nom de l'Auteur eſt *Jules Clement Scoti* , dont *Alegambe* a donné un article dans ſa Bibliotheque, & dont les avantures ont été décrites par le Cardinal *Palavicin* , & par *Theophile Raynaud.* Les Jeſuites de *Vienne* en Autriche , comme le rapporte *Vincent Placcius* , ne firent aucune difficulté d'avouer à une perſonne de diſtinction , que la *Monarchia Solipſorum* étoit d'un de leurs Profés , Italien de naiſſance & d'une maiſon fort illuſtre ; lequel mécontent de ce qu'on ne lui accordoit pas ce qu'il croyoit lui être dû , avoit quitté l'Ordre , & dans ſon dépit s'étoit vengé par cette Satyre. Les Jeſuites Allemands le croyoient Venitien , parce qu'en effet *Jules Scoti,* indigné de ne pouvoir obtenir une

Tome XXXV. Ff

M IN-
CHOFER.

chaire de Théologie scholastique, qui faisoit l'objet de son ambition s'étoit retiré à Venise, après avoir apostasié. Le nom d'*Europæus*, qu'il a pris à la tête de son libelle, désigne son nom de famille, & marque en même temps qu'il s'étoit mis au large. On peut voir *Hesychius* au mot Ευρωπòν. Les noms de *Lucius*, & de *Cornelius* ont aussi leur fondement, comme on le verra dans son article. Dans celui-ci il s'agit d'*Inchofer*, & de démontrer que c'est sans raison qu'on lui attribue la satyre, dont il est question.

Dès qu'elle parut, on jetta les yeux sur *Scioppius*, & on l'en crut auteur. Depuis quelques années, il ne s'occupoit plus qu'à écrire contre les Jésuites. C'étoit par là qu'il charmoit les ennuis d'une vieillesse chagrine, & de la retraite qu'il étoit forcé de garder à *Padouë*.

Mais on s'apperçut bientôt, que ce libelle ne pouvoit venir que d'un homme, qui eût vécu dans la Société. *Scioppius*, & l'Auteur de l'*Astrum inextinctum* profiterent de cette occasion pour se venger d'*Inchofer*,

qui les avoit maltraités ſous le nom
d'*Eugenius Lavanda*, & firent tomber le ſoupçon ſur lui. Ils le perſua-
derent à tant de perſonnes, que le
bruit en alla juſqu'aux oreilles du
Pape, qui étoit alors *Innocent X.*
Le Pontife, pour éclaircir le fait,
ordonna ou permit, qu'il ſe fiſt
quelque procedure, que les papiers
d'*Inchofer* fuſſent viſités, & qu'il
fût lui-même interrogé.

    Angelico Aproſio, moins porté
pour l'accuſé que pour ſes accuſa-
teurs, avoue qu'il ne ſe trouva rien
qui le chargeât, qu'il avoit ſeulement ouï dire que parmi les papiers
d'*Inchofer* on avoit trouvé quelques
lettres de *Jules-Clement Scoti*, &
quelque petite note, qui pouvoit
regarder la choſe dont il s'agiſſoit.
Enfin après avoir fait les recherches les plus exactes pendant pluſieurs années, à *Rome* & ailleurs,
il convenoit en 1678. que l'on n'a-
voit aucun indice que le livre fût
d'*Inchofer*.

    Malgré ce défaut de preuves, on
ne laiſſa pas de mettre le nom d'*In-*
chofer, à la tête d'une édition de la

M. In-
CHOFER.

Monarchie, que l'on fit à *Venise* en 1652. Il n'étoit plus en état de protester, étant mort quatre ans auparavant. On n'aime pas à demeurer dans le doute, la discussion des menus faits est embarrassante ; quelques autres motifs se joignirent peut-être à ceux là ; enfin on pensa qu'il valloit mieux croire le fait d'*Inchofer*, que de l'examiner. On supposa que la *Monarchie des Solipses* étoit de lui & on chercha de quoi rendre vraisemblable cette attribution.

Après avoir fait imprimer son livre en Allemagne, dit *Christophe Pellerus*, il alla à Rome, & n'en revint plus. Il mourut en prison, dit *Valerio Magni* dans son Apologie publiée sous le nom de *Theophilus*. Les Jesuites, dit un autre, voulurent le mettre *in pace* ; mais il fut protegé par des Cardinaux qui l'aimoient. M. *Bourgeois* raconte autrement la chose : un soir, dit-il, il fut enlevé de *Rome* & conduit en poste à *Tivoli*, pour être envoyé de là *en un lieu du monde qu'on ne nomme point, & que quelques per-*

fonnes croyent fort éloigné de celui-ci.
Mais le Pape fit fi grand bruit, que
le lendemain matin *Inchofer* fut ra-
mené dans le College des Allemands
dont il étoit Recteur. Il n'étoit pas
content des Jefuites, dit *Bayle*, &
cet ouvrage fut le fruit de fon mé-
contentement. L'Auteur de la Traduction imprimée en Hollande en
1722. veut au contraire que ce ne
foit ni la vengeance, ni le reffénti-
ment qui l'ait produit.

M. *Bourgeois* dit feulement que
le Pere fut foupçonné, & n'ofe af-
fûrer que le foupçon fût bien fondé.
Mais M. *Arnauld* va plus loin : *il eft
certain*, dit-il, *que cette Monarchie
des Solipfes eft d'un Jefuite Allemand,
nommé Melchior Inchofer ;* & on fçait
où eft l'original de la Lettre d'un Jefuite Efpagnol qui le reconnoît, &
qui en fait de grandes plaintes.

Bayle a eu raifon de juger que
ce libelle ne pouvoit venir que d'un
homme piqué & mécontent. *Jules
Clement Scoti* l'étoit en effet. Mais
qu'*Inchofer* le fût, *Bayle* n'a pas
même entrepris de le prouver, il
n'y auroit pas réuffi. Car tout le

monde s'accorde à loüer la sagesse de
ce Jesuite, sa droiture, sa pieté,
son attachement constant à sa Compagnie, & on lui rend en cela justice.
Mais comment ne s'apperçoit-on
pas qu'il y a de la contradiction à lui
attribuer ces qualités, & à le faire
en même temps Auteur d'une Satyre où le Fondateur de sa Compagnie est traité avec une irréverence
scandaleuse.

Son enlevement nocturne est une
petite avanture romanesque, où la
vraisemblance n'est pas même gardée. On avoit conduit *Inchofer* à *Tivoli*, pour y être égorgé ; car les ex-
pressions de M. *Bourgeois* ne donnent
pas une autre idée. On le ramene de
nuit à toute bride. Il rentre froide-
ment dans son College, & il y reste
sans crainte & sans défiance, toujours plus affectionné à la Societé.
Saint Benoît dans une circonstance à
peu près pareille, prit un autre parti ; il quitta sagement les Moines,
qui avoient voulu l'empoisonner.

Il y a plus. Le Pape, dont il étoit
ami, à ce que dit l'histoire, avoit eu
de la peine à le tirer des mains des

Jeſuites, il avoit fallu employer M. IN-
pour cela des *termes terribles.* Cepen- CHOFER.
dant le Pape l'abandonne à leur diſ-
cretion. Il pouvoit le faire Evêque,
du moins *in partibus* ; lui donner
quelque Prelature, ou quelque charge dans le Palais Apoſtolique, le
mettre dans un autre Ordre; en tout
cas il devoit le conſerver à Rome
ſous ſes yeux. Mais permettre qu'on
l'envoye à *Macerata*, & à *Milan*,
c'eſt ce qu'un homme ſage & un bon
ami n'auroit pas fait dans l'occaſion,
où le Roman met *Inchofer*. Je ſçai
qu'il y a des choſes vrayes, qui ne
ſont pas vraiſemblables ; mais lorſqu'on en rapporte hiſtoriquement
quelqu'une de cette nature, il faut
citer ſes garans. L'Auteur du ſupplé-
ment de *Morery* de 1735. a ſenti
l'inconſéquence de cette hiſtoriette,
& pour la couvrir, il a écrit que le
P. *Inchofer a paſſé le reſte de ſes jours
à Rome dans le Collège des Allemands* ;
mais il s'eſt trompé.

Dire, comme M. *Arnauld Il eſt
certain . . . On ſçait où eſt une Lettre qui le reconnoît ;* ce n'eſt pas prouver ; c'eſt avouer que l'on manque

F f iiij

M. IN-
CHOFER.

de preuves. C'est donc sans fondement que la *Monarchie des Solipses*
est attribuée à *Melchior Inchofer.*

M. *Bourgeois* lui attribue encore
un Ouvrage. C'est un Memoire de
29. articles, qu'il vouloit faire reformer dans l'institut & le gouvernement de son Ordre. La Relation
porte que ce Memoire fut présenté
au Pape, & renvoyé à la Congrégation Générale, que les Jesuites
tinrent en 1645. & 1646. & que la
Congrégation eut égard à un *des
plus importans articles* de ce Memoire. (*C'est celui de la perpetuité du Gé-
néralat*) *ayant ordonné que le Général
feroit obligé à l'avenir d'indiquer une
assemblée generale de l'Ordre de neuf
ans en neuf ans, qu'il s'y déposeroit de
sa charge.*

Ce fait est notoirement faux. L'Auteur de la Relation attribue encore
ici à *Inchofer* ce qui convient à *Jules
Scoti.* Celui-ci fit imprimer en 1646.
un livre, tendant à changer divers
points dans l'institut & le gouvernement de la Compagnie, qu'il avoit
quittée. Le livre est intitulé : *Julii
Clementis Placentini, ex illustrissima*

Scotorum familia, de poteſtate pontifi- M. IN-
cia in ſocietatem Jeſu, &c. qui in CHOFER.
octo partes tribuitur liber. Ad Innocen-
tium X. Summum Pontif. Pariſ. Apud
Barthol. Macæum. 1646. *in*-4°. L'im-
preſſion ne s'eſt point faite à *Paris,*
mais à *Veniſe.* Le Pape *Innocent* X.
pour toute réponſe fit condamner le
livre, confirma de nouveau l'inſti-
tut de la Compagnie, & en parti-
culier la perpetuité du Général, qui
ne ſe dépoſe jamais, & fit prier la
Seigneurie de ne pas donner plus
long-temps retraite à l'Auteur.

V. *Les Ouvrages d'Inchofer &*
d'Allatius ; Alegambe & Sotwel,
Bibliotheca ſcriptorum ſoc. Jeſu. Pala-
vicini Vindicationes Soc. Jeſu. c. 22.
Theophile Raynaud, dans ſes deux
Ouvrages, Clemens Scotus Virbius,
& Syntagma de libris propriis. N°.
65. &c. *Placcius de Pſeudonymis.* N°
731. 971. *Jean Bapt. Riccioli, Chro-*
nicon Aſtron. à la tête du I. tome de
l'*Almageſtum novum. Bayle, Dic-*
tionnaire. Supplement de Morery 1735.
Relation de M. Bourgeois. p. 93. *Let-*
tres d'Ant. Arnauld. tom 5. p. 253.
Let. 377. *Alph. Huylembroucq Vin-*

dicationes adversus Tubam alteram.
Aprosio, Viziera Alzata.

Cet article m'a été envoyé par une
personne de merite, & je le donne
tel que je l'ai reçu.

SAMUEL CLARKE.

S*Amuel Clarke* naquit le 11. Octobre 1675. à *Norkich*, Capitale
du Comté de *Nortfolk* en Angleterre.

Son pere, qui étoit Aldermand,
ou Sénateur de cette Ville, prit un
grand soin de son éducation, & l'envoya dès qu'il eut atteint l'âge de
seize ans à l'Université de *Cambridge*,
où il se distingua bien-tôt d'une maniére surprenante.

On n'enseignoit alors dans cette
Université que la Philosophie de
Descartes; mais le Livre de M.
Newton, intitulé *Principia Mathe-
matica*, étant tombé entre les mains
du jeune *Clarke*, il n'y eut pas plûtôt jetté les yeux, qu'il y prit goût,
& à force d'étude il fut en peu de
temps en état de l'entendre. Il entra
même si bien dans les idées de cet

Auteur , que lorſqu'il fut reçu Ba- S. CLAR-
chelier , il lut publiquement un K E.
diſcours Latin ſur une queſtion
tirée de ſon Livre , lequel char-
ma tous les Auditeurs , tant par
la ſolidité & la juſteſſe des raïſonne-
mens , que par la beauté de l'élocu-
tion.

Peu de temps après , c'eſt-à-dire ,
à l'âge d'environ vingt ans , il publia une traduction Latine de la Phy-
ſique de *Rohault* , qui lui fit beaucoup d'honneur.

Ayant enſuite formé le deſſein
d'entrer dans le Miniſtere , il tourna
toutes ſes études du côté de la
Théologie. Le fameux Docteur
Moore , alors Evêque de *Norwich* ,
lui fut à cet égard d'un grand ſecours,
ſoit par ſes conſeils , ſoit par ſa magnifique Bibliotheque. Cet Evêque
n'eut pas plûtôt appris le mérite de
ce jeune homme , qu'il réſolut de le
pouſſer , & pour cela de le faire ſon
Chapelain , dès qu'il auroit l'âge né-
ceſſaire pour entrer dans les Ordres.
En effet peu de temps après , c'eſt-à-
dire en 1698. *Clarke* ſucceda dans ce
Poſte à M. *Whiſton* , avec lequel il

S. CLAR-KE. étoit déja lié d'amitié, & pendant douze ans qu'il l'occupa, le Prélat eut toujours pour lui tant d'estime & de confiance, qu'il le fit son seul Exécuteur Testamentaire.

Clarke sçut bien mettre à profit la situation avantageuse, où il se trouva alors pour ses études. Il s'appliqua d'abord tout entier à la lecture de l'Ancien & du Nouveau Testament dans les Langues originales, & ensuite à celle des Auteurs de la primitive Eglise. Il ne tarda pas à faire connoître les progrès qu'il y avoit faits par differens ouvrages qu'il publia alors, & dont je parlerai dans la suite.

L'Evêque de *Norwich* touché de ses talens, & de ses bonnes qualités, avoit dessein de lui procurer quelque poste avantageux dans la capitale du Royaume; mais en attendant que l'occasion s'en présentât, il lui donna deux petits bénéfices dans son Diocèse. *Clarke* prit dès lors le parti de prêcher par méditation. Il avoit une présence d'esprit si merveilleuse, une si grande facilité d'expression, & avec cela tant d'acquis, qu'il pou-

voit sur le champ traiter les sujets les
plus difficiles d'une maniére satif-
faisante pour ses Auditeurs.

Ayant été pourvû de la Cure de
S. Benoît à *Londres*, par l'entremi-
se de l'Evêque de *Norwich*, il alla
faire sa résidence dans cette ville, &
desservit avec beaucoup de soin cette Eglise composée en grande partie
des Juges & Avocats des Cours Ecclesiastiques, dont il acquit l'estime
& l'amitié. Mais il n'y exerça pas
long-temps son ministere; car ayant
été fait Chapelain ordinaire de la
Reine *Anne*, à la recommandation
de l'Evêque son Patron; & cette
Princesse ayant bientôt connu son mérite, elle lui donna en 1709. la Cure
de *S. James*, qui est une des plus
considerables de la Ville, soit par ses
revenus, soit par le voisinage de la
Cour, & le grand nombre de gens
de qualité, qui demeurent dans la
Paroisse.

Clarke n'en fut pas pas plûtôt pourvû, qu'il quitta sa maniére de prêcher par méditation, & s'attacha à
composer & à écrire ses Sermons;
non qu'il n'eût pû en suivant sa pre-

S. CLAR-
KE.

miere méthode, satisfaire l'Auditoi-
re le plus distingué, mais il crai-
gnoit de n'avoir pas toujours la même facilité, & il se proposoit de
donner un jour ses Sermons au Public.

Il crut alors qu'il lui convenoit
de prendre le degré de Docteur en
Théologie. Pour cet effet il alla à
Cambridge, où il soûtint publiquement deux Theses, dont les sujets
étoient, *Nullum fidei Christianæ dog-
ma in S. Scripturis traditum, est rectæ
rationi dissentaneum. Sine actionum humanarum libertate, nulla potest esse
Religio.*

L'Ouvrage, qu'il publia en 1712.
sur la Trinité, lui fit bien des affaires. Il déplût fort à ceux qui avoient
des sentimens Orthodoxes sur cette
matiére, parce qu'il y favorisoit l'A-
rianisme, & les Ariens eux-mêmes
n'en furent pas contens, parce que
l'Auteur s'y étoit exprimé en termes
trop foibles ou trop obscurs à leur
gré, & qu'ils croyoient qu'il avoit
déguisé ses véritables sentimens. Il
fut vivement attaqué par plusieurs
personnes, & *Clarke* leur répondit

le mieux qu'il put fans trop s'expo- S. CLAR-
fer, & comme un homme qui voyoit K E.
de loin l'orage qui alloit fondre fur
lui.

Cependant il ne fe rétracta point,
& il fit même en 1713. une chofe
qui marquoit bien qu'il perfeveroit
toujours dans les mêmes fentimens.
Pour n'être point obligé de lire la
Collecte du Dimanche de la Trinité,
qui renferme expreffément ce dog-
me, & qui fait partie du fervice de
la Communion, qu'on a coutume
de donner ce jour-là dans toutes les
Paroiffes, il negligea d'adminiftrer
ce Sacrement dans fon Eglife, & en
renvoya de fa pure autorité la célé-
bration à un autre Dimanche. Cela
excita un murmure général parmi
fon troupeau, & fit même tant de
bruit, que la Reine en étant infor-
mée le raya du nombre de fes Cha-
pelains.

En 1714. la Chambre Baffe de
l'Affemblée du Clergé porta fes
plaintes contrelui à la Chambre Haute, l'accufant d'avoir enfeigné ou
favorifé l'Arianifme dans fon Livre
fur la Trinité. La Chambre Haute

S. CLAR-chargea la Basse de fournir les preu-
KE. ves de cette accusation ; & celle-ci
le fit en tirant du Livre diverses propositions qu'elle qualifia d'hérétiques. *Clarke* fut admis à y répondre,
mais sa réponse ne fut pas trouvée
satisfaisante. Les esprits s'échauffe-
rent, & quoiqu'il eût beaucoup d'a-
mis zélés , sur-tout dans la Chambre Haute , on ne parloit pas de
moins que de le déposer.

Enfin ses amis craignant que les
choses n'en vinssent à quelque fâ-
cheuse extrémité , lui persuaderent
de présenter aux Evêques un écrit,
dans lequel il déclaroit *qu'il croyoit*
que le Fils de Dieu étoit engendré de
toute éternité par la puissance & la vo-
lonté éternelle & incomprehensible du
Pere ; & que le S. Esprit procedoit
aussi éternellement du Pere par le Fils.
Il y promettoit outre cela , de ne
plus prêcher , & de ne plus écrire
sur la Trinité, se soumettant , au cas
qu'il le fît d'une maniére contraire à
la doctrine de l'Eglise Anglicane , à
tout ce que l'Assemblée du Clergé
jugeroit à propos de lui infliger. Il fi-
nissoit en assurant qu'il étoit très-
fâché

fâché d'avoir donné du scandale, & qu'il feroit à l'avenir en sorte qu'on n'auroit plus aucun sujet de se plaindre de lui.

Cet écrit, qui avoit tout l'air d'une retractation, déplut fort aux Ariens ; ils reprocherent hautement à *Clarke* de s'être servi des termes de *génération* & de *procession éternelle*, qu'il avoit jusqu'alors sagement évités, & d'avoir employé à cet égard le mot d'*éternel*, sans aucune restriction, comme s'il l'eût pris dans le même sens, que lorsqu'il l'appliquoit à la puissance & à la volonté du Pere ; ce qui étoit directement contraire à la doctrine, qu'il avoit établie dans tout son Livre. Ils ajouterent que s'il avoit entendu ce mot dans un autre sens, il en avoit imposé à ses Juges, & à tout le Public, pour se mettre à couvert de la persécution. *Clarke* fut très sensible à ces reproches, & pour rétablir son honneur à leur égard, il fit remettre à l'Evêque de *Londres* une explication du précedent écrit, telle à peu près que ses partisans pouvoient le souhaiter, le priant in-

Tome XXXV. G g

S. CLAR-
KE.

stamment de la communiquer à la
Chambre Haute de l'Assemblée du
Clergé. Mais, ou ce Prélat ne le jugea pas à propos, ou la Chambre
Haute, dont la plûpart des membres
desiroient de voir terminer au plûtôt cette affaire sans bruit, n'eut aucun égard à cette explication ; quoiqu'il en soit, il n'en fut point parlé,
& l'on s'en tint au premier écrit de
Clarke.

La Chambre Haute declara par
un Acte du 5. Juillet, qu'elle en
étoit satisfaite, & arrêta toutes les
poursuites, malgré les oppositions
de la Chambre Basse, qui vouloit
une retractation plus ample & moins
équivoque. Ce fut ainsi que finit cette affaire.

Cependant un de ses amis fit imprimer peu de temps après son Apologie, dans laquelle il tâcha de faire voir qu'il ne s'étoit point retracté;
Clarke lui même n'oublia rien pour
le faire croire au Public. Il défendit
publiquement ses premiers sentimens contre trois ou quatre nouveaux Antagonistes, qui l'attaquerent
presque tous à la fois. Dans une se-

conde édition, qu'il donna quel- S. CLAR-
ques années après de son livre sur la XL.
Trinité, il retrancha avec soin tout
ce qu'il avoit dit pour justifier ou
excuser la coûtume de souscrire aux
Confessions de foy & aux Liturgies,
aussi bien que l'explication qu'il a-
voit donnée du Symbole de *S. Atha-*
nase, pour l'accommoder à son sys-
teme. Il fit plus, il ne voulut jamais accepter depuis aucun benefice
qui l'engageât à une nouvelle signa-
ture.

En 1718. il s'avisa de changer
pour l'Ecole de charité de sa Paroiss-
se, la doxologie, qui est à la fin de
chacun des Pseaumes en vers, &
que l'on chante communément dans
l'Eglise Anglicane; & au lieu de ces
mots qu'on y lit : *A Dieu le Pere, le*
Fils, & le S. Esprit, &c. il mit ceux-
ci : *A Dieu, par Jesus-Christ son Fils,*
Notre Seigneur, &c. Mais l'Evêque
l'ayant appris en fut extrêmement
irrité, & après l'avoir obligé à retablir les choses sur l'ancien pied,
il écrivit une Lettre circulaire à tous
les Curés de son Diocèse, pour
leur défendre de faire à cet égard

S. CLAR-
KE.

aucun changement. Ce qui produi-
sit une nouvelle dispute fort échauf-
fée, où l'on vit paroître plusieurs
Brochures de part & d'autre, &
où M. *Whiston* fut un des principaux
tenans.

Ce fut vers ce tems là que Mylord
Lechmere, Chancelier du Duché de
Lancastre, donna à *Clarke* la place
de Maître de l'Hôpital de *Wigston* à
Leicester, capitale de ce Duché,
qu'il accepta avec plaisir, parce que
cela ne l'obligeoit à aucune signatu-
re, ni à aucun service, qui fût opposé à ses sentimens.

L'année suivante 1719. plusieurs
sçavans Ariens, ou demi Ariens, à
la tête desquels étoit M. *Whiston*, réso-
lurent de présenter une Requête au
Parlement, pour demander l'abolition des signatures, & une tolerance
absolue pour tous les Protestans, de
quelque secte, & de quelque opinion qu'ils fussent; pourvû qu'ils
prêtassent le serment du Test, &
qu'ils souscrivissent au Symbole des
Apôtres, ou à une déclaration, qui
porteroit qu'on croit la Religion
Chrétienne, tel qu'elle est contenue

dans l'Ecriture Sainte. Ils consulte- S. CLAR-
rent là-dessus *Clarke*, qui approuva KE.
fort leur dessein, & leur souhaita
un heureux succès. Mais ils rencon-
trerent de si grandes oppositions,
que le projet tomba bientôt.

Clarke prenant un grand soin de sa
santé, & n'ayant jamais eu d'autre
maladie que la petite verole dès sa
jeunesse, se promettoit une longue
vie. Mais étant allé prêcher le Dimanche 11. May 1729. devant les
Juges du Royaume dans leur Cha-
pelle, il fut saisi tout d'un coup
d'un mal de côté, qui le mit hors
d'état de faire sa fonction, & le
conduisit en peu de temps au tombeau.

Il mourut le 17. May de cette année 1729. âgé de 54. ans.

Il avoit épousé *Catherine Look-
wood*, fille d'un Curé du *petit Maf-
fingham*, dans le Comté de *Norfolk*,
avec laquelle il a toujours vécu dans
une grande union. Il en a eu sept
enfans, dont deux sont morts avant
lui.

C'estoit un de ces genies supe-
rieurs, qui sont capables de se dif-

S. CLAR-
KE.

tinguer dans toutes les fciences. Il
en eft peu, qu'il ne connût fuffi-
famment pour s'en faire honneur.
A un Jugement folide il joignoit
une memoire des plus heureufes, &
une grande fagacité pour débroüiller
les matieres les plus difficiles. Obfédé
de gens qui venoient le confulter fur
toutes fortes de fujets, il les recevoit
à toute heure avec beaucoup de bonté & d'affabilité. Il s'étoit même d'a-
bord mis fur le pied de répondre à
tous ceux qui lui écrivoient pour
fçavoir fon fentiment fur les matieres les plus épineufes ; mais
quand il vit qu'on abufoit de fa complaifance, en faifant imprimer fes
lettres, il réfolut de changer de
methode, & de ne s'expliquer que de
vive voix. Sa converfation étoit
également agréable & inftructive ;
il s'exprimoit avec tant de facilité
& d'une maniere fi claire & fi naturelle, qu'on ne fe laffoit point de
l'entendre, & que les efprits les plus
bornés pouvoient profiter de ce
qu'il difoit fur les fujets les plus re-
levés. Cependant il fe prévaloit fi
peu de cet avantage, qu'il n'étoit

jamais le premier à parler de matie-S. KLAR-
res ſçavantes ; il falloit que la con-KE.
verſation tournât de ce côté-là, ou
qu'on l'y engageât par des queſtions
auſquelles la politeſſe vouloit qu'il
répondît.

Les qualités de ſon cœur répon-
doient à celles de ſon eſprit ; ſes
ennemis même lui ont toujours rendu juſtice ſur ce ſujet. Tout ce qu'on
a à lui reprocher, eſt ſon livre ſur la
Trinité, & la conduite qu'il tint à
cet égard.

Catalogue de ſes Ouvrages.

1. *Jacobi Rohaulti Phyſica. Latine
vertit, recenſuit, Annotationibus ex
Ill. Iſaaci Newtoni Philoſophia maxi-
mam partem hauſtis, amplificavit S.
Clarke. Cantabrigiæ.* 1697. *in*-8°. It.
*Accedunt in hac editione novæ aliquot
tabulæ æri inciſæ. Londini* 1702. *in*-8°.
It. *Editio tertia, in qua Annotationes
ſunt dimidia parte auctiores, additæque
octo tabulæ æri inciſæ Londini.* 1701.
in-8°. It. *Editio quarta auctior.* 1718.
in-8°. Cette traduction eſt beaucoup
plus exacte & plus élegante, que
celle qui avoit paru auparavant ; &
l'on en a été ſi content en Angleter-

S. KLAR-
KE.

re, qu'on s'en eſt toujours ſervi depuis avec ſuccès dans les leçons publiques & particulieres. *Jean Clarke* a
traduit en Anglois les Remarques
de *Samuel Clarke* dans l'Edition An-
gloiſe qu'il a publiée de cet ouvrage.
à *Londres* en 1723. *in* 8°.

2. *Trois eſſais pratiques ſur le Baptême , la Confirmation & la Penitence,
contenans d'amples inſtructions pour me-
ner une vie ſainte , avec de preſſantes
exhortations , adreſſées ſur tout aux
jeunes gens , & tirées de la ſeverité de
la diſcipline de l'Egliſe primitive.* (en
Anglois) *Londres* 1699. *in* 8°. Il
s'eſt fait quatre éditions de ce livre.

3. *Reflexions ſur un livre intitulé
Amyntor , en ce qui regarde les écrits
des Peres de la primitive Egliſe & le
Canon du Nouveau Teſtament* (en
Anglois *Londres* 1699. *in-*8o. ſans
nom d'Auteur. On a depuis joint ce
petit Traité à la Lettre de *Clarke* à
Dodwel , imprimée en 1706.

4. *Paraphraſe ſur les quatre Evangiles ; où pour une plus grande intelligence de l'Hiſtoire Sainte , on a mis le
texte ſur une colomne , & la Paraphraſe ſur une autre vis-à-vis , avec des
notes*

notes critiques sur les passages les plus S. CLAR-
difficiles. (en Anglois) *in-8o.* deux KE.
tomes. Cette Paraphrase parut d'abord
par parties en 1701. & 1702. Mais
on les réimprima bientôt après ensemble. Il y en a quatre editions. On
auroit souhaité que *Clarke* eût traité
le reste du Nouveau Testament ,
comme il avoit fait les Evangiles,
mais divers incidens qui survinrent ,
l'empêcherent de pousser plus loin
son travail , & il ne voulut plus le
reprendre dans la suite.

5. *De l'Existence & des attributs de
Dieu, des devoirs de la Religion naturelle, & de la verité de la Religion Chrétienne ; Traités,* qui sont le précis de
seize sermons prononcés à Londres pour
la lecture fondée par M. Boyle ; où
l'on réfute Hobbes , Spinosa , l'Auteur
des Oracles de la Raison , & tous ceux
qui combattent la Religion naturelle ,
& la Religion revelée. (En Anglois)
Londres 1704. & 1705 *in-8o.* deux
Volumes. It. 2e. Edition. *Ibid.* 1706.
in-8o. It. *Traduits en François par M.
Ricotier.* Amsterdam 1717. *in-8o.*
deux vol. It. 2e. édition augmentée
sur la 6e. Angloise. Amsterdam 1727.

Tome XXXV. H h

*in-*12. Trois Tomes. *Clarke* ayant été choisi en 1704. pour remplir la fondation faite par M. *Boyle*, prit pour sujet des huit sermons, qu'il devoit faire pendant l'année, l'Existence & les Attributs de Dieu, qu'il se proposa de démontrer *à priori*, contre les Sophismes de *Spinosa* & d'*Hobbes*. Si difficile que fût cette tâche, il s'en acquitta en Maître, & d'une maniere qui surpassa l'attente de ceux même qui le connoissoient le mieux. Aussi l'engagea-t-on à prêcher encore l'année suivante; ce qu'il fit avec le même succès, en établissant par des conséquences nécessaires de ses demonstrations précédentes, & par quelques autres preuves, les devoirs moraux de la Religion naturelle, & la verité de la Religion Chretienne. Il publia, peu de temps après tous ces sermons en forme de Traités, & l'impression, loin de diminuer l'idée avantageuse qu'on s'en étoit faite, l'accrut à un degré surprenant. Il s'en est fait jusqu'à sept éditions en Anglois, dans la 4e desquelles *Clarke* a inseré quelques Lettres qu'on lui avoit écrites sur son Traité de l'Exis

ſtence & des Attributs de Dieu, S. CLAR-
avec les réponſes qu'il y avoit faites. KE.
Dans la ſeptiéme il ajouta encore
ſon *Diſcours ſur la connexion*, qu'il y
a entre les Propheties du Vieux Teſtament, & l'application que les Ecrivains du Nouveau en font à Jeſus-
Chriſt ; avec une ſeptiéme Lettre ſur
l'argument *à priori*, qu'il avoit employé dans ſon Traité ; qui avoient
paru ſéparément.

Cet ouvrage a été traduit en Latin. *Præmiſſa Atheiſmi Hiſtoria, Jen-*
kino Thomaſio Interprete ; cum Præfa-
tione Chriſtiani Gottlieb, Schwarzii.
Altdorf. 1713. *in-8°.* On en a auſſi
une traduction Flamande, imprimée à *Leyde* en 1718. *in-8°.*

6. *Optice, ſive de Reflexionibus, Refrac-*
tionibus, & Coloribus Lucis, Libri
tres. Autore Iſaacco Newton. Latine
reddidit Samuel Clarke. Accedunt
Tractatus duo ejuſdem Autoris de ſpe-
ciebus & magnitudine figurarum Cur-
vilinearum, Latine ſcripti. Londini.
1706. *in-4°.* It. *Ibid.* 1719. *in-8°.* Les
grands progrès que *Clarke* avoit faits
dans toutes les parties de la Philoſophie, joints à ſes qualités perſon-

H h ij

nelles , lui procurerent l'amitié du
Chevalier *Newton* , qui l'engagea à
traduire son Optique en Latin ; ce
qu'il fit d'une maniere très élegante
& très claire. Cette traduction plut
tellement à M. *Nexton* , qu'il fit présent de cent livres sterling à chacun
de ses enfans , qui étoient au nombre de cinq.

7. *Lettre à M. Dodwel, où l'on refute
en détail tous les argumens qu'il a
avancés dans sa* lettre sur l'immortalité de l'Ame, *& l'on expose fidel-
lement le sentiment des Peres sur cette
matiere.* (En Anglois) *Londres* 1706.
in-8°. Il s'est fait six éditions de cet
Ouvrage, auxquelles on a ajoûté les
piéces suivantes sur la même matiére, & les Réflexions sur l'*Amyntor* ,
que j'ai marquées ci-devant au N°.
3.

8. *Defense d'un Argument, dont on
s'est servi dans la Lettre à M. Dod-
kel pour prouver l'immatérialité &
l'immortalité naturelle de l'Ame.* (en
Anglois) *Londres* 1707. *in-8o.* pp. 32.
La Lettre précédente n'eut pas plu-

tôt paru, que M. *Collins* ſe prévalant S. CLAR-
de ce que M. *Locke* avoit ſoutenu KE.
dans ſon *Eſſai ſur l'entendement humain*
Liv. 4. ch. 3. qu'il n'étoit pas im-
poſſible que la matiére pensât, prit
dans une petite brochure le parti de
M. *Dodwel* ſur l'Article de la mor-
talité naturelle de l'Ame, & allegua
tout ce qu'on peut dire de plus plau-
ſible contre ſon immatérialité, auſſi-
bien que contre la liberté des actions humaines. La Brochure a pour
titre : *Lettre à M. Henri Dodwel, con-*
tenant quelques remarques ſur une pré-
tendue domonſtration de l'immaterialité
& de l'immortalité naturelle de l'Ame,
rapportée dans une réponſe de M.
Clarke à ſa Lettre ſur ce ſujet. (En
Anglois). *Londres* 1707. *in-*80. pp.
16. Mais *Clarke* réfuta ſolidement
les ſophiſmes de cet Auteur dans la
défenſe dont il s'agit ici. M. *Collins*
revint à la charge dans une nouvelle
Brochure, qu'il intitula : *Replique à*
la défenſe de la Lettre de M. Clarke
à M. Dodwel, avec une addition ſur
la réponſe de M. Milles à la Lettre
de M. Dod°*el.* (En Anglois) *Lon-*
dres 1707. *in-*8°. pp. 48. *Clarke* re-

H h iij

S. CLAR- *futa ce nouvel Ouvrage par le suivant.*
KE.

9. *Seconde défense d'un Argument,
dont on s'est servi dans la Lettre à M.
Dodwel, pour prouver l'immaterialité
& l'immortalité naturelle de l'Ame,
contenuë dans une Lettre à l'Auteur
de la Replique à la défense de M. Clarke* (En Anglois) *Londres* 1707. *in-*
8°. pp. 54. Cette seconde défense
fut bientôt suivie d'une nouvelle réponse de M. Collins, intitulée : *Réflexions sur la seconde défense de la
Lettre de M. Clarke à M. Dodwel.*
(En Anglois) *Londres* 1707. *in-*8o.
pp. 64. Cela donna occasion à une
troisiéme défense.

10. *Troisiéme défense d'un Argument, &c. contenuë dans une Lettre
à l'Auteur des Reflexions sur la seconde défense de M. Clarke.* (En Anglois)
Londres 1708. *in-*8°. pp. 94.

11. *Quatriéme défense d'un Argument, &c.* (En Anglois) *Londres*
1708. *in-*8°. Ces quatre Lettres ont
été jointes à celle dont elles soit la
défense dans les Editions faites depuis. *Clarke* y a suivi *Collins* dans tous
ses subterfuges, & y a mis les preuves de l'immaterialité de notre ame

dans un jour, où elles n'avoient point
encore paru.

12. *C. Julii Caſaris quæ extant,
accuratiſſime cum Libris editis & Mſſ.
optimis collata, recognita & correcta;
Acceſſerunt annotationes S. Clarke.
Londini* 1712. *in-fol.* On ne peut
rien ajouter à la beauté de cette édition, qui eſt enrichie de plus de
quarante vignettes, de 87. planches,
dont quarante ſont gravées d'après
celles que Palladio inſera dans la ver-
ſion Italienne des Commentaires de
Ceſar imprimée en 1575 à Veniſe in-
4o. & de ſix Cartes Geographiques.
Ce Livre fut réimprimé en 1720 *in-*
8o. pour l'uſage des Ecoles, & pour
faire plaiſir à ceux qui n'étoient pas
en état d'acheter la première édition.

13. *La Doctrine de l'Ecriture touchant la Trinité. En trois Livres. Où
tous les Textes du Nouveau Teſtament,
& les principaux paſſages de la Liturgie de l'Egliſe Anglicane, qui ont rapport à cette doctrine, ſont raſſemblés,
comparés entr'eux & expliqués.* (En
Anglois) *Londres* 1712 *in-*8o. It.
Seconde Edition corrigée. *Londres*

H h iiij

S. CLAR-
KE.

1719. *in-*8°. L'Auteur a fait de grands changemens dans celle-ci. Il s'en est fait depuis une troisiéme, conforme à cette seconde. Cet ouvrage, où l'Auteur suit les sentimens des Ariens, se vit bien-tôt attaqué de toutes parts; & cela donna occasion aux suivans.

14. Dans une petite Brochure, qui a pour titre *Apologie du Docteur Clarke*, imprimée en 1714. on trouve trois écrits de ce Docteur, faits à l'occasion de la Plainte formée par la Chambre Basse de l'Assemblée du Clergé contre le Livre précédent; sçavoir une *Replique à l'extrait fourni par cette Chambre*, un *Ecrit présenté aux Evêques*, & une *explication de cet Ecrit remise à l'Evêque de Londres.*

15. *Lettre au Docteur Wells, Recteur de Cotesbach dans le Comté de Leicester, en réponse à ses Remarques sur le Livre qui a pour titre: La doctrine de l'Ecriture touchant la Trinité.* (En Anglois) *Londres* 1714. *in-*8°. pp. 82. L'Ouvrage de *Wells* avoit été imprimé l'année précédente à *Oxford. in-*8°.

16. *Réponse aux Objections de Ro-*

bert Nelfon, & d'un *Auteur Anonyme*
contre le Livre du Docteur Clarke inti-
tulé: La doctrine de l'Ecriture touchant
la Trinité ; en maniere de Commentai-
re fur quarante paffages choifis de l'E-
criture. Avec une réponfe aux obfer-
vations de l'Auteur Anonyme des confi-
derations fur la Ste. Trinité, & de la
maniere de traiter cette controverfe.
(En Anglois) Londres 1714. in-8°.

17. *Reponfes du Docteur Clarke à*
trois Lettres, qu'un Ecclefiaftique de
la Campagne lui a écrites au fujet de
fon livre intitulé : La doctrine de l'E-
criture touchant la Trinité (en An-
glois) Londres 1714. in-8°.

18. *Recueil de divers Ecrits compo-*
fés par M. Leibnitz & le Docteur
Clakre en 1715. & 1716. fur les prin-
cipes de la Philofophie & de la Reli-
gion naturelle ; avec un Appendix. On
y a joint quelques autres Lettres fur la
Liberté & la Néceffité, écrites au D.
Clarke par un membre de l'Univerfité
de Cambridge, & les Reponfes de ce
Docteur ; comme auffi des Remarques
fur un livre intitulé : Difcours philo-
fophique fur la liberté de l'homme.
(en Anglois) Londres 1717 in-8°.

S. CLAR-
KE.

pp. 492. On voit ici d'abord cinq
écrits de *Leibnitz* en François, ac-
compagnés d'une traduction Angloise, avec autant de reponfes de
Clarke en Anglois, traduites de même en François. Tout cela eft fuivi
de l'Appendix, qui eft un Recueil de
paffages tirés des ouvrages de *Leibnitz*, dont *Clarke* a eu occafion de
parler dans fes réponfes. L'Auteur
des *Lettres fur la liberté & la neceffité*
s'appelloit *Bulkeley*, & mourut au
mois de Septembre 1718. âgé d'environ 24. ans. Pour ce qui eft du
difcours Philofophique fur la liberté
il eft de M. *Collins*. Toutes les pièces qu'on trouve dans ce Recueil,
ont paru en François, de la traduction de M. des *Maizeaux*, dans le
premier volume d'un livre intitulé:
*Recueil de diverfes pieces fur la Philo-
fophie, la Religion naturelle, l'Hiftoire,
les Mathematiques &c. par MM.
Leibnitz, Clarke, Newton, & autres Auteurs celebres. Amfterdam*
1720. *in*-12. Les Ecrits de *Leibnitz*
& de *Clarke* ont été traduits en Allemand par *Henry Koehler*, qui y a
joint une réponfe de *Louis-Philippe*

Thummig au 5e. de *Clarke*, pour ſup- S. CLAR-
pléer à la réplique, que la mort KE.
avoit empêché *Leibnitz* d'y faire.
Cette traduction a été imprimée
avec une Préface de *Chrétien Wolfius*,
à *Francfort* L'an 1720. *in-*8o.

19. *Lettre à feu M. R. M.* (*Mayo*)
ſur ſon livre intitulé: Argument clair,
tiré de l'Ecriture, en faveur de la doctrine de la Trinité. (En Anglois)
Londres 1718. *in-*8°.

20. *Lettre à l'Auteur d'un Livre
intitulé*, Continuation & défenſe de
la vraie doctrine de l'Ecriture Sainte
touchant la Très-Sainte & indiviſi-
ble Trinité, *recommandé premierement par M. Nelſon, & enſuite par
le Docteur Waterland.* Cette Lettre,
& le Livre auquel elle ſert de réponſe, ont été imprimés à la fin d'un
Traité d'un ami de *Clarke*, qui a
pour titre : *Défenſe modeſte de la doctrine de l'Ecriture touchant la Trinité,
où l'on compare enſemble les Syſtêmes de
MM. Bennet & Clarke.* (En Anglois *Londres* 1719. *in-*8°.

21. *Défenſe modeſte continuée, où
courte & claire réponſe aux queſtions
du Docteur Waterland touchant la doc-*

S.ᵗ CLAR-*trine de la Trinité.* (En Anglois)
KE. *Londres* 1720. *in-8°.* L'Auteur n'a
point mis son nom à cette Brochure,
non plus qu'à la suivante.

22. *Remarques sur la seconde dé-*
fense des Questions du Docteur Water-
land. (En Anglois) *Londres* 1724.
in-8°.

23. *XVII. Sermons sur divers su-*
jets. (En Anglois) *Londres* 1724.
in-8°. Il s'en est fait depuis une seconde Edition.

24. *Sermon prêché dans l'Eglise Pa-*
roissiale de S. James le 18. *Avril* 1725
à l'occasion de la fondation d'une Ecole
de Chârité pour l'instruction des ser-
vantes (En Anglois) *Londres* 1725.
in-8o.

25. *Discours sur la connexion qu'il*
y a entre les Propheties du Vieux Tes-
tament, & l'application que les Ecri-
vains du Nouveau en font à Jesus-
Christ. On y a joint une Lettre sur
l'Argument à priori. (En Anglois)
Londres 1725. *in-8°.* It. Dans la 7ᵉ.
Edition du *Traité de l'Existence &*
des Attributs de Dieu.

26. *Lettre à M. Benjamin Hoadlay,*
à l'occasion de la dispute, qui s'est éle-

vée entre les *Mathématiciens*, touchant
la proportion de la *vitesse* & de la force dans les corps en mouvement. Cette
Lettre se trouve dans les *Transactions
Philosophiques* de l'an 1728.

27. *Homeri Ilias*, *Græce & Latine.
Annotationes in usum Ser. Principis
Guilielmi Augusti, Ducis de Cumber-
land, &c. Regio jussu scripsit atque edidit S. Clarke. Volumen* I. *Londini.*
1729. *in* 40. Homere étoit le Poëte
favori de *Clarke*, qui avoit travaillé sur lui dès sa jeunesse. Cette édi-
dition, qu'il a commencé à donner
des douze premiers Livres de l'Iliade, est magnifique, & a mérité les
applaudissemens des sçavans. Mais la
mort l'a empêché de la finir, & de
donner le reste. *Samuel Clarke*, son
fils, a suppléé à son défaut, & a donné le second Volume en 1732. mais
dans un état assez imparfait.

28. *Sermons sur differens sujets*,
par *Samuel Clarke*; publiés sur les *Mss.*
de l'Auteur par *J. Clarke*, Doyen de
Salisbury. Avec une Préface de *Benjamin Hoadley*, Evêque de *Salisbury*,
où l'on donne une idée de la vie, des
Ouvrages & du caractere de l'Auteur.

S. CLAR-
KE.

(En Anglois) *Londres in-*8o. Dix
volumes. Ces volumes de Sermons
ont paru d'abord séparément deux à
deux, les premiers en 1730. & les
autres les années suivantes; mais on
les a réimprimés depuis ensemble.

29 *Exposition du Catechisme de l'E-
glise Anglicane*; publiée sur les *Mss.* de
l'Auteur par le Docteur *Jean Clarke* (En Anglois) *Londres* 1732 *in-*8o.

V. son *Éloge* par Benjamin *Hoadley*, à la tête de ses *sermons Posthumes*.
Le Journal Anglois du Docteur *Sykes*,
intitulé: *L'état présent de la République des Lettres*, mois de *Juillet* 1729.
*Mémoires Historiques de la Vie de Sa-
muel Clarke* par M. *Whiston*. (En Anglois) *Londres* 1730. *in-*8o. Éloge
de M. *Clarke* dans le 3e. tome de la
Bibliotheque Britannique p. 414. C'est
un précis des Ouvrages précédens.

MATTHIEU DE MORGUES.

M. DE
MORGUES

Matthieu de Morgues, Sieur de
Saint Germain, naquit vers
l'an 1582. dans le Velay, petit pays
du Languedoc.

Aprés avoir fait ſes études, il entra chez les Jeſuites, & regenta
quelques claſſes dans leur College
d'*Avignon*. Il en ſortit cependant
quelque temps aprés, & vint à *Paris*, où il s'adónna à la Predication.
Il ſe fit par là une ſi grande réputation, que dés l'an 1613. il devint
Prédicateur de la Reine *Marguerite*.
Il le fut depuis du Roy en 1615. &
de la Reine Mere en 1620.

Il fut quelque temps Curé de
Notre-Dame des Vertus près de *Paris*:
Mais la Reine *Marguerite* l'ayant engagé à la ſollicitation du Cardinal
de Joyeuſe, à ſe démettre de cette Cure entre les mains de M. *Galemant*,
qui avoit été ſon Grand-Vicaire à
Rouen, il la réſigna à cet Eccleſiaſtique, qui la remit bien-tôt après aux
Prêtres de l'Oratoire, qui la poſſé-
dent encore.

Il fut depuis nommé à l'Evêché
de *Toulon*; mais il ne put jamais
avoir ſes Bulles; ce qu'il attribue
aux mauvais offices du Cardinal *de
Richelieu*. Il ſe vit par là obligé d'y
renoncer, en conſervant une partie
du revenu, que ce Cardinal lui
ôta depuis.

M. DE La Reine Mere *Marie de Medicis*
MORGUES ayant été détenue à *Compiegne* le 23.
Fevrier 1631. *de Morgues*, qui lui
étoit entierement attaché, en qualité de son Aumônier, se retira chez
son pere dans le Velay. Le Cardinal
de Richelieu avoit pris des mesures
pour le faire arrêter dans cette retraite; mais il manqua son coup,
de Morgues s'étant sauvé avant l'arrivée de l'Exempt.

Il travailla ensuite à la défense de
la Reine-Mere, & se retira avec
elle dans les Pays-Bas.

Après la mort de cette Princesse
arrivée le trois Juillet 1642. & celles
du Cardinal *de Richelieu* & du Roy
Louïs XIII. qui la suivirent de près,
le premier le 4. Decembre de la
même année 1642. & le second le
14. May de la suivante 1643. il revint à *Paris*, où il vécut depuis
tranquillement, ayant même obte-
nu un Privilege pour l'impression de
ses Ouvrages.

Il se retira aux Incurables, où
il avoit coûtume de prêcher tous les
ans le jour de *S. Joseph.*

Ce fut en ce lieu qu'il mourut au
mois

mois de Decembre de l'an 1670. âgé
de 88. ans.

Catalogue de ses Ouvrages.

1. *Déclaration de la volonté de Dieu en l'institution de l'Eucharistie*, contre les erreurs de P. du Moulin. *Paris.* 1617. *in-8°.*

2. *Le Manifeste de la Reine Mere.* Blois 1618. *in-8o.* Cette Princesse s'étoit retirée à *Blois* le 3. May de l'année précedente, & de *Morgues* composa ce Manifeste, pour representer l'état où elle étoit, & les changemens qu'elle souhaitoit qu'on fît dans le Gouvernement.

3°. *Oraison funebre de Diane Légitimée de France, Duchesse d'Angoulême.* Paris. 1619. *in-8°.* De *Morgues* prend ici la qualité d'Abbé de *Gondon.*

4. *Veritez chrétiennes au Roy Très-Chrétien.* 1620. *in-8o.* & dans le *Recueil des Pieces les plus curieuses qui ont été faites pendant le Regne du Connestable de Luynes* p. 126. de la 4e. Edition. 1632. *in-8o.* Cet écrit est appellé le *Manifeste d'Angers*, parce que la Reine Mere s'y étoit alors retirée. L'Auteur y soûtient

Tome XXXV.   Ii

M. D E que cette Princesse avoit sujet de se
MORGUES plaindre de ceux qui lui avoient ravi
l'éducation de ses enfans & il nous
apprend dans un autre Ouvrage que
le Cardinal *de Richelieu* l'avoit fort
approuvé.

5. *Le droit du Roy sur des sujets
chretiens. A ceux de la Religion P.
R. Paris.* 1622. *in-8o.*

6. *Avis d'un Theologien sans passion, sur plusieurs libelles imprimez
depuis peu en Allemagne.* 1626. *in-8o.*
C'est un Ouvrage écrit en faveur du
Cardinal *de Richelieu* , & des autres
Ministres. *De Morgues* s'en avoue
l'Auteur à la p. 500 du 12. tome du
Mercure François , où il rapporte le
titre de huit autres Libelles , avec
des conjectures sur leurs Auteurs.

7. *Lettres , Déclarations , Mani-
festes de Son Altesse de Savoye exami-
nez. Intention de sa Majesté & actions
du Cardinal de Richelieu justifiées dans
la Réponse de la Bressante à un Sa-
voyard. Paris.* 1630. *in-4o. & in-8o.*
Dans le Recueil de *Du Chastelet.
Paris.* 1635. *in-fol.* p. 66. Ce Recueil
est signé par *François de Vellay.* C'est
un nom , sous lequel est caché *Mat-*

thieu de Morgues, qui étoit François M. DE
de nation, & natif du Velay. MORGUES

8. *Très-humble, très-véritable, &*
très-importante Remontrance au Roy.
1631 *in-4o.* It. Dans le *Recueil des*
Pieces pour la défense de la Reine-Me-
re. De Morgues y parle du Cardinal
de Richelieu bien différemment de
ce qu'il avoit fait jusques-là ; quoi
qu'il s'y exprime avec une modestie
apparente sur son sujet, il ne laisse
pas de le traiter fort mal.

9. *Vrais & bons avis de François*
Fidele sur les calomnies & blasphêmes
du sieur des Montagnes ; ou examen
du libelle intitulé : Defense du Roy &
de ses Ministres 1631. *in-4o.* It. Dans
le *Recueil de Piéces pour la défense de*
la Reine Mere. L'Ouvrage que *de*
Morgues se propose de réfuter ici,
est de *Jean Sirmond*, qui l'a publié
sous le nom du sieur *des Montagnes*,
& sous le titre de *defense du Roy & de*
ses Ministres, contre le *Manifeste*, que
sous le nom de *Monsieur* on fait courre
parmi le peuple. 1631. *in-4o. & in-8o.*

10. *Declaration du Roy sur la sortie*
de la Reine sa Mere, & de Monsei-
gneur son frere hors le Royaume, avec

M. DE *des observations de Matthieu de Mor-*
MORGUES *gues.* 1631. *in*-8o. Cette déclaration
est du 13e Aoust 1631.

II. *Charitable Remontrance de Ca-*
ton Chrétien à M. le Cardinal de Ri-
chelieu, sur ses actions, & quatre Li-
belles diffamatoires, faits par lui, ou
ses Ecrivains. 1631. *in*-8o. It. Dans le
Recueil de Pieces pour la défense de la
Reine Mere. Les Ouvrages que de
Morgues se propose de réfuter ici,
sont les suivans. 1o. *Remontrance à*
Monsieur, par un François de quulité.
1631. *in*-8o. De *Morgues* prétend
qu'elle est du Cardinal *de Richelieu.*
2o. *Discours d'un vieux Courtisan dé-*
sinteressé sur la lettre que la Reine
Mere du Roy a écrite à Sa Majesté
après être sortie du Royaume. 1631. *in-*
8o. Notre Auteur l'attribue à *Achil-*
le de Harlay, Sieur de *Sancy*, Evêque de *Saint Malo.* 3o. *Discours au*
Roy touchant les libelles faits contre le
Gouvernement de son Etat. 1631. *in*-4o.
Par *Paul Hay,* sieur du *Châtelet,* qui est
aussi l'Auteur du suivant. *in*-4o. *L'In-*
nocence justifiée en l'administration des
affaires. 1631. *in*-8.

22. *Avertissement de Nicocleon à*

Cleonville ſur ſon avertiſſement aux M. DE
Provinces 1632. in-8°. It. Dans le MORGUES
Recueil de Piéces pour la défenſe de la
Reine Mere. De Morgues veut réfuter
ici un Ouvrage de *Jean Sirmond*,
qui eſt intitulé : *Avertiſſement aux*
Provinces ſur les nouveaux mouvemens
du Royaume. Par de Cleonville. 1631.
in-8°.

13. *Le génie démaſqué.* 1632. *in*-8°.
It. Dans le *Recueil de Piéces pour la*
défenſe de la Reine Mere. C'eſt une
réponſe à un Ouvrage intitulé : *Le*
bon génie de la France à Monſieur.
1632. *in*-12.

14. *Réponſe à la ſeconde Lettre im-*
primée avec le Prince de Balzac, &
remplie de calomnies contre la Reine
Mere du Roy Très-Chrétien. 1632. *in*-
8°. It. Dans le *Recueil de Piéces*, &c.
Balſac n'eſt pas mieux traité dans
cet Ouvrage, que les autres défen-
ſeurs du Cardinal de Richelieu.

15. *La vérité défenduë. Enſemble*
quelques obſervations ſur la conduite
du Cardinal de Richelieu 1635. *in*-8°.
It. Dans le *Recueil de Piéces*, &c.
C'eſt une réponſe à un Ouvrage de
Paul Hay, Sieur du Châtelet, fait en

M. DE apparence en faveur du Maréchal MORGUES de *Marillac*, mais où il est parlé fort peu de lui, & qui n'est presque employé qu'à blâmer la conduite de la Reine Mere. Il est intitulé : *Observations sur la vie & condamnation du Maréchal de Marillac & sur un Libelle intitulé :* Relation de ce qui s'est passé au jugement de son procès. *Paris* 1633. *in-8º. & in-4º. De Morgues* dit qu'il y avoit quatorze mois que son Livre étoit fait, lorsqu'il le publia, & qu'il en avoit suspendu l'impression, pour le bien de la paix, qu'on avoit lieu d'esperer alors.

16. *Jugement sur la Préface & diverses Piéces, que le Cardinal de Richelieu pretend de faire servir à l'Histoire de son crédit.* 1635. *in-8º.* It. Dans le *Recueil de Piéces*, &c. L'Auteur attaque ici un *Recueil de diverses Piéces pour servir à l'Histoire* publié par *Paul Hay du Châtelet.* 1635. *in-fol.* Avec une longue Préface, qui est une espece d'Apologie du *Cardinal de Richelieu.*

17. *Avis de ce qui s'est passé sur le sujet d'une Lettre présentée au Roy Très-*

Chrétien, *de la part de la Reine Mere* **M. DE**
de Sa Majesté. 1636. *in*-8o. It. Dans **MORGUES**
le Recueil de Pieces pour la défense de
la Reine Mere.

18. *Lumiere pour l'Histoire de Fran-*
ce, & pour faire voir les calomnies, flate-
ries, & autres défauts de Scipion Du-
pleix. 1636. *in*-4o. & dans le *Recueil*
de Pieces, &c. Ceci regarde principalement ce que *Dupleix* avoit dit dans
son *Histoire de France*, du Regne
de *Loüis XIII.*

19. *Lettre de Change protestée, ou*
Réponse à la Lettre de Change de Jean
Sirmond, caché sous le nom de Sabin.
Dans le *Recueil de Pieces*, &c. C'est
une Réponse à l'Ecrit que *Du Châ-*
telet avoit publié à la p. 713. de son
Recueil, sous le titre de *Premiere*
Lettre de change de Sabin à Nicocleon,
ou Réponse à son Avertissement ; &
qu'il avoit intitulé ainsi, parce que,
dit-il, par le moyen de cette Lettre, *Nicocleon* recevra des verités &
des raisons en payement des imper-
tinences & des calomnies qu'il a
débitées à *Cleonville.*

20. *Recueil de diverses pieces pour*
la défense de la Reine, Mere du Roy

M. DE MORGUES *Très-Chrétiem Louis XIII. faites & re-vûës par M. Matthieu de Morgues, Sieur de Saint-Germain. Anvers. 1637. in fol. It. Ibid. 1637. in-8o. Deux Volum. It. Avec des additions de divers Auteurs jusqu'en 1643. Anvers. 1643. in fol. It. sur la copie à Anvers. 1643. in-4°.* deux vol. Il n'y a que le premier volume de cette édition qui soit de *Saint-Germain.* On y a ajouté de même que dans l'édition d'*Anvers,* de l'an 1643. in fol. les deux pieces suivantes.

21. *Les deux faces de la vie & de la mort de Marie de Medicis. Anvers. 1643. in-8°.* C'est l'Oraison funebre de cette Princesse.

22. *Abregé de la Vie du Cardinal de Richelieu. Paris 1643. in-4°.*

23. *Consolation aux affligez par la malice des hommes. Anvers 1638 in-8o.*

24. *Amicocritica Monitionis Litura, Franco-Galli calamo ducta. 1645. in-4°.* Cet Ouvrage, qui est de *Saint-Germain,* est une réponse à un écrit qu'*Antoine Brun,* Procureur Général au Parlement de *Dole* avoit publié sous le nom d'*Adolphe Sprenger.*

ger, & fous ce titre *Amico-Critica* M. DE
Monitio ad Galliæ Legatos Monaſte- MORGUES
rium Weſtphalorum pacis tractandæ ti-
tulo miſſos. Authore Adolpho Foringe-
ro , Uliorum Conſule. Francofurti.
1644. in-4°. Cet Auteur repliqua
par un nouvel écrit, dans lequel il
prit un nouveau nom , & qu'il intitula : *Spongia Franco-Gallicæ Lite-*
ræ. Autore Willelmo Rodolpho Gember-
lachio, apud Triboces Conſule. Oeno-
ponti 1646 in-4°. Il en publia encore
dans le même temps un autre , où
il ſe déguiſa d'une autre maniére ,
& qui a pour titre : *Oratio libera*
Wolfgangi Erneſti à Papenhauſen, li-
beri Baronis. Saint-Germain oppoſa à
ces deux piéces l'Ouvrage ſuivant.

25. *Bruni Spongia, ſeu wolfgango*
Erneſto à Papenhauſen , Libero Ger-
mano , Baroni Libero , Germanoque
Oratori , id eſt , Antonio Bruno , de-
clamatori furioſo vinculum Hippocra-
tis. Pariſ. 1647. in-4°.

26. *Bons avis ſur pluſieurs mauvais*
avis. 1650. in-4°. Dans le *Patiniana*
p. 125. cet Ouvrage , qui contient
une défenſe du Cardinal *Mazarin ,*
eſt attribuée à *de Morgues.* On y ſit

M. de
Morgues

une réponse qui est attribuée dans le même endroit à *Jean le Laboureur* Prieur de *Juvigné*. Patin y ajoute que ces deux Piéces ne valent rien.

27. *Portrait en petit d'Isabelle Claire Eugenie, Infante d'Espagne, Souveraine des Pays-Bas. Paris.* 1650. *in* 4º.

28. *Sermon Panegyrique en l'honneur de S. Joseph recité l'an* 1665. *in*-4º.

V. *Bayle, Dictionnaire*. Ses Oeuvres fournissent la plus grande partie des circonstances de sa vie.

PIERRE-VICTOR PALMA CAYET.

P. V. P.
Cayet.

Pierre-Victor *Palma Cayet* naquit en 1525. à *Montrichard*, petite ville de Touraine, d'une famille honorable, comme porte son Oraison funebre. Ainsi *Colomiez* s'est trompé lorsqu'il lui a donné dans sa *Gallia Orientalis* p. 144. la qualité de *Navarrus*, comme s'il étoit né en quelqu'endroit du Royaume de Navarre; & l'on ne peut le justifier deſſus, en prétendant, comme fait *Bayle*, qu'il a voulu ſeulement dire qu'il étoit Docteur en Théologie de la Maiſon de Navarre, puiſque cette qualité ſe trouve immédiatement après ſon nom dans le titre de ſon article ; ce qui, ſuivant la Méthode de l'Auteur, marque ſûrement ſa Patrie.

Son nom eſt differemment orthographié dans ſes differens Ouvrages, & dans les Auteurs qui parlent de lui ; car on y lit indifferemment *Cayet*, *Cayer*, & *Cahier* ; mais le plus ordinaire eſt *Cayet*, en Latin *Cajetanus*. On remarque auſſi peu d'uniformité dans ſes noms de Baptême ; le plus ſouvent il ſe nomme *Pierre-Victor Cayet*, quelquefois c'eſt *Pierre-Victor Palma Cayet*, d'autres fois c'eſt *Pierre-Victor Cayet Palma* ou *de la Palme*. M. *le Duchat* veut que le nom de *Victor* lui ait été donné à la Confirmation, auſſi-bien que celui de *Palma*, mais c'eſt une choſe peu ſûre, & qui d'ailleurs n'eſt d'aucune conſéquence.

Il naquit dans le ſein de l'Egliſe Catholique, qu'il profeſſa pendant

P. V. P. plusieurs années.

CAYET. C'est pour cela que *Beze* dit dans une de ses Epigrammes intitulée :
In duplices Apostatas.

Ad nostros Roma Cabierus venerat olim,

A nostris Romam nunc , Cabiere, redis.

Après avoir commencé ses études dans son Pays, il vint les achever dans l'Université de *Paris*, où il fit sa Philosophie & sa Théologie. Il s'appliqua même à la Jurisprudence, dans laquelle il est à présumer qu'il prit quelques degrés, puisque dans la suite il y disputa une chaire de droit Canonique.

Les liaisons qu'il eut avec *Pierre Ramus*, pendant le séjour qu'il fit à *Paris*, lui inspirerent du goût pour les sentimens des Calvinistes, que *Ramus* avoit embrassés ; & il les embrassa à son exemple.

Après ce changement, il se transporta à *Geneve*, où quittant l'étude du Droit, à laquelle il avoit résolu de se fixer, il se donna à la Théologie.

Il visita depuis diverses Univ

fités d'Allemagne. Je ne fçai, fi c'eft
dans ce temps-là qu'il a été fous-
Précepteur d'*Henri*, Prince de *Bearn*,
qui fut depuis le Roy *Henry IV.*
On voit du moins par la Dedicace de
fa *Chronologie Novenaire*, qu'il l'a été
quelque temps. Lorfqu'il fut de retour à *Geneve*, on jugea qu'il étoit
temps de l'employer au Miniftere.
Il fut donc fait Miniftre de *Mon-*
treüil-Bonnin près de *Poitiers*, & non
pas de *Poitiers* même, comme plufieurs Auteurs l'ont dit.

Après qu'il eut rempli ce pofte
pendant quelques années, *Catherine*,
Princeffe de *Bearn*, depuis Ducheffe de *Bar*, fœur d'*Henri*, le fit venir à *Pau* en 1584. pour être fon
Miniftre. On dit de lui dans le *Scali-*
gerana, par rapport à fes talens pour
cet emploi, qu'il faifoit mieux fes
prêches, lorfqu'il étoit moins pré-
paré; & que quand il fe donnoit
beaucoup de peine, il ne faifoit rien
qui vaille.

La Princeffe l'ayant amené avec
elle à *Paris*, *Cayet* y fit connoiffance avec M. *du Perron*, & eut avec lui
plufieurs conferences, qui lui ouvri-

P. V. P.
C A Y E T.

rent les yeux sur les erreurs des P. Reformés , il ne tarda point à rentrer dans le sein de l'Eglise , & il fit son abjuration le 9. Novembre 1595. en présence du corps de l'Université de *Paris* , convoqué exprès pour ce sujet, comme le marque *du Boulay*, qui ajoute qu'il étoit alors septuagenaire.

Les P. Réformés instruits par avance du changement qu'il méditoit, voulurent le prévenir , en le déposant solemnellement du Ministere; c'est ce qu'ils firent dans un Synode assemblé cette année. *Fr. de Loberan, sieur de Montigny* , fut chargé de rendre raison de la conduite qu'ils avoient gardée en cette affaire, & ce Ministre publia pour cela un Ouvrage qu'il intitula : *Avertissement sur la déposition du sieur Cayet du Saint Ministere , & sur sa révolte.* 1595. *in*-12.

Les Plaintes , dit-il dans cet écrit, *contre le sieur Cayet , étoient qu'il avoit quitté l'Eglise de Poitiers , (c'est-à-dire, de Montreüil-Bonnin , qui dépendoit de celle de Poitiers) qui lui avoit été ordonnée, pour se fourrer par*

mauvais moyens , premierement en cel-
le du Roy , & depuis en celle de Ma-
dame (Catherine fœur d'Henri IV.)
Qu'il s'adonnoit tellement aux fcien-
ces curieufes , qu'on l'appelloit ordi-
nairement Petrus Magus ; & qu'il
s'étoit porté peu honnêtement à l'endroit
d'une demoifelle.

Cet Auteur avoit été témoin de
toute la procédure , qui fe fit contre
Cayet ; mais il ne dit point ce que
d'*Aubigné* rapporte dans fon *Hiftoi-*
re Univerfelle. Tom. 3. Liv. 4. Ch.
11. que *Cayet fut accufé d'avoir com-*
pofé deux Livres , l'un pour prouver
que par le 6e. *Commandement , la for-*
nication , ni l'adultere n'étoient point
défenduës , mais feulement le péché d'O-
nan ; l'autre pour prouver la néceffité
de rétablir par tout les Bordeaux , &
que là-deffus il fut dejetté. Il eft vrai
que *Cayet* fut accufé dans le Synode
d'avoir compofé , non point deux
livres , mais un feul , intitulé: *Dif-*
cours contenant le remede contre les
diffolutions publiques , préfenté à Mef-
fieurs du Parlement. Mais le filence
de *Montigny* fait voir que ce ne fut
pas pour ce fujet qu'il fut dépofé.

P. V. P. Ainsi il faut s'en tenir sur ce point à
CAYET ce que *Cayet* dit dans sa *Chronologie
Novenaire* à l'an 1595, qu'il n'étoit
pas l'Auteur de cet Ouvrage, & n'a-
voit jamais pensé à le faire imprimer.
On trouve dans le même endroit sa
défense sur les chefs d'accusation qui
lui furent intentés par le Synode,
& que le depit seul de son changement avoit suggerés.

Le Clergé de France donna aussi-
tôt après une pension à *Cayet*, & on
lui assigna pour demeure le Monaste-
re de *S. Martin des Champs*, dont il
sortit au bout de quelques années,
c'est-à-dire en 1601. pour aller demeurer au College de *Navarre*.

La connoissance qu'il avoit des
Langues Hebraïque, Chaldaïque,
Syriaque & Arabe, le fit nommer en
1596. Professeur Royal en Langues
Orientales, pour succeder à *François Jourdain*, qui vivoit encore, &
la qualité lui en est donnée dans un
Privilege, que le Roy lui accorda
pour ses Ouvrages le 15. Juin de
cette année. Il ne fut cependant proprement installé dans cette place,
qu'en 1599. après la mort de *Jour-*

dain, arrivée au mois de Septembre de cette année.

En 1597 il étoit encore incertain de quel côté il ſe tourneroit, de celui du Droit ou de celui de la Theologie ; il diſputa alors une chaire de Droit Canonique à *Paris*; mais ayant eu du deſſous, il ſongea à ſe faire recevoir Docteur en Theologie, & à prendre les degrés néceſſaires pour cela.

L'année ſuivante 1598. il ſollicita pour être Recteur de l'Univerſité, & fut effectivement élû ; mais ſur ce qu'on repreſenta qu'il étoit Docteur en Droit, l'ancien Recteur s'oppoſa à ſon élection, comme étant contraire aux Statuts, & la choſe ayant été prouvée, on proceda à une autre élection.

Il fut reçu Docteur en Theologie de la Maiſon de Navarre en 1600, après avoir été ordonné Prêtre.

Il avoit commencé auſſi-tôt après ſa converſion, à compoſer pluſieurs Ouvrages de controverſe ; & ce fut ce qui l'occupa principalement pendant huit ou neuf ans. Il voulut même avoir une conference avec le Miniſtre *du Moulin*; elle ſe tint le

P. V. P. 28. May, 1602. mais elle n'aboutit
C A Y E T à autre chose qu'à faire publier de
part & d'autre divers ouvrages dont
je parlerai plus bas.

Il mourut au Collège de *Navarre*
le 22. Juillet 1610. selon *de Launoy*,
(*a*) ou plûtôt le 10. Mars de la
même année, suivant le *Journal de
Henri III.* où l'on marque qu'il fut
enterré le onze à S. Victor. C'est
ainsi qu'il l'avoit ordonné. Il avoit
alors 85. ans.

Il y a apparemment un peu d'exa-
gération & de malice dans ce qu'on
lit au même endroit de ce Journal:
» *Victor Cayet*, Docteur & Docte;
» grand souffleur, comme il parois-
» soit en ses habits, & à sa mule,
» qui en mangeoit souvent des ou-
» blies. Il ne vouloit pas entendre
» parler de la mort, & ne donna
» pas grandes marques de piété.
» M. le Prieur de *S. Victor* dit,
» que s'il eût sçu plûtôt ce que

(a) *Du Val* dans son *Collége Royal*,
met sa mort le 21. Juillet, Fête de S.
Victor, son Patron, & S. *Romuald* dans
ses *Ephemerides* au 16. Juin. Mais ce sont
des Auteurs fort peu exacts. Il est plus sûr
de suivre la date du *Journal de Henri III.*

» depuis on lui avoit fait entendre,
» il n'eût jamais permis que le corps
» de *Cayet* fût enterré dans fa
» maifon.

Le *Mercure François*, Tom. 1.
Feüill. 530. en parle ainfi. » En
» 1610. mourut *Pierre Victor Cayer*,
» lequel n'a jamais eu d'ennemis que
» ceux aufquels il avoit fait plaifir.
» Il étoit né avec cette planette,
» & cela lui a continué jufqu'après
» fa mort. Ses habits, fa forme de
» vivre, & fa curiofité à chercher
» la pierre Philofophale, le ren-
» doient méprifable, autant que fa
» Doctrine le faifoit honorer, &
» l'a fait regretter à tous ceux qui
» le connoiffoient. Je l'ai toûjours
» connu pour un très-bon Fran-
» çois, nullement tranfalpin.

On dit dans fon Oraifon funebre,
qu'il aimoit tellement la continence
que même étant hors de l'Eglife,
il s'abftint du mariage que le Calvinifme permet aux Miniftres. On n'a
cependant rien oublié pour le décrier de ce côté-là; mais on ne peut
faire aucun fond fur ce que les Cal-
viniftes debiterent fur fon compte,

V. P.
C A Y E T

après qu'il les eut abandonnés ; l'a-
nimosité & la passion y sont trop
visibles.

Catalogue de ses Ouvrages.

1. *Copie d'une Lettre de Maître*
Victor-Pierre Cayer, cy-devant Mi-
nistre, à present ferme Catholique, A-
postolique & Romain, à un Gentilhom-
me sien ami le Sr. Dam. (Damours)
encore à present Ministre ; contenant
les causes & raisons de sa conversion
à l'Eglise Catholique, Apostolique &
Romaine. Paris. Jean Richer. 1595.
in-80. p. 23. & ibid 1596. in-8⁰.
p. 29. elle est datée du 15. Novembre 1595.

Cette Lettre attira à *Cayet* plusieurs piéces très-violentes &
très-satyriques, qu'on publia alors
contre lui. Voici celles qui sont venuës à ma connoissance. *Lettre d'un*
Gentilhomme Catholique à un sien
ami. Insérée à la p. 343. du 6e. Tome
des *Mémoires de la Ligue.* Rien de
plus emporté que cette lettre, où
l'on semble avoir pris à tâche de
déchirer *Cayet* sans aucun respect
pour la vérité. *Avertissement aux*
Fidelles sur la déposition du Sieur

Cayet du S. Miniſtere , & ſur ſa P. V. D.
Révolte ; par François Loberan , Sieur C A Y E
de Montigny. 1595. & 1596. in-8o.
J'en ai parlé ci-deſſus. *Réponſe par
Jean-Baptiſte Rotan.* LaRochelle 1596.
Autre *Réponſe par G. Dam.* c'eſt-à-
dire *Damours* , Miniſtre , frere du
Conſeiller au Parlement , à qui ſa
lettre étoit adreſſée.

2. *Réponſe d' Maître Victor-Pierre
Cayer au livret intitulé : Avertiſſement aux Fidelles , &c. où ſont re-
futées les calomnies qu'on cuide mettre ſur ſa vraye & volontaire converſion à la vraye Egliſe Catholique ,
Apoſtolique & Romaine. Paris.* Jean
Richer. 1595. in-8°. pp. 112. C'eſt
une Réponſe au livre de Montigny.

3. *Admonition à Meſſieurs du Tiers
Etat de France , qui ne ſont de l'E-
gliſe Catholique , Apoſtolique & Romaine. Par Pierre Victor Cayet.* Paris.
Philippe du Pré. 1596. in-8°. pp. 28.
Cet Ouvrage eſt daté de l'Abbaye
de S. Martin des champs le 22. Octobre. 1596.

4. *Remontrance Chrétienne & très-
utile à Meſſieurs de la Nobleſſe de
France qui ne ſont point de l'Egliſe*

P. V. P. *Catholique. Paris. Philippe du Pré.* CAYET 1596. *in-8o.* On voit dans cet Ouvrage un Bref du Pape Clement VIII. à Cayet pour le feliciter de sa réünion à l'Eglise Catholique. Il est daté du 20. Mars de cette année 1596.

5. *Le vrai Orthodoxe de la Foy Catholique du Sacrement de l'Autel, pour réponse au Traité prétendu Orthodoxe Anonyme. Par P. V. Cayer, ferme Catholique, Apostolique & Romain. Paris. Gilles Robinot.* 1596. *in-8o.* Feüil. 95. Daté de Paris le 15. Juillet 1596. Le Privilége, qui est du 27. Juin de cette année, le nomme *Pierre Cayer, Sieur de la Palme, Lecteur ordinaire du Roy aux Langues Orientales.*

6. *Avertissement sur les points de la Religion, pour en composer les differends. Paris. Jean le Blanc.* 1596. *in-8o.* C'est une traduction d'un Ouvrage Latin, qu'il avoit composé long-temps auparavant sous le titre de *Consilium pium de componendo Religionis dissidio.*

7. *Paradigmata de quatuor linguis Orientalibus præcipuis: Arabica, Ar-*

mena, Syra , Ethiopica. Pariſ. Steph. Prævoſtanus. 1596. *in-* 4°.

P. V. P.
CAYET

8. *Apologie pour le Roy Henri IV. en vers ceux qui le blâment, de ce qu'il gratifie plus ſes ennemis que ſes ſervi-teurs, faite en l'année* 1596. *par Madame la Ducheſſe de Rohan la Doüairiere.* Cette Piéce , qui a été inſérée ſous le nom de Madame *de Rohan* dans le *Recueil de Piéces ſervant à l'Hiſtoire du Roy Henri III.* éditions de 1666. 1693. 1720. eſt attribuée à Cayet dans la *Confeſſion de Sancy.*

9. *Les Tromperies des Miniſtres qu'on appelle, qu'ils font à leurs gens qui les ſuivent; avec la tyrannie qu'ils exercent contre leurs Compagnons ; & la ſurpriſe dont ils uſent envers les Paſteurs & Docteurs Catholiques.* Paris 1597. *in-* 8°. pp. 53.

10. *Tractatulus de ſepultura & jure ſepulchri. Auctore P. Victore Palma Cajetano. Pariſ.* 1597. *in-*8°. pp. 46. Il dit ici que ſentant qu'il approchoit de ſon terme , il en avoit pris occaſion de traiter cette matiére. Il avoit en effet alors 72. ans ; cependant il en vécut encore treize.

11. *Propoſition faites aux Miniſ-*

P. V. P. *tres , qu'on appelle de la Réligion P.*
C A Y E T R. *sur une brieve & facile résolution
du differend de la Réligion. Par P. V.
Cayer. Paris. Philippe du Pré , 1597.
in- 8°. pp. 54.*

12. *Instance de la réunion en l'E-
glise Catholique , Apostolique & Romaine ; contenant les causes , raisons,
& moyens de se réünir , tant d'une
part que d'autre. Paris. Philippe du
Pré. 1597. in- 8°. pp. 75. Datée de
S. Martin des Champs le 3. Février
de cette année.*

13. *La condamnation de Calvin par
lui-même , recueillie de ses Ecrits. Paris. François Chesneau. 1597. in- 8°.*

14. *La vraye Eglise. Paris. 1597.
in- 8°.*

15. *Sommaire description de la
Guerre de Hongrie & de Transylva-
nie , de ce qui est advenu depuis l'Au-
tomne dernier de l'an passé 1597. jusqu'au Printemps de l'an 98. entre les
Turcs & les Chrétiens ; traduit de
l'Allemand en François , par P. V.
Cayet , Sieur de la Palme. Paris.
Guill. Chaudiere. 1598. in- 8°. pp. 72.*

16. *Suite de la conclusion de la
Conference tenuë à Thonon entre les*

R. P. Capucins & les *Miniſtres de*
Geneve. Paris. Denys Binet. 1599.
*in-*8°. pp. 40. non chiffrées. L'Epitre dédicatoire, datée de *S. Martin*
des Champs, eſt ſignée ſeulement
par les lettres initiales du nom de
Cayet, *P. V. P. C.*

P. V. P.
CAYET

17. *Les trois cens ſoixante & cinq*
fruits divins & ſalutaires du S. Sa-
crifice de la Meſſe, contre les Mi-
niſtres de la prétenduë Réligion. Paris.
Denys Binet. 1599. *in-* 8°.

18. *Le Purgatoire prouvé par la*
parole de Dieu. Paris. 1600. *in-*8°.
Feüill. 27.

19. *Appendix ad Chronologiam*
Gilberti Genebrardi. Pariſ. 1600. *in-*
fol. Avec l'Ouvrage de Genebrard.

20. *La diſcipline des Miniſtres de*
la Réligion P. Réformée. Paris. 1600.
in- 12. Cet Ouvrage eſt daté de *S.*
Martin des Champs, le jour de la
Fête - Dieu, 1600.

21. *Remontrance & ſupplication*
très - humble à Madame, Sœur uni-
que du Roy, Princeſſe de Navarre &
de Lorraine, pour vouloir reconnoître
notre Mere Sainte Egliſe, Catholique,
Apoſtolique & Romaine. Avec la ré

Tome XXXV. L l

P. V. P. CAYET. *futation de Jacques Couët, soi-disant Ministre prétendu, sur la Conférence prétenduë qu'il a mise en avant tenuë à Nancy en Lorraine. Ensemble la réponse Patine au Mémoire dudit Couët. Paris. Guill. Binet 1601. in-8°. pp. 106.* Cet Ouvrage est daté de *S. Martin des Champs ce jour sacré de la Conception de Notre-Dame l'an Jubilé de Grace 1600.*

22. *Jubilé Mosaïque de 50. Quadrains sur l'heureuse bien-venuë de la Ser. Princesse Marie de Medicis, Royne de France. Par P. V. Cayet, l'an Jubilé de Grace 1600. Paris. François Jacquin 1601. in-8°. Feüill. 7.* C'est fort peu de chose.

23. *Liber R. Abraham Peritsol inscriptus, Compendium Viarum saculi, id est, Mundi, Latine ex Hebræo versus. Paris. 1601. in-12.*

24. *Advertissement contre le Monstre de Menterie esclos de l'Outrecuidance de l'Heresie, sur le prodige (prétendu) d'Agde en Languedoc, divulgué sur un oui dire contre l'Eglise, les Prêtres, le Corpus Domini, & le Sacré Calice, & contre tout le Service divin. Paris. Jean*

Richer. 1602. *in-* 80. *pp.* 15.

25. *L'Heptameron de la Navar-*
ride, ou Histoire entiere du Royaume
de Navarre, depuis le commencement
du Monde ; tirée de l'Espagnol de
Dom Charles Infant de Navarre ; con-
tinuée de l'Histoire de Pampelone, de
N. l'Evêque, jusqu'au Roi Henri d'Al-
bret, & depuis par l'Histoire de Fran-
ce, jusqu'au Roy très-Chrétien Henri
IV. le tout fait & traduit par le Sieur
de la Palme, Lecteur du Roy. Paris.
1602. *in-* 12. L'Ouvrage est en vers
François. *Cayet* dans son Epitre dédicatoire au Roy *Henri IV.* datée
du Collége de *Navarre* le 1. jour
de l'an 1602. lui dit qu'il lui avoit
presenté cet Ouvrage à *Pau,* accom-
pagné de la traduction en vers Latins, après sa Victoire de *Courtras,*
qui fut remportée le 20. Octobre
1587. & ajoûte qu'il reservoit à un
autre temps l'impression du Poëme
Latin ; mais il ne l'a point donné.

26. *De la venuë de l'Antechrist ;com-*
ment & en quel temps il viendra. De
la consommation du Monde, & du
second advenement de N. S. Jesus-
Christ. Paris. Jean Richer. 1602. *in-*

P. V. P. 80. Feüill. 27. C'est une traduction
C A Y E R du Traité de *S. Hypolite*, Evêque
& Martyr, faite par *Cayet*, qui a
mis à la tête une Epitre dédicatoire de 39. pages, adressée à Monsieur
de Rosny, & datée du 15. Janvier
1602.

27. *Le Sommaire véritable des questions proposées à l'entrevuë advenuë
entre le Docteur Pierre Victor Cayet
& le Ministre du Moulin. Ensemble
la réponse à l'Ecrit calomnieux publié par du Moulin. Paris. Jean Richer. 1602. in- 8°.* La Conference,
dont il s'agit ici, se tint en 1602.
& chacun des Tenans en donna une
relation à sa mode.

28. *Les Actes de l'entrevuë, dite
Conference avec le Ministre du Moulin. Paris. Jean Richer. 1603. in- 8°.*

29. *La defense & Arrest de la
vérité contre Archibaut Adair, Ecos-
sois. Paris. Jean Richer. 1603. in- 8°.*
Cet Ouvrage regarde encore la conference, & l'Ecrit qu'*Adair* avoit
publié à ce sujet.

30. *La Fournaise ardente, & le
Four de reverberé, pour évaporer les
prétenduës eaux de Siloë, & pour*

corroborer le Purgatoire, contre les Héréſies, Erreurs, calomnies, fauſſetés, & cavillations ineptes du prétendu Miniſtre du Moulin. Paris. 1603. in-8o. pp. 88. Daté du Collége Royal le jour de S. Barnabé de cette année. Le titre ſingulier de cet ouvrage eſt rélatif à celui de deux autres qui y ont donné occaſion, & qu'il faut pour ce ſujet raporter ici. Torrent de Feu, ſortant de la face de Dieu pour deſſeicher des eaux de Mara, encloſes dans la chauſſée du Moulin d'Ablon : où eſt amplement prouvé le Purgatoire & les ſuffrages pour les Trépaſſez, & ſont découvertes les fauſſetés & calomnies du Miniſtre du Moulin. Compoſé par le R. P. Jacques Suarès de Sainte Marie, Obſervantin Portugais, Docteur en Theologie. Paris. 1603. in-8o. pp. 12. Eaux de Siloë pour éteindre le feu du Purgatoire, contre les raiſons & allegations d'un Cordelier Portugais. (Par Pierre du Moulin.) 1603. in-8o. pp. 55.

31. La Victoire de la Vérité contre l'Héréſie par la réfutation de toutes ſes erreurs. Paris. 1603. in-8o. Cet ouvrage eſt encore contre du Moulin.

P. V. P.
CAYET

32. *L'Approbation du Saint Sacrifice de la Messe, par Syllogismes Catholiques & raisons tirées de l'Ecriture Sainte & des SS. Peres. Par P. V. Cayer, Docteur en la Sacrée Faculté de Theologie. Pour la refutation des Syllogismes Heretiques faits par un Anonyme. Paris. Jean Richer. 1603. in-8o. pp. 160.* Datée du Collége de *Navarre*, la veille de Noël 1602.

33. *Oraison funebre de Milord James de Bethune, Prchevêque de Glasco, Ambassadeur d'Angleterre en France. Paris. 1603. in-8o.*

34. *La vraye intelligence salutaire du S. Sacrifice de la Messe, revûë, corrigée & mise en meilleur ordre. Paris. 1604. petit in-8o. pp. 72.* Je ne sçai point si ce ce n'est pas le même ouvrage, que celui que j'ai marqué ci-dessus no. 17.

35. *L'Histoire prodigieuse & lamentable du Docteur Fauste, avec sa mort épouvantable; là où est montré combien est miserable la curiosité des illusions & impostures de l'Esprit malin. Ensemble la corruption de Satan par lui-même, étant contraint de dire la vérité. Roüen. 1604. in-12.* C'est

la 3e. Edition ; j'ignore quand les P.V.P.
autres ont paru. *Cajet* a traduit cet C A Y E T
Ouvrage de l'Allemand. Ce qu'il
dit dans l'Epitre dédicatoire de ſa
traduction contre la Magie, fait voir
le ridicule de ceux qui ont prétendu
qu'il en étoit lui-même coupable ;
ridicule qu'on a pouſſé ſi loin , qu'il
s'eſt trouvé des gens aſſez dénués de
bon ſens , pour croire & pour écrire
qu'il avoit fait un pacte avec Satan
ſous le nom de *Terrier,* Prince des
Eſprits ſouterrains, que ce pacte ſi-
gné de ſon ſang avoit été trouvé a-
près ſa mort , que le Diable l'avoit
emporté en corps & en ame , &
que pour tromper ceux qui l'avoient
porté en terre, il avoit fallu mettre
des pierres dans ſon cercueil.

36. *Chronologie ſeptenaire , ou l'hiſtoire de la Paix entre les Rois de France , & d'Eſpagne. contenant les choſes
les plus mémorables advenuës en France, Eſpagne , Allemagne, Italie , Angleterre , &c. depuis le commencement
de l'an* 1598. *juſques à la fin de l'an*
1604. *diviſé en ſept livres. Paris.*
Jean Richer. 1606. *in--*8°. It. *Derniere edition. Paris.* Jean Richer. 1609.

P. V. P. *in-* 8o. Feüill. 506. Le Privilége eſt
C A Y E T de cette année. On a une Cenſure de
cette Chronologie : *Cenſura Facul-*
tatis Theologica Pariſienſis , *in librum*
inſcriptum : Chronologie ſeptenaire,
&c. *Pariſ.* 1 6 1 0. *in-* 8o. *Cayet* y
répondit par l'Ouvrage ſuivant.

37. *Defenſes pour Maître Pierre-*
Victor Cayet , contre la prétenduë Cen-
ſure de la Chronologie ſeptenaire.
1610. *in-* 80.

38. *Chronologie Novenaire , con-*
tenant l'Hiſtoire de la Guerre ſous le
Régne d'Henri IV. diviſée en trois
parties. La premiére comprend les
choſes les plus mémorables avenuës par
tout le monde , depuis le commence-
ment de ſon Régne l'an 1589. *juſques*
à la Paix faite à Vervins en Juin
1598. *entre le Roi de France & le*
Roi d'Eſpagne. La ſeconde comprend
les choſes les plus mémorables depuis
le même temps. Et la troiſiéme com-
prend les mêmes choſes juſques à l'an
1608. *Paris. Jean Richer.* 1608. *in-*
8o. Trois volumes. Cette *Chrono-*
logie Novenaire , auſſi bien que la
Septenaire , ſont curieuſes & re-
cherchées , tant à cauſe des faits
que

nent. Le *Mercure François* eſt une P. V. P.
ſuite de ces deux Ouvrages. CAYET.

39. *Oraiſon funebre ſur le Trépas
regrétable , & enterrement honorable
de Meſſire René Benoît , Curé de S.
Euſtache ; prononcée dans S. Euſtache
à l'heure & Office Divin de ſon enterrement dans ladite Egliſe , le lundi 20.
Mars 1608. Paris. in-8o. pp. 19.*

V. *Diſcours Funebre ſur la mort de feu* M.
*Cahier , Docteur en Théologie & Profeſſeur
du Roy ès Langues Orientales en l'Univerſité
de Paris. 1610. in-8o. pp. 19. Signé* T. L.
P. Tous ceux qui ont parlé de *Cayet* ,
n'ont point connu ce *Diſcours* , qui renferme pluſieurs particularités ſinguliéres ,
quoiqu'il y ait des fauſſes dates. *Joannis
Launeii Navarræ Gymnaſii Hiſtoria*, Tom. 2.
p. 789. L'article qu'il en donne eſt très-
imparfait & très-fautif. *Colomeſii Gallia
Orientalis* p. 144. C'eſt très-peu de choſe.
Bayle Dictionnaire. Il n'a fait que compi-
ler ce qu'en avoient dit certains Auteurs,
peu favorables à *Cayet. Lettre Critique ſur
le Dictionnaire de Bayle.* M. l'Abbé le
Clerc , qui en eſt l'Auteur , y a refuté fort
bien pluſieurs fautes de *Bayle* ; mais n'ayant
point vû l'Eloge funebre de *Cayet* , il n'a
point été auſſi loin qu'il auroit pû aller.

Fin du Trente-cinquiéme Volume.

TABLE NECROLOGIQUE
des Auteurs contenus dans ce Volume.

TABLE

*Des Auteurs contenus dans ce Volume,
selon l'ordre des matieres qu'ils ont
traitées dans leurs Ouvrages.*

TABLE

DES MATIERES.

TABLE DES MATIERES.

Fin de la Table des Matiéres.

J'AY lû par ordre de Monseigneur le Garde des Sceaux le 35 & 36e. Volumes des Memoires pour servir à l'Histoire des Hommes Illustres dans la République des Lettres , & j'ai cru que l'on pouvoit permettre l'impression. A Paris ce 4. Août 1736,   HARDION.

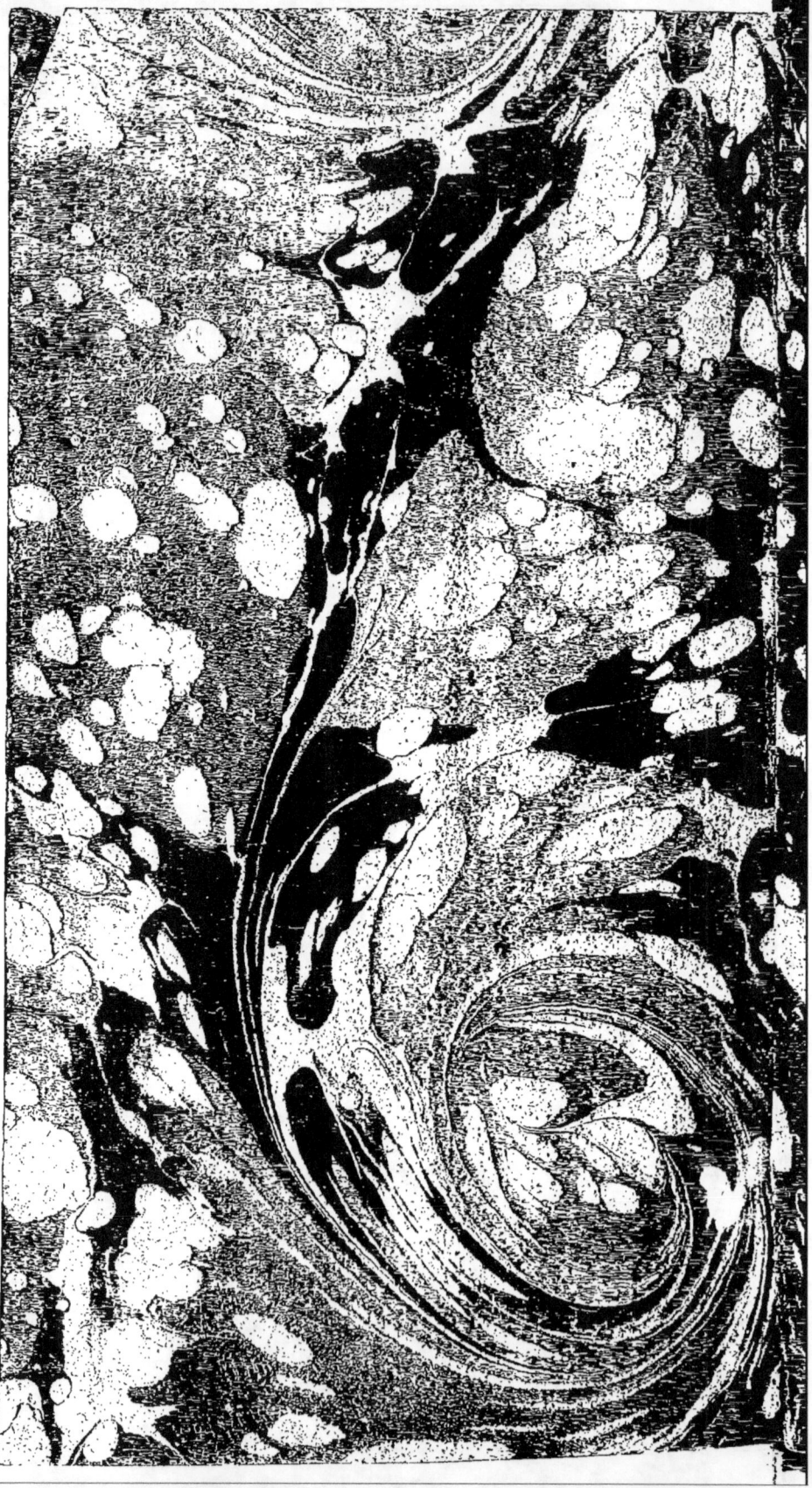

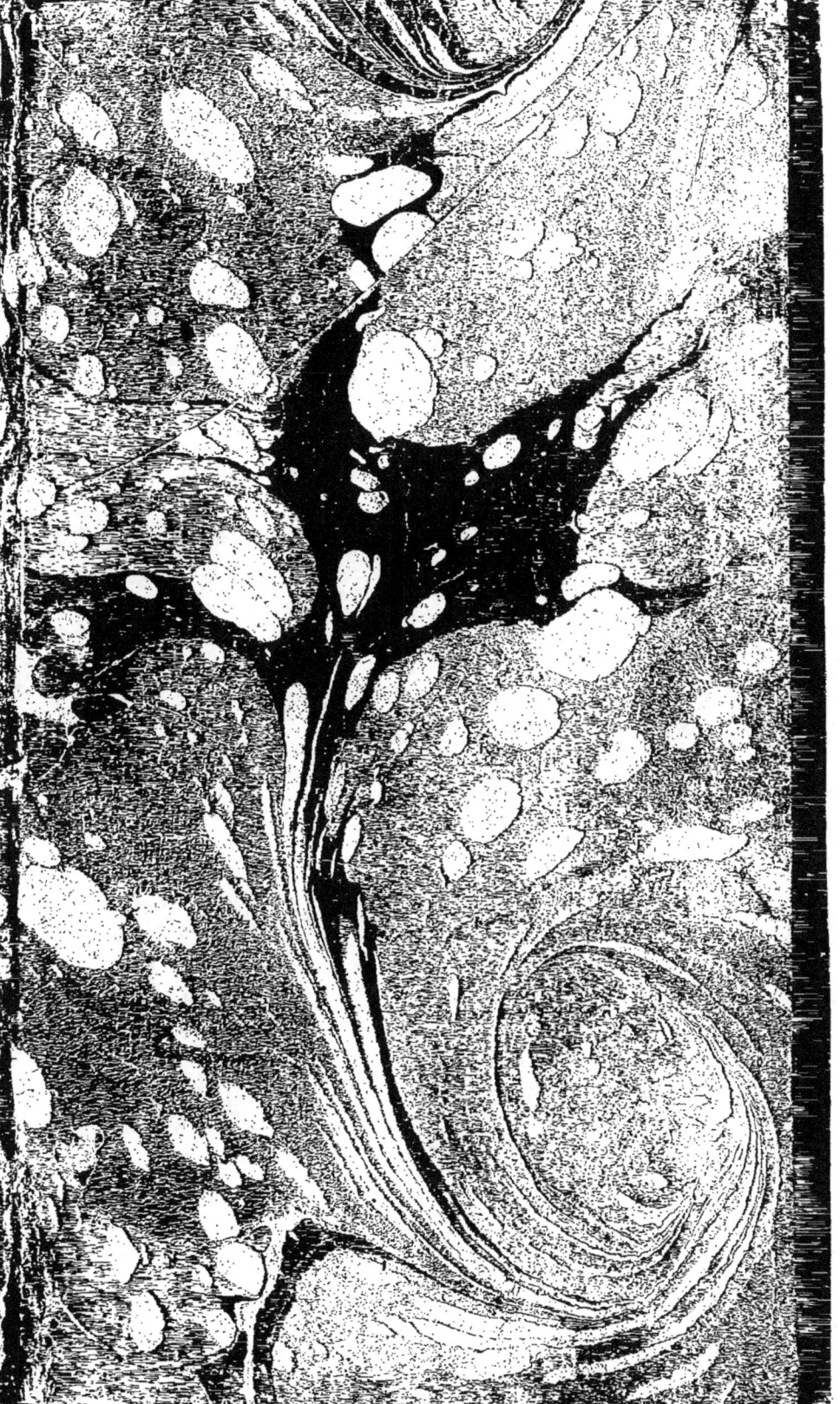

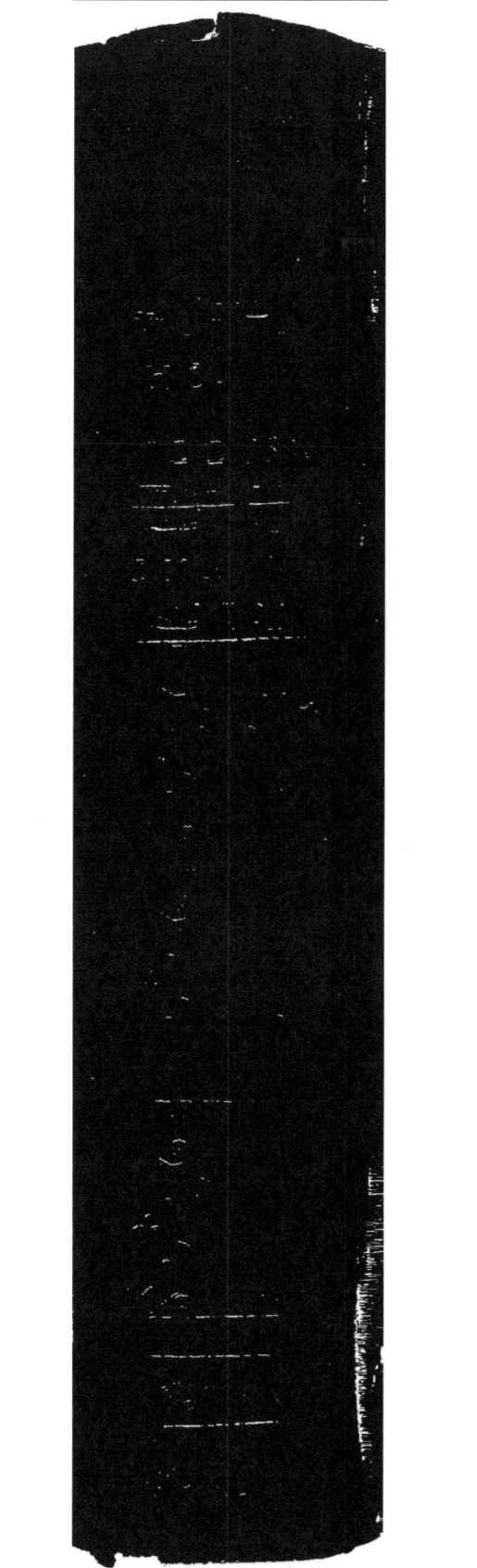

www.ingramcontent.com/pod-product-compliance
Lightning Source LLC
Chambersburg PA
CBHW070546030726
47505CB00001B/181